# URCHIN VON DEN STERNSCHNUPPEN

## Padra

Name: Padra

Art: Otter

Beruf: Captain

Was er nicht mag:
Ungerechtigkeit

Familienstand:
Traut sich nicht, seiner Freundin einen Heiratsantrag zu machen, weil er fürchtet, dass sie ihn auslachen würde.

Padra ist Crispins bester Freund.

## Needle

Name: Needle

Art: Igel

Beruf:
Needle arbeitet in den Werkstätten im Turm von Mistmantle, wo die Wandteppiche gewebt werden, die die Geschichte von Mistmantle erzählen.

Familienstand: Single

Needle ist ein junges Igelweibchen mit Rückgrat und eigener Meinung. Sie ist die beste Freundin von Urchin.

## Lugg

Name: Lugg

Art: Maulwurf

Beruf:
Maulwurfwache im Turm von Mistmantle

Familienstand:
verheiratet, drei Töchter

Lugg ist ein alter Soldat, dessen Schnauzhaare langsam grau werden. Er ist klug und verlässlich und hat einen trockenen Humor.

M. I. McAllister

Die Geschichte von Mistmantle

# URCHIN VON DEN STERNSCHNUPPEN

Aus dem Englischen von
Beatrice Howeg

Bloomsbury
Kinderbücher & Jugendbücher

Für Caroline Sheldon
und Danke an Jo Boardman für das Eichhörnchen

# PROLOG

Eines frühen Herbstmorgens, es war noch vor Sonnenaufgang, lag ein Eichhörnchen am Ufer von Mistmantle und sah den Sternschnuppen zu, die über den Himmel schossen. Es lenkte sie von den Schmerzen ab.

Es war eine dieser seltenen Nächte, in denen die Sterne ihre Bahn verlassen und so tief am Himmel entlangwirbeln, als brauchte man nur die Hand auszustrecken, um sie zu berühren. Nächte wie diese gab es nicht oft, und sie bedeuteten immer, dass ein großes Ereignis bevorstand. Zum Guten oder zum Schlechten – niemand wusste es. Sogar der alte Bruder Fir, der von dem höchsten Turm von Mistmantle zusah, konnte es nicht sagen.

Auch die Eichhörnchenmutter wusste es nicht, und es war ihr egal. Sie lag keuchend am Boden und wünschte, jemand würde ihr bei der langen schweren Geburt beistehen. Aber sie war fremd auf der Insel und kannte niemanden.

Ihre Heimatinsel lag weit entfernt, und sie hatte sie aus Furcht verlassen. Denn über ihr Kind war eine Prophezeiung ausgegangen: *Er wird einen mächtigen Herrscher stürzen*. Wenn der König davon erfuhr, würde er das Baby sicherlich töten lassen, denn er war ein grausamer Herrscher. Also hatte sie sich auf dem erstbesten Handelsschiff im Hafen versteckt und war geflohen.

Sie hatte gehofft, das Schiff würde nach Mistmantle segeln. Sie hatte große Dinge über die verborgene Insel hinter den Nebeln gehört, auf der in seinem Palast hoch auf den Felsen ein freundlicher König regierte und rote Eichhörnchen, Igel, Maulwürfe und Otter zusammen lebten und arbeiteten. Es war ein guter sicherer Ort, umgeben von verzauberten Nebelschwaden, die sich wie ein schützender Mantel um die Insel legten. Wegen dieses Nebelbanns fanden nur wenige Schiffe den Weg zur Insel – aber ihr Schiff hatte es geschafft. Die Geburtswehen hatten bereits begonnen, als sie sich von Bord an Land schlich und in den Schutz der Felsen kroch.

Kein Tier war in der Nähe. Alle, die noch wach waren, saßen hoch oben auf den Hügeln und beobachteten die Sterne. Plötzlich durchfuhr es sie wie ein Dolch, sie wand sich, rang nach Luft, doch der Schmerz nahm ihr den Atem, und sie konnte nicht einmal schreien.

Eine Geburt sollte anders sein. Etwas lief schrecklich falsch, und sie war ganz allein. Sie hob den Kopf und sah hoch über sich im Palast von Mistmantle Lichter brennen. Die Burg ragte fern in den Nachthimmel, zu fern, um Hilfe zu rufen.

Die Sternschnuppen schwirrten über die Insel, als das Eichhörnchenbaby zur Welt kam. Ein blasses kleines Etwas mit einem zarten, im Sternenlicht weiß schimmernden Flaum. Mit letzter Kraft setzte sich die Mutter auf, drückte das Baby an sich und biss die Nabelschnur durch.

»Herz bewahre dich«, flüsterte sie und drückte das Kleine an ihre heiße Wange. »Werde glücklich. Möge dich jemand finden, der dich liebt.« Bevor sie ihm einen Namen geben konnte, war sie tot.

Das Baby lag am Ufer. Bleich wie der Mond zeichnete es sich klar gegen die dunklen Felsen ab. Eine Möwe, die am Himmel kreiste, erspähte unter sich etwas, was wie ein Stückchen Fisch aussah, stieß herab, schnappte es auf und flog davon. Der Palast von Mistmantle war nicht weit. Dort würde sie ein Örtchen finden, um ihre Mahlzeit zu verschlingen.

Ein Stern wie ein Silberstrahl schoss vorbei, dann ein zweiter. Die Möwe wich zur Seite und stieg weiter hinauf. Eine Sternschnuppe blendete sie, eine andere ließ sie vom Kurs abweichen. Ängstlich und wütend öffnete sie den Schnabel, um zu schreien.

Das neugeborene Eichhörnchen stürzte herab, immer schneller in die Tiefe. Wäre es auf die Felsen geschlagen, hätte es keinen Atemzug mehr getan, aber es fiel in seichtes Wasser, und die Wellen spülten es an den kalten nassen Strand.

Im Palast von Mistmantle drängten sich die ganze Nacht über die Tiere an den Fenstern, um den Sternschnuppen zuzusehen. Der schönste Teil war jetzt vorüber, und so zogen sie sich gähnend, die Pfote vor dem Mund, für ein wenig Schlaf in ihre Nester zurück. Im allerhöchsten Turm blieb Bruder Fir am Fenster stehen. Die Pfoten aufgestützt, um sein lahmes Bein zu entlasten, blickte er in den Himmel. Der Eichhörnchenpriester war alt, aber er hatte scharfe Augen, und es entging ihm nichts. Als er etwas Weißes vom Himmel fallen sah, beugte er sich aus dem Fenster, um besser sehen zu können. Manchmal fielen in Nächten wie diesen Gesteinsbrocken auf die Erde, und das konnte einer davon sein.

Unter ihm, an einem anderen Fenster, hielt Crispin den Kopf ins Freie und wandte das Gesicht zum Himmel. Er war ein junges Eichhorn und lebte als Gefolgsmann des Igels König Brushen im Palast. Trotz seiner Jugend war er kürzlich in die Hohe Runde aufgenommen worden, einer kleinen Gruppe von Tieren, die dem König zur Seite standen. Den Kopf im Nacken, lehnte er sich hinaus, als auch er etwas Weißes vom Himmel durch die Luft trudeln sah. Er sprang aus dem Fenster und rannte behände an der Mauer hinunter zum Ufer.

Im schwachen Licht des Morgens kniete Crispin neben dem kleinen Knäuel am Wasserrand. Er hatte etwas Leuchtendes, Hartes erwartet, einen wertvollen Stein vielleicht, aber stattdessen fand er ein zusammengerolltes Etwas, das alles hätte sein können. Vielleicht war es ein Seestern?

Es bewegte sich, und während Crispin es noch betrachtete, gab es einen kläglichen Schrei von sich, streckte seinen kleinen Körper und griff mit einer winzigen Pfote in die Luft. Crispin hörte den schlurfenden Schritt von Bruder Fir hinter sich, aber er war zu fasziniert, um sich umzudrehen.

»Es ist ein Baby!«, sagte er.

»Herz segne es, fürwahr!«, sagte Fir. »Nimm es hoch, Crispin, lass es nicht dort liegen!«

Crispin war den Umgang mit Babys nicht gewohnt. Er nahm es ungelenk in beide Pfoten – er hatte Angst, ihm wehzutun –, aber das Kleine wand sich sogleich in seinem Griff, und ohne nachzudenken, legte er es behutsam an seine Schulter. Bruder Fir nahm seinen alten grauen Umhang ab.

»Ihr jungen Eichhörnchen spürt die Kälte nicht«, sagte er. »Ihr geht immer ohne Umhang aus dem Haus. Wickel es darin ein, bevor es uns erfriert.«

»Wie ist es hierher gekommen?«, fragte Crispin und betrachtete das Baby, während er es in den Umhang wickelte. »Es muss gerade erst geboren sein.«

»Ein paar Stunden alt, denke ich«, sagte Fir. »Und wie außergewöhnlich. Sieh dir nur sein Fell an!«

Crispin wusste nicht, wie neugeborene Babys aussehen, aber er wusste, dass es mit diesem etwas Besonderes auf sich hatte. Es war bleicher als der Sand.

»Wir müssen seine Mutter finden«, sagte er. »Sie wird sich Sorgen machen.«

»Sie wird tot sein«, sagte Fir schroff. »Oder sie liegt im Sterben. Oder sie hat den Kleinen verstoßen. Eine Mutter, die von ihrem Baby getrennt ist, würde ein Geschrei machen, dass die Felsen bersten. Die ganze Insel würde nach ihm suchen.«

Crispin legte Fir das Baby in den Arm, rannte zum Ufer und traf auf eine Gruppe Otter, die er losschickte, die Mutter des Babys zu suchen. Er kam zurück und sah ein rundliches Eichhörnchenweibchen schwerfällig zum Strand hinuntertapsen. Sogar aus der Ferne konnte er sie rufen hören.

»Was habt ihr da gefunden?«, polterte sie. »Eins von diesen Sternendingern da?«

Crispin zuckte zusammen. Apple war ein warmherziges Eichhörnchen, aber nicht besonders gescheit, und sie redete viel.

»Guten Morgen, Bruder Fir, mein Herr ... oh! Guten Morgen, Crispin. Ich wollt mir ein paar Sterne suchen gehen, ich mein natürlich diese Sternenstückchen. Ich hab die ganze Nacht auf einem Baum gesessen und den Sternen zugesehen. Ich weiß gar nicht, wie diese Sternenstückchen aussehen, die da so runterfallen, aber ich wollte trotzdem mal gucken. Habt ihr eins gefunden?«

»Etwas Besseres als einen Stern«, sagte Fir. Er hob einen Zipfel des Umhangs, und das Baby blinzelte schläfrig mit den Augen.

»Ein Baby!« Apples dunkelbraune Augen begannen zu leuchten. »Ooh! Kann ich es mal halten?«

Crispin hielt es für keine so gute Idee, aber Fir gab ihr das Baby. Sie summte leise beruhigend vor sich hin und kuschelte es in ihr Fell.

»Wem gehört denn der Kleine?«, fragte sie.

»Er ist wohl verloren gegangen«, sagte Fir. »Er ist an Land gespült worden. Wir suchen gerade seine Mutter.«

»Wenn ihr sie nicht findet, nehm ich ihn«, sagte sie unversehens. »Mir macht das nichts aus. Ich kümmer mich um ihn. Ich liebe nämlich Babys.«

»Danke, Apple«, sagte Fir und nahm das Baby wieder an sich. »Wir bringen ihn zuerst mal in meinen Turm. Er muss sich am Feuer aufwärmen. Könntest du eine junge Eichhörnchenmutter finden, die ihn stillen kann, falls wir seine eigene nicht finden?«

»Ich kümmer mich um ihn«, rief Apple über die Schulter hinweg, während sie davonhoppelte.

»Lass sie ja nicht in seine Nähe!«, sagte Crispin. »Sie kann nicht mal ihren Schweif von ihren Ohren unterscheiden. Sie wird ihn irgendwo liegen lassen und nicht mehr wissen, wo.«

»Sie hat ein mütterliches Herz«, sagte Fir. »Und sie würde ihn nicht alleine großziehen. In Anemone Wood gibt es viele Eichhörnchen, die sich um die Kinder der anderen kümmern. Ein Kleines mehr würde da nicht auffallen. Du scheinst ja auch überlebt zu haben.«

Sie begannen den langen Aufstieg zurück zum Palast. Crispin wäre lieber die Mauer hinaufgeklettert, aber er zügelte sich und hielt mit Fir Schritt.

»Du hast gesagt, das Meer hat ihn angespült«, sagte er.

»Hmh. Da hast du Recht«, sagte Fir. »Wahrscheinlich ist er eine Waise. Auch stammt er wohl nicht von hier. Wir hatten noch nie ein Eichhörnchen mit so einem hellen Fell. Er unterscheidet sich schon so genug von den anderen Eichhörnchen. Da müssen sie nicht auch noch denken, er sei in einer Sternschnuppennacht vom Himmel gefallen. Und so wie ich Apple kenne, hat sie bald vergessen, dass wir etwas mit ihm zu tun hatten. Lass sie ruhig denken, sie habe ihn gefunden. Wenn die Zeit gekommen ist, erzählen wir ihm alles, was er wissen muss.«

Sie hielten an einem Fenster, damit Fir sein lahmes Bein ausruhen und Atem schöpfen konnte. Crispin sah hinunter zum Wasser. Der Strand war übersät mit aller Art Muscheln, bunten Kieselsteinen, Treibholz, glänzenden Algenbüscheln, nassen Federn und den stacheligen Schalen von Seeigeln.

»Urchin*«, sagte er. »Können wir ihn Urchin nennen? Er wurde am Meer gefunden.«

Fir hob die Pfote. »Möge das Herz dich segnen und bewahren, Urchin von Mistmantle«, sagte er, während weit entfernt auf der anderen Seite der Insel eine Welle Urchins Mutter vom Ufer hob und sie sachte wiegend ins Meer hinaustrug.

* Was sich hinter dem Namen »Urchin« verbirgt, erfahrt ihr auf Seite 335. Dort gibt es ein Namensglossar, in dem ihr alle Heldinnen und Helden dieser Geschichte wiederfindet.

# KAPITEL 1

Vom höchsten Punkt auf dem Wachthügel konnte Urchin die ganze Insel überblicken.

Seit Tagen hatten Eichhörnchen und Igel Bündel knorriger Äste den Hügel hinaufgeschleppt. Das Freudenfeuer konnte bald entzündet werden, die Scheite waren aufgetürmt, und Urchin fühlte, dass er unbedingt hinaufklettern musste. Er war alt genug, um es zu schaffen, und jung genug, es zu wollen. Er sprang behände von Ast zu Ast, hielt mit geschwungenem Schweif das Gleichgewicht und krallte sich, oben angekommen, mit den Hinterklauen fest, um sich das Moos aus dem Fell zu klopfen. Er war immer noch blass wie Honig – nur die Spitzen von Ohren und Schweif waren eichhörnchenrot gefärbt. Als er sich aufrichtete, die Ohren spitzte und über Mistmantle blickte, fühlte er sich wie der Herr über die ganze Insel.

Eine Nacht der Sternschnuppen stand bevor. Die Tiere würden sich in der kühlen Abendluft hier versammeln, das Feuer anzünden und den Sternen zusehen, wie sie funkelnd durch den Nachthimmel schwirrten, und sich vorstellen, welch großes Ereignis bevorstand.

Im Süden unter ihm lag Anemone Wood. Die Vorboten des Herbstes hatten die Blätter golden gefärbt. Weiter entfernt am Ufer jagten Otter einander im Spiel über den Strand. Eine Reihe kleiner Ruderboote schaukelte auf dem Wasser. Urchin hatte nie verstanden, warum sich Otter für Boote begeisterten, wo sie doch selbst so gut schwimmen konnten. Vielleicht mochten sie einfach alles, was mit Wasser zu tun hatte.

Ein großmastiges Schiff lag am Landungssteg, die Segel waren gestrichen, und die leuchtend lackierte Galionsfigur glänzte in der Sonne. Ein Arbeitstrupp Eichhörnchen und Otter stand bereit, um die Schiffsfracht zu entladen. Eine Kiste nach der anderen wurde nach hinten durchgereicht, und Urchin überlegte sich, was sie wohl enthielten. Wollstoff für Umhänge vielleicht, Farbe für die königlichen Werkstätten, oder edlen Wein für König Brushens Weinkeller? Morgen würde auch er dort unten sein, richtige Erwachsenenarbeit leisten und helfen, das Schiff mit Bauholz zu beladen.

Er wollte nicht wirklich an morgen denken. Die Hinterkrallen um einen der Äste gekrümmt, drehte er sich, mit dem Schweif balancierend, weiter und blickte über die Baumwipfel zum Palast von Mistmantle. Sehnsucht überkam ihn.

Der Palast war der Ort, an dem er sein wollte. Strahlend, in Muschelrosa, Weiß und einem blassen, fast goldenen

Sandsteingelb ragte der Palast von Mistmantle auf seinem hohen Felsplateau wie eine Statue in den Himmel. Auf einem kleinen Turm flatterte eine Fahne im Wind. Ein junges Eichhörnchenweibchen hüpfte mit einem Korb am Arm die Palaststufen hinauf, und die Maulwurfswachen traten zur Seite, um sie einzulassen. Sie könnte eine Dienerin der Königin sein. Urchin beneidete sie. Er beneidete sogar die Küchenmaulwürfe, die von einem der unteren Fenster Schmutzwasser in den Rinnstein gossen. Vom König im Thronsaal bis zum Küchenmaulwurf in der Spülküche mussten alle im Palast ein wundervolles Leben führen.

Er war natürlich schon einmal dort gewesen. Alle Tiere von Mistmantle wurden zu großen Festlichkeiten in den Palast eingeladen, so zum Beispiel beim Frühlingsfest. Apple erzählte, dass es früher, als sie noch klein war, alle möglichen wunderbaren Feiern und Festspiele gegeben hatte, mit großen Banketts, Musik und Girlanden. Heute war das anders, aber zumindest wusste Urchin, wie es war, im großen Versammlungssaal zu stehen.

Er war zur Taufe von Prinz Tumble dort gewesen, dem einzigen Kind von König Brushen und Königin Spindle. An diesem Tag schienen sich alle Tiere der Insel in den Palast gedrängt zu haben. Kunstvolle Wandteppiche schmückten die Wände, gestickte und gewebte Bilder, die von der Geschichte der Insel erzählten, aber in dem Gedränge gab es keine Möglichkeit, sie sich genauer anzusehen. Der Menge die Treppe hinauf zu folgen, war schon verwirrend genug, und Urchin hatte sich gefragt, wie irgendjemand wieder herausfinden sollte.

Die Prozession war prachtvoll. Zuerst traten die Tiere

der Hohen Runde ein. Dann ging ein Raunen der Bewunderung durch die Menge, als die drei Captains von Mistmantle mit ihren gold und silber durchwobenen Umhängen und Goldreifen auf den Häuptern stolz die Halle durchschritten. Als Erstes kam Eichhorn Husk, dann Eichhorn Crispin und schließlich Otter Padra. Bruder Fir folgte ihnen humpelnd in einer einfachen weißen Tunika. Schließlich betrat König Brushen den Saal, groß und kräftig und prachtvoll schritt er zusammen mit Königin Spindle durch den Raum, auf ihren Mänteln strahlte eine einzige Juwelenpracht. Dann erschien die Eichhörnchendame Lady Aspen, die das strampelnde knopfäugige Igelbaby Prinz Tumble auf dem Arm trug. Und vor den Augen der Zuschauer, die sich alle auf die Pfotenspitzen stellten, hatte Bruder Fir Prinz Tumble hochgenommen und ihm den Segen gegeben.

Urchin war seither nicht wieder im Palast gewesen. Er blickte in die verzauberten Nebelschwaden hinaus, die um die Insel lagen und sie so gut beschützten, dass nur wenige Schiffe den Weg zu ihr fanden. Tiere von Mistmantle, die ihre Heimat über das Wasser verließen, konnten nie mehr über das Wasser zurückkehren. Der Nebel würde es verhindern. Und die Otter achteten sehr darauf, mit ihren Booten nie hinter die Nebelwand zu geraten.

Er überlegte, wie lange es noch dauern würde, bis die Nacht hereinbrach, als ihn ein Fichtenzapfen an der Schulter traf.

»Was für ein Angeber«, sagte eine Eichhörnchenstimme.

»Achte gar nicht auf ihn«, sagte eine andere.

Zwei Eichhörnchen hatten die Hügelspitze erreicht: Gleaner und Crackle. Sie waren unzertrennlich und sahen

Urchin immer an, als hätten sie gerade etwas Böses gegen ihn ausgeheckt. Crackle schien es nicht im Blut zu liegen, andere zu piesacken, aber Gleaner musste sich gar nicht erst bemühen.

Urchin blickte an ihnen vorbei und sah weitere Tiere den Hang hinaufkommen, während die Eichhörnchen Abkürzungen nahmen und von Baum zu Baum sprangen. Nach Gleaner und Crackle erreichte Urchins gute Freundin Needle den Hügel, ein Igelmädchen mit ungewöhnlich spitzen Nadeln. Sie war umringt von einem Haufen sehr junger Eichhörnchen, die ihr jedoch nicht *zu* nahe kamen und gerade alt genug waren, den Wachthügel hinaufzuklettern, ohne getragen zu werden. Hinter ihnen trottete Urchins Pflegemutter Apple den Hang hinauf. Sie hielt sich größtenteils an den Pfad, und wenn sie einmal auf einen Ast sprang, bog er sich Besorgnis erregend nach unten.

»Urchin!«, quiekte ein kleines Eichhörnchen aufgeregt.

»Da ist Urchin!«, rief ein anderes und wollte schon zu ihm hinaufkommen.

»Wartet dort unten!«, rief Urchin. Wenn sie zu ihm hinaufkletterten, würde womöglich der ganze Scheithaufen über ihnen zusammenstürzen, also sprang er zu ihnen nach unten. Er war bei den jungen Eichhörnchen sehr beliebt, und es dauerte keine Sekunde, da hingen sie alle an ihm, wollten auf seinem Rücken reiten und streckten die Pfoten aus, damit er sie durch die Luft wirbelte. Needle kam auf ihn zu und stellte sich neben ihn.

»Sieh mal. Dort unten am Strand ist Captain Crispin«, sagte sie. »Und Captain Padra.«

Urchin sah zum Ufer hinunter und erblickte Padra, den Otter, der aus dem Wasser getorkelt kam und sich dann im Sand wälzte, um sein nasses Fell zu trocknen. Captain Crispin stand daneben und hielt ihm seinen Umhang.

Alle drei Captains waren seit ihrer Kindheit gute Freunde. Im Laufe der Zeit waren sie zu Palastpagen ernannt, dann in die Hohe Runde aufgenommen worden, und jetzt, als Captains, hatten sie den höchsten Rang der Insel inne. Captain Husk war der engste Vertraute und Berater des Königs und verbrachte die meiste Zeit im Palast. Captain Padra kümmerte sich um die Küste und alle am Wasser lebenden Tiere. Crispin hingegen kümmerte sich um die Wälder und die Tiere von Anemone Wood – er schien sich sogar für Urchin zu interessieren.

Crispin war Urchins Held. Wenn jemand Urchin gefragt hätte, was er einmal werden wolle, hätte er ehrlich antworten können: »Ich möchte einmal wie Captain Crispin sein.« Aber er hätte es niemals gesagt. Es war ein Herzenstraum, der nicht ausgesprochen werden durfte. Die anderen würden sich nur lustig machen.

Und dann *hatte* ihn schließlich auch niemand gefragt. Er würde für den Rest seines Lebens Bauholz auf Schiffe verladen.

Das jüngste der kleinen Eichhörnchen war hingefallen und weinte. Urchin nahm es hoch und setzte sich, mit dem Eichhörnchen auf den Knien, neben Needle auf einen kräftigen Ast.

»Ist es nicht wundervoll hier oben?«, sagte sie. »Sieh dir nur mal das Schiff an!« Dann blickte sie auf ihre Pfoten. »'tschuldigung.«

»Schon gut«, sagte Urchin. »Das macht mir nichts aus.« Er wusste, dass sie ihn nicht an seine zukünftige Arbeit erinnern wollte.

Plötzlich tauchte Crackle hinter ihnen auf.

»Ach! Needle spricht also noch mit uns«, sagte sie. »Mit ihm würde ich aber nicht reden, Needle. Er kommt in einen ganz gewöhnlichen Arbeitstrupp, und du bist doch jetzt ein Palastigel. Du gehst doch morgen in die Werkstätten, oder nicht? Malen, weben, nähen, Wandteppiche knüpfen, und wer weiß, was sonst noch. Wie begabt wir doch sind! Wie privilegiert. Viel zu fein, um mit uns zu sprechen.«

Needle drehte sich abrupt um.

»Autsch!«, sagte Crackle.

»Ach, hab ich dich etwa gepiekst?«, sagte Needle höflich. »Du solltest mir nicht zu nahe kommen. Beachte sie gar nicht, Urchin.«

»Du musst dich schon sehr auf morgen freuen«, sagte Urchin.

»Ich wollte eigentlich nicht darüber sprechen«, druckste sie.

»Warum nicht? Weil du ausgewählt wurdest, im Palast zu arbeiten, und ich nicht?«, sagte Urchin. »Red, so viel du willst. Ich freu mich für dich. Es ist nur …«

Er sah wieder hinunter zum Ufer. Captain Crispin war nicht mehr da. Ein paar Seeleute und Otter saßen auf dem Landungssteg und plantschten mit den Beinen im Wasser.

»Ich hatte eben Träume«, sagte er leise. »Manchmal habe ich ein Gefühl, als wäre ich zu etwas Besonderem bestimmt.« Er knetete seine Pfoten. »Vielleicht weil ich nicht weiß, woher ich komme. Ich weiß nicht einmal, wie ich hierher gekommen bin. Ich weiß nicht, wer meine Eltern sind – oder wer sie waren –, und ich sehe nicht einmal aus wie die anderen Eichhörnchen hier. Apple hat mir immer gesagt, ich sei etwas Besonderes. Ich habe vielleicht gedacht, ich sei für etwas erwählt. Ich ... Du darfst aber nicht lachen, ja?«

»Natürlich nicht!«, sagte Needle.

Er hätte dies niemandem außer Needle erzählt. Sogar ihr gegenüber fiel es ihm schwer.

»Ich wurde in einer Sternschnuppennacht geboren«, sagte er. »Es heißt, wundersame Dinge sollen auf diese Nächte folgen. Aber ich glaube nicht, dass irgendetwas Aufregendes nach dieser Nacht passiert ist. So als ob ..., nun ja, als ob *ich* passiert wäre. Als wäre ich in dieser Nacht hierher gesandt worden, um etwas Wichtiges zu leisten. Und ich habe mich immer bemüht, mein Bestes zu geben, in allem, was ich tat. Ich wusste, dass ich nicht wirklich ein Eichhörnchen von Mistmantle bin. Dass ich mich anstrengen muss, um eines zu werden. Und ich *habe* mich angestrengt. Aber ich habe nichts erreicht. Nichts, außer den Rest meines Lebens Schiffe zu beladen.«

»Warum glaubst du denn, es sei für den Rest deines Lebens?«, fragte Needle. »Du könntest doch ...«

Sie verstummte, da Apple auf dem Hügel angelangt war. Sie sah hinunter zu dem vor Anker liegenden Schiff und schöpfte erst mal Atem.

»Schiffe beladen!«, grummelte sie und ließ sich schwerfällig neben Needle und Urchin fallen. Der Ast schwankte, und das kleine Eichhörnchen auf Urchins Schoß fing an zu quieken.

»Das ist alles nicht richtig. Früher gab es so was nicht. Früher gab es keine Arbeitstrupps und den ganzen Kram. Die Arbeit wurde trotzdem erledigt. Und dann hatten wir auch noch viel mehr Spaß damals.«

Urchin und Needle grinsten einander kurz an. Zwecklos zu streiten oder auch nur den Mund aufzumachen, wenn Apple einmal loslegte.

»Die Schiffe wurden beladen und entladen. Und all die Nüsse und Beeren und der ganze Kram wurden auch gesammelt und gespeichert; und die Umhänge wurden genäht und der Beerenpunsch wurde gekocht, und es wurde gefischt und auf den Schiffen gearbeitet und auch im Palast, und die Medizin wurde gemacht, und die Nester waren auch immer sauber, und alles war in Ordnung. Und jetzt geht es nur noch um Arbeitstrupps, oder etwa nicht?« Sie drehte sich um und suchte nach Bestätigung. »Oder etwa nicht?«

»Ja, Apple«, sagte Needle.

»Arbeitstrupp hier, Arbeitstrupp da. Noch bevor man morgens auf den Beinen ist, heißt es: ›Alle Westküstenotter zur Strandsuche melden‹, ›Alle Anemone Wood-Eichhörnchen am Zapfenspeicher melden‹ und *was* nicht alles. Und Urchin hier passt auf die Kleinen auf … Hallo, mein Kleiner, … klettert in den Bäumen herum, eben all die Dinge, die er in seinem Alter tun sollte, und jetzt muss er weg und soll …«

»Bauholz entladen!«, quietschte Gleaner und kicherte.

Needle stellten sich die Stacheln auf. »Und was wirst du tun, Gleaner?«, fragte sie mit lieblicher Stimme.

»Haben sie mir noch nicht gesagt«, sagte Gleaner, schüttelte sich kurz und zuckte mit den Achseln. »Sie denken noch über mich nach. Sie überlegen sich, mich vielleicht im Palast arbeiten zu lassen.« Sie schüttelte sich wieder. »Natürlich rechne ich nicht damit, aber es ist schön, in Betracht gezogen zu werden.«

»Wer sagt, sie überlegen es sich noch?«, fragte Needle.

»Kümmer dich um deinen eigenen Kram«, sagte Gleaner patzig und fügte im Flüsterton hinzu: »Dich hätte man gleich bei deiner Geburt zur Merz freigeben sollen.«

»Zur *Merz*?«, sagte Urchin. »Das ist nicht witzig!«

»Ja. Das ist auch so etwas. Früher gab es das bei uns nicht«, sagte Apple wütend. »Niemand wurde zur Merz gebracht.«

Das kleine Eichhörnchen drehte den Kopf und sah Urchin an. »Was heißt zur Merz bringen?«, fragte es.

»Kümmer dich nicht darum, mein Kleines, Herz segne deine Öhrchen«, sagte Apple.

»Letzte Woche ist ein Maulwurfbaby zur Merz gebracht worden«, sagte Crackle laut.

»Von dir haben wir jetzt genug gehört!«, sagte Apple.

»Aber es ist doch sehr fürsorglich, die Schwachen zu töten«, sagte Gleaner, während Needle das kleine Eichhörnchen an der Pfote zum Spielen wegzerrte. »Es wäre grausam, sie am Leben zu lassen, wenn sie so schwach oder nicht ganz richtig sind. Es ist viel vernünftiger, sie zu töten. Sie machen es auch ganz schnell.«

»Und sie betäuben sie auch vorher«, sagte Crackle.

»Sei du bloß still«, schimpfte Apple über die Schulter hinweg nach hinten. »Es ist eine schreckliche Sache. Früher gab es hier so etwas nicht.«

Gleaner setzte sich gewichtig auf. »Es ist das Gesetz des Königs!«, sagte sie empört. »Du kannst doch nicht sagen, der König habe Unrecht!«

Alle Tiere von Mistmantle waren ihrem König sehr ergeben und es immer schon gewesen. Sich gegen den König zu richten, schien undenkbar. Besonders die Igel waren für ihre Treue und harte Arbeit bekannt, so wie die Otter für ihren Mut und ihr sonniges Gemüt und die Eichhörnchen für ihren scharfen Verstand. Die Maulwürfe verbrachten so viel Zeit unter der Erde, dass es mitunter schwierig war, sie überhaupt kennen zu lernen, aber sie galten als zielstrebig und zuverlässig.

»Er ist wirklich ein guter König, wirklich ein guter König«, stimmte Apple mit fester Stimme zu. »Er hat nur ein paar komische Gesetze, das ist alles. Wie dieses eine eben …« Sie sah auf das kleine Eichhörnchen, das sich von Needle losgerissen hatte und jetzt an Urchins Bein hochkletterte. »… dieses eine, über das wir gerade gesprochen haben. Und diese Arbeitstrupps. Das sind überhaupt keine guten Gesetze. Dieses eine da, also, das ist sogar ein ganz schlechtes Gesetz. Da ist und bleibt nichts Gutes dran. Aber er ist ein guter König, ein wirklich guter König, nur die Gesetze, die sind keine guten Gesetze, das ist alles. Er hat ein paar schlechte Gesetze.«

»Wie bitte?«, sagte Urchin.

»Lass sie das Ganze bloß nicht wiederholen«, seufzte Gleaner.

»Ich wünschte aber, sie täten es nicht«, sagte Needle leise. »Meine Mama bekommt wieder ein Kind, und ich hoffe so sehr – ich hoffe und bete, dass mit ihm alles in Ordnung ist. Ich könnte es nicht ertragen, wenn …«

Urchin sah zu dem Eichhörnchen auf seinem Schoß, aber es hatte in der Ferne etwas erblickt und hörte ihnen nicht zu.

»Dem Baby wird es schon gut gehen«, sagte er.

»Aber selbst Babys, die nur ein kleines bisschen schwach oder zart sind, kommen zur Merz«, sagte Needle.

»Wenn sie das Bein nachziehen oder auch nur kurzsichtig sind.«

»Wen starrt die Kleine denn so an?«, sagte Apple laut. »Du liebe Güte, da ist er ja!«

»Captain Crispin!«, rief Urchin. Er sprang auf die Hinterpfoten, wobei er fast das kleine Eichhörnchen fallen ließ, als Captain Crispin von einem Baum sprang und neben ihnen auf dem Hügel landete.

»Guten Morgen!«, rief er. »Was für ein prächtiges Feuer!«

Als Captain trug er einen Goldreifen auf dem Kopf und hatte ein Schwert um die Hüfte gegurtet. Begeistert und überrascht zugleich machte Urchin eine ungelenke Verbeugung und fragte sich, ob sein Fell wohl schmutzig oder verstrubbelt war. Das war das Problem mit einem so hellen Fell. Man konnte immer allen Schmutz darauf sehen. Und er wünschte, Crispin hätte ihn bei etwas Beeindruckenderem angetroffen, als auf ein Kleinkind aufzupassen. Er stammelte ein Guten Morgen.

Apple machte einen schwerfälligen Knicks. »Guten Morgen, Captain Crispin, und was für ein schöner Morgen, Captain Crispin, Sir. Wir haben ein schönes Feuer gemacht, und jetzt warten wir nur noch auf die Sterne, und wir werden hier oben ein großes Festmahl halten, und ich habe meinen Apfel-Minz-Trunk mitgebracht, Sir, würden Sie gerne etwas davon haben?«

Urchins Pfoten krümmten sich vor Scham. Apples Trunk war berühmt dafür, Insekten zu vertreiben, aber er schmeckte fürchterlich.

»Danke, Mistress Apple, aber heute werde ich mir das Vergnügen einmal verkneifen«, sagte Crispin. »Doch würde ich gerne ein Wort mit dem jungen Urchin sprechen, wenn ich darf. Urchin, würdest du mich wohl ein Stück begleiten?«

Urchin war so erstaunt, dass er nur stottern konnte. Er sah Apple hilfesuchend an und besann sich gerade noch, Needle das kleine Eichhörnchen in die Pfoten zu drücken. Dann strich er sich kurz das Fell glatt, rannte an Crispins Seite, und zusammen gingen sie ein Stück Weg hinunter.

Crispin fragte Urchin nach Apples Befinden und für welche Arbeit er eingeteilt worden war und wie die Herbsternte voranging, während Urchin überlegte, welche Antworten die besten wären, und versuchte, etwas Intelligentes zu sagen, ohne anzugeben – aber Captain Crispin war so freundlich und entspannt, dass er mit der Zeit seine Schüchternheit vergaß. Schließlich drehte sich Crispin zu ihm hin und fragte: »Wirst du heute Abend auf dem Wachthügel den Sternen zusehen?«

»Oh ja, Sir!«, sagte Urchin.

»Denn wenn du möchtest, könntest du auch in den Palast kommen«, sagte Crispin. »Captain Padra und ich werden die Sterne von Bruder Firs Turmzimmer aus beobachten. Wahrscheinlich der beste Ausblick auf der ganzen Insel. Du bist eingeladen, wenn du willst.«

Urchin spürte, wie ein freudiger Schauer sein Fell durchkräuselte, auch wenn er sicher war, sich verhört zu haben. Er öffnete den Mund, aber es kam nichts heraus. Schließlich gelang es ihm zu sagen: »Ich, Sir? Im Palast?«

»Natürlich du, Urchin. Wenn sie dich hier entbehren können«, sagte Crispin. »Und es dir nichts ausmacht, das Feuer zu verpassen. Mach dich bei Einbruch der Dunkelheit auf den Weg. Ich werde den Palastwächtern Bescheid geben, dass du kommst. Sie werden dir dann den Weg zu Firs Turmzimmer zeigen.«

»Danke Ihnen, Sir!«, sagte Urchin mit halb erstickter Stimme.

»Danke *dir*, Urchin!«, sagte Crispin und sprang los, den Hügel hinunter. Urchin sah ihm nach, bis er außer Sichtweite war, dann rannte er wie der Wirbelwind zum nächsten Baum, die Borke hinauf, und machte oben vor lauter Freude Saltos in der Luft. Eine Sternschnuppennacht, der Palast und Crispin.

# KAPITEL 2

Urchin hatte sich das Fell gewaschen und gebürstet, und jetzt glänzte es seidig im Schein der Palastlaternen. Er trug einen neuen roten Umhang, einmal, weil es nachts kalt werden konnte, aber auch zu Ehren des Anlasses. Er konnte nicht ohne einen anständigen Umhang im Palast erscheinen. Der Wächter wies ihn eine Treppe hinauf, und er nahm drei Stufen auf einmal, bevor er sich daran erinnerte, dass dies der Palast von Mistmantle war und er zwei Captains und einen Priester treffen würde. Danach lief er etwas gemessener und stellte sich vor, er trüge ein Schwert an der Seite.

Er kam an den Werkstätten vorbei, in denen Needle am nächsten Tag mit der Arbeit beginnen würde. Sie waren jetzt verschlossen, aber er konnte sich die vielen Pergamentrollen, Leinwände, Seidenstoffe, Nadeln und Weberschiffchen darin vorstellen und all die prächtigen Farben in jeder nur möglichen Schattierung. Leinwandrollen und Steinkübel mit Farbe lagerten vor den Türen neben Ballen weicher Wolle.

Auf der nächsten Treppenflucht war er wie geblendet von der Farbenpracht. An den Wänden hingen Teppiche und Gemälde, die von den Geschichten vergangener Tage und den Helden der Insel erzählten. Einige der Bilder waren schon alt und staubig, aber Urchin betrachtete sie dennoch voller Bewunderung. Die Tiere waren so klar und lebhaft gezeichnet, als wären sie lebendig. Er war von den Farben und Mustern wie verzaubert. Doch schließlich riss er sich los und hüpfte die breiten Stufen hinauf, da er Captain Crispin nicht warten lassen durfte. Als Nächstes ging es eine schmale Wendeltreppe hinauf, dann noch eine und noch eine, bis er oben vor der kleinen Eichentür stand.

Er holte einmal tief Luft, klopfte mit zitternder Pfote vorsichtig an die Tür und wartete, dass ihm ein Wächter öffnen würde. Aber zu seiner großen Überraschung öffnete ihm ein hoch gewachsener, freundlich dreinblickender Otter, der einen Goldreifen und ein Schwert trug.

»Captain Padra!«, japste er und machte schnell eine Verbeugung. Allerdings war er so überrascht, dass er mit dem Schweif erst mal das Gleichgewicht finden musste, um nicht direkt wieder die Stufen hinunterzufallen. Etwas Großartiges umgab den Otter Padra. Doch er hatte ein freundliches Gesicht, leuchtende intelligente Augen, und er sah aus, als würde er oft und gerne lachen.

»Urchin! Nur hereinspaziert! Sei willkommen!«, sagte er und hielt ihm die Pfote hin. »Ich bin Padra. Crispin, hör auf, aus dem Fenster zu starren, und begrüße deinen Gast.«

Das kleine runde Zimmer roch süß und frisch nach Äpfeln und rauchigen Holzscheiten, die leise im Kamin knisterten. Das Zimmer war blitzblank geputzt und einfach eingerichtet. Auf einem niedrigen Tisch standen ein Krug und ein paar Holzkelche, und vor das Kaminfeuer war eine Bank geschoben worden. Ringsum waren hohe Bogenfenster, von denen ein paar einen Spaltbreit geöffnet waren und die nächtliche Herbstluft einließen. Das Zwielicht färbte den Himmel violett und aprikosenfarben. Crispin kam herüber und begrüßte Urchin mit einem Kelch Gewürzwein in der Hand.

»Jetzt weißt du, warum Firs Turmzimmer der beste Ausguck auf der ganzen Insel ist«, sagte Crispin. »Man kann sich nur nicht entscheiden, an welches Fenster man sich stellen soll.«

»Vielen Dank, dass ich herkommen durfte, Bruder Fir«, sagte Urchin, und Bruder Fir zwinkerte ihm zu.

»Du musst dir meine Gärten ansehen«, sagte er. »Hmh! Wusstest du, dass es hier oben im Himmel Gärten gibt?«

Urchin beugte sich aus dem Fenster, und erst jetzt sah er, in welcher Höhe er sich befand. Weit, weit unter ihm rauschten die Wellen an Land, und die Sterne schienen zum Greifen nah.

»Du lebst in Anemone Wood, nicht wahr?«, sagte Fir. »Komm hier herüber. Vom Nordwest-Fenster aus kannst du es sehen.«

Er führte Urchin von Fenster zu Fenster. Es dunkelte bereits, aber Urchin konnte seine Lieblingsfichte erkennen und den Wachthügel, an dem kleine Lichter in einer Kette den Hang hinaufzogen, während die Tiere sich versammelten, um die Sterne zu beobachten. Dann zeigte ihm Fir stolz seine Blumenkästen.

»Petersilie, Majoran, Basilikum, Pfefferminze, Thymian«, sagte er, über einen gebeugt, und: »Grasnelke, Immergrün und …« Er hielt inne und wandte das Gesicht zum Himmel. »Hmh. Da fliegt ein Stern. Siehst du ihn?«

Padra und Crispin stürzten an die Fenster. Etwas Silbernes schoss durch den Himmel, wirbelte funkelnd durch die Dunkelheit, dann noch eine Schnuppe und noch eine. Dann folgte eine Pause, und dann stürzten vom östlichen Himmel die Sterne herüber, drehten sich wie spielende Otter, tanzten und kreiselten weiter, bis sie sich verloren. Dann kam nur noch einer, dann noch einer, und der Himmel wurde wieder dunkel.

»Wunderbar!«, sagte Crispin.

»Dafür lohnt es aufzubleiben«, sagte Padra. Bruder Fir sagte nichts, und Urchin wusste, dass der Priester genau so fühlte wie er. Worte reichten nicht aus. Die Schönheit und der Schrecken des Schauspiels ergriffen Urchins Herz, und er wagte nicht zu sprechen, aus Angst, den Zauber zu brechen. Er blieb am Fenster stehen und nahm die frische Nachtluft in sich auf, die vom Sternenlicht zu flimmern schien. Dann drehte er sich um, als er hörte, dass Crispin seinen Namen rief.

»Entschuldigung, Sir! Haben Sie mich gerufen?«

Er fragte sich, ob es Zeit war zu gehen. Die beiden Captains hatten sich mit Kelchen in der Hand vor dem Kamin auf ein paar niedrigen Hockern niedergelassen, und Padra grinste.

»Urchin schwebt noch in den Lüften«, sagte er. »Und mit Recht. Aber es wird noch eine Weile dauern, bis die nächsten kommen. Du kannst dich also ruhig zu uns setzen und dich aufwärmen. Hier drüben«, fügte er hinzu, als er Urchin zögern sah. »Komm zu uns ans Feuer.«

»Wunderbare Sterne«, sagte Crispin. Urchin setzte sich auf den Boden. »Aber nicht so schön wie die in der Nacht, als ich dich gefunden habe.«

Urchin dachte, er müsste sich verhört haben. »*Sie* haben mich gefunden, Sir?«

Padra lachte leise vor sich hin. Crispin lächelte Urchin an.

»Apple hat es vergessen«, sagte er. »Sie erinnert sich nur an Dinge, an die sie sich erinnern will. Also denkt sie, sie hätte dich ganz alleine gefunden, und wir lassen ihr den Glauben.«

»Aber Crispin hat dich zuerst gefunden«, sagte Fir. »Und ich kam direkt hinter ihm hergehumpelt. Er hat dich im nassen Sand aufgelesen.«

»Sie haben mich gerettet, Sir!?«, rief Urchin und fügte hinzu: »Entschuldigen Sie, Sir, wenn ich frage, aber wissen Sie, wie ich hierher gekommen bin?«

Crispin und Fir wechselten einen Blick. »Wir haben versucht, deine Mutter zu finden«, sagte Crispin. »Aber es gab keine Spur von ihr. Wir haben dich vom Himmel fallen sehen, und das war's.«

»Verzeihung, Sir«, sagte Urchin. »Aber vielleicht verwechseln Sie mich mit jemand anderem. Ich glaube nicht, dass ich vom Himmel gefallen bin.«

»Oh doch, das bist du«, sagte Fir. »Ich habe dich auch heruntersegeln sehen. Hatte keinen blassen Schimmer, *was* du warst, aber wie ein Stern sahst du zumindest nicht aus. Wir haben es niemandem erzählt. Die anderen Tiere wären noch auf die merkwürdigsten Gedanken gekommen, wenn sie gewusst hätten, dass du einfach so aus dem Himmel gepurzelt bist, besonders in einer Nacht wie dieser. Und an deiner Stelle würde ich es auch für mich behalten.«

»Ja, Sir, aber wie …«, begann Urchin. Dann hielt er inne, denn es schien ihm eine ziemlich alberne Frage zu sein.

»Wie du dort oben hinaufgekommen bist?«, fragte Fir. »Hmh. Das würde ich auch gerne wissen.«

»Vielleicht hat dich eine Möwe forttragen wollen und dich fallen gelassen«, sagte Padra. »Wenn es so gewesen sein sollte, dann ist es wirklich erstaunlich, dass du noch lebst.«

»Und seither hatte ich immer ein Auge auf dich«, lächelte Crispin. »Du hast dich gut gemacht.«

»Und das ist auch gut so«, sagte Padra. »Crispin hat nämlich endlich eingesehen, dass er alleine nicht wirklich zurechtkommt. Ich hätte ihm das schon vor Jahren sagen können. Jetzt sag es ihm schon, Crispin.«

Crispin setzte seinen Kelch ab und wandte sich Urchin zu. »Ich brauche einen Pagen, der mir zur Hand geht, Urchin«, sagte er. »Jemand, der Botengänge für mich macht, mir bei Hofe hilft und so weiter. Es gäbe auch Wachaufgaben, aber du weißt ja, wie es ist – bei uns muss niemand wirklich bewacht werden. Ein Page lernt auch mit dem Schwert umzugehen. Aber die Insel ist so friedfertig, dass niemand kämpfen muss. Ich benutze mein Schwert nur bei Wettkämpfen. Oder um rüpelnde Seemänner von den Handelsschiffen zur Vernunft zu bringen oder im Wald Efeu zu schlagen, solcherlei Dinge eben. Mit anderen Worten, ich brauche ein Eichhörnchen, das wie meine rechte Pfote ist. Was meinst du, Urchin?«

Urchin fühlte sein Herz schneller schlagen. *Er kann nicht mich meinen*, dachte er. *Er fragt nur, ob ich jemanden für ihn wüsste.*

»Er meint dich, Urchin«, sagte Padra sanft, als hätte er Urchins Gedanken gelesen.

»Nimm dir ruhig Zeit, darüber nachzudenken, wenn du willst«, bot Crispin ihm an.

»Das brauche ich nicht«, sagte Urchin, der vor Aufregung kaum Luft bekam. »Es wäre wunderbar. Aber sind Sie sich auch sicher?«

»Sonst würde ich dich nicht fragen«, sagte Crispin. »Ich habe dich aufwachsen sehen. Und da ich ein Auge auf alle Eichhörnchen der Insel habe, weiß ich, dass du dich bei Hofe sehr gut machen wirst. Ich hätte dich schon früher gefragt, aber ich musste auf die Erlaubnis des Königs warten.«

Urchin dachte an den Morgen, als er auf dem Wachthügel stand und die Küchenmaulwürfe beneidet hatte. Jetzt würde er Page werden und jeden Tag in der Gesellschaft von Captain Crispin verbringen. Er würde im Versammlungssaal dienen und vielleicht sogar im Thronsaal und den königlichen Gemächern.

»Davon habe ich immer geträumt, Sir«, sagte er und merkte, dass er vor Ehrfurcht flüsterte. »Ich werde hart arbeiten. Das verspreche ich. Ich werde Sie nicht enttäuschen.«

»Das weiß ich«, sagte Crispin. »Dann lass uns darauf die Pfoten geben.« Sie gaben einander die Pfote, als Crispin an Urchin vorbei zum Fenster hinaussah. »Dort fliegt wieder ein Stern. Bald beginnt es von vorne. Urchin, wenn du heute Nacht nach Hause kommst, pack all deine Sachen zusammen. Sag Apple, wohin du gehst, und gib deinem Arbeitstrupp Bescheid, dass sie auf dich verzichten müssen. Komm morgen in aller Frühe zum Palast. Du kriegst das Zimmer neben meinem.«

»Ja, Sir!«, sagte Urchin und verbeugte sich ungelenk, denn er war sich nicht sicher, was er tun sollte – sich verbeugen, auf die Knie fallen, Captain Crispin die Pfote küssen oder in die Luft springen und Saltos schlagen. Padra stand auf.

»Die Sterne beginnen wieder«, sagte er. »Nach Südosten hast du die beste Sicht.«

Urchin verließ den Palast noch vor Sonnenaufgang. Die Sterne und seine gute Nachtsicht führten ihn sicher zurück nach Anemone Wood. Sein Herz quoll ihm über, und er jauchzte beim Gedanken, dass er nun am Königshof leben würde. Er würde arbeiten, lernen und, wenn es sein musste, kämpfen, immer an Captain Crispins rechter Seite. Captain Crispin würde sich auf ihn verlassen können. Er würde sein Schwert und seinen Reif polieren, seinen Umhang halten und sein Bote sein. Er würde den Sorgen des Captains lauschen, ihn bei Tisch bedienen und darauf achten, dass alles, was er brauchte, zur Verfügung stand, noch bevor er danach fragte. Der Morgen war nicht mehr fern, aber er dachte, er würde niemals kommen.

Urchin war nicht das einzige Eichhörnchen, das an diesem Morgen vom Palast nach Hause eilte.

Gleaner hatte keinen sehr schönen Tag gehabt. Sie hatte sich mit Crackle gestritten. (*Blöder Name! Crackle!*) Und so wollte sie sich die Sternschnuppen auf keinen Fall am gleichen Ort wie sie ansehen, was schade war, da Crackle auf den Wachthügel ging. Und als wäre das nicht genug, war *Urchin* auch noch in den Palast eingeladen worden! *Urchin!* Allein in den Palast geladen – und das von Captain Crispin! Gleaner schäumte vor Neid. Urchin war nicht einmal ein Eichhörnchen von Mistmantle. Und wahrscheinlich überhaupt kein richtiges Eichhörnchen.

Warum also sollte sie nicht auch zum Palast gehen, einfach auf eigene Faust? Beschwingt und wagemutig war sie zum Palast gerannt und behände die Mauern hinaufgeklettert. Das Mauerwerk war rau und griffig, und mit ihrem ausgezeichneten Gleichgewichtssinn fand sie guten Halt.

Sie lugte durch ein Fenster. Ihrer Meinung nach vielleicht sogar das von Captain Crispin. Aber kein Zeichen von Urchin oder irgendjemandem sonst. Sie rannte ein Stück weiter und versuchte es an einem Fenster im Stockwerk darüber. Das Spionieren machte richtigen Spaß.

Sie hatte Glück. Es war zwar nicht Urchin oder Crispin, aber jemand, den es wirklich lohnte, sich anzusehen! Heimlich konnte sie das schönste Eichhörnchen der Insel beobachten.

*Lady Aspen!* Gleaner blickte voller Bewunderung auf Lady Aspen. Fast hätte sie zu atmen vergessen. Sie war nah genug, um das silberne Armband an ihrer linken Vorderpfote zu sehen und ihre elegant polierten Krallen. Das Armband funkelte im Kerzenlicht, während sich Lady Aspen mit einer Bürste aus Elfenbein den Schweif aufbauschte. Sie war das liebreizendste und vornehmste Eichhörnchen auf der Insel. Königin Spindles liebste Freundin, und jedermann wusste, dass sie Captain Husk heiraten würde.

Gleaner verlor auf dem Fenstersims den Halt. Sie scharrte mit den Pfoten, bog ihren Schweif nach vorne und kletterte weiter das Mauerwerk hinauf. Sie hätte gerne die Königin und den kleinen Prinzen gesehen, aber darauf konnte sie nicht hoffen. Sie hockte sich vor das Fenster eines leeren Zimmers, um den Sternschnuppen zuzusehen, dann kletterte sie weiter, bis sie plötzlich Stimmen hörte. Ein Otter lachte. Sie näherte sich und huschte schließlich zwischen die herunterhängenden Blätter und Kräuterstauden von Firs Blumenkästen.

*Gut. Genug Platz, um sich zu verstecken.* Mit zuckenden Ohren lauschte sie den verschiedenen Stimmen – Urchins, dann Firs und Captain Crispins. Der Otter musste also Padra sein. Sie krallte sich fest. Es war ihr zwar unmöglich, alles zu verstehen, da sie kopfüber an einem der Blumenkästen hing und Thymianstängel ihr in der Nase kitzelten und Lavendelblätter im Ohr, aber sie hörte alles, was Crispin zu Urchin sagte. Und als sie wieder hinunterflitzte, wusste sie, dass Urchin vom Himmel gefallen war. Vielleicht würde es ihr noch nützlich sein. Das konnte man nie wissen.

Als der Morgen dämmerte, lag Urchin auf seiner Lieblingsfichte, sah den letzten Sternenfunken zu und malte sich seine Zukunft aus. An Schlaf war nicht zu denken. Er rannte nach unten und packte seine wenigen Habseligkeiten in eine Leinentasche – einen zweiten Umhang, einen Ball, ein paar Spielmünzen und ein paar Fichtenzapfen und Nüsse zum Knabbern. Dann verabschiedete er sich von Apple und eilte durch den Wald zum Palast. Es war ein langer Weg, und er wollte sich nicht verspäten.

Irgendetwas war passiert. Irgendetwas Schreckliches.

Als er später darüber nachdachte, konnte er nicht sagen, wie er es hatte ahnen können, aber noch bevor er den Palast erreichte und die Wächter sah, überkam ihn ein ungutes Gefühl. Er hatte noch nie zuvor so viele Wächter gesehen. Mit düsteren Gesichtern eilten sie zu den Toren hinein und hinaus. Von irgendwo aus dem Palastinnern hörte er schreckliches Jammern und eine hohe verzweifelte Stimme, die alle anderen übertönte. Tiere hasteten unter die Felsen und sahen flüsternd die Palastmauern hinauf, doch hielten sie sicheren Abstand, als fürchteten sie sie plötzlich.

Urchins Herz zog sich zusammen. Er ballte die Pfote, als könnte er so seine Träume festhalten, aber er hatte das lähmende Gefühl, dass sie ihm entglitten.

# KAPITEL 3

Er musste sich beim Palast melden. Er strich sich nervös das Fell glatt und stieg die Stufen zu dem großen Holztor hinauf, vor dem zwei bewaffnete Maulwürfe Wache hielten.

»Niemand darf in den Palast«, sagte der eine.

»Keiner rein, keiner raus«, sagte der andere.

»Aber man hat nach mir geschickt«, sagte Urchin. Er konnte Crispin nicht enttäuschen, also hielt er die Stellung. »Ich habe mich bei Captain Crispin zu melden.«

»Keiner rein, keiner raus«, wiederholte der Maulwurf.

»Ich handle auf Befehl des Captains«, sagte Urchin.

»So wie jeder hier«, sagten die beiden Maulwürfe, aber dennoch tauschten sie kurz einen Blick. Man konnte sehen, dass sie nicht riskieren wollten, sich dem Befehl eines Captains zu widersetzen.

»Bitte, können Sie ihm eine Nachricht überbringen?«,

begann Urchin, aber die Wächter beachteten ihn gar nicht. Sie sahen an ihm vorbei, schlugen die Hacken zusammen und salutierten. Hinter ihm hörte er Pfoten die Treppe hinaufeilen, und zu Urchins großer Erleichterung erschien Crispin neben ihm. Atemlos, mit ernstem Gesicht, legte er die Pfote um Urchins Schulter.

»Er gehört zu mir«, sagte Crispin scharf, und die Tür wurde sofort geöffnet. In der weitläufigen hohen Eingangshalle wurde das Jammern lauter. Tiere flüsterten miteinander. Urchin versuchte, alles in sich aufzunehmen, als Padra mit ernstem Gesicht auf sie zustürzte.

»Padra!«, sagte Crispin. »Alle stürmen zum Palast. Was ist passiert? Ist das die Königin, die da weint?«

Padra legte eine Pfote auf Crispins Schulter. »Der kleine Prinz Tumble«, sagte er mit tiefer, besorgter Stimme. »Crispin, er ist tot.«

Die Worte trafen Urchin mit einer Gewalt, dass er sie zuerst nicht verstand. Es konnte nicht sein. Der Prinz war doch so jung und voller Leben.

»Nein!«, sagte Crispin. »Wie?«

»Das ist das Schlimmste«, sagte Padra. »Er ist ermordet worden.«

Urchin verschlug es den Atem. »Du musst dich irren«, sagte Crispin.

»Kein Irrtum«, sagte Padra. »Ich konnte es auch nicht glauben, bis ich ihn sah. Die Königin selbst hat ihn vor ihrem Gemach gefunden. Erstochen.«

»Aber ...«, begann Crispin.

»Ich weiß«, sagte Padra. »So etwas passiert hier nicht. Niemand auf der Insel würde so etwas tun. Aber jemand hat es getan.«

Crispin sprang mit großen Sätzen die Treppe hinauf, und Urchin wusste nicht, was er tun sollte. Er nahm an, dass man ihn vergessen hatte und er nicht mehr gebraucht wurde, aber er war noch nicht entlassen worden.

»Crispin«, rief Padra und nickte in Urchins Richtung.

»Warte hier, Urchin«, befahl Crispin. Dann schien er es sich anders zu überlegen. »Willst du immer noch heute mit der Arbeit beginnen, ich meine, inmitten von alldem hier? Es wird nicht leicht sein.«

»Sie könnten mich brauchen, Sir«, sagte Urchin. Er wollte sich nützlich machen. Auch hätte er es nicht ertragen, direkt zurück in den Wald zu gehen.

»Dann komm«, sagte Crispin. »Halte dich hinter mir und tu genau, was ich dir sage.«

Urchin rannte hinter Crispin die breite Steintreppe hinauf. Fackelhalter hingen an den Wänden und Lampen mit Rußflecken darüber. Sie bogen scharf nach rechts, eilten einen mit Wandteppichen behangenen Gang hinunter und erreichten eine Runde von Tieren, die rasch zur Seite wichen, um den Captain durchzulassen.

Es herrschte eine feierliche beängstigende Stille. Urchin stand hinter Crispin in der Runde und sah an ihm vorbei auf das Geschehen. Ein männlicher Eichhorn beugte sich über den reglosen Leib eines kleinen Igels. Eines sehr kleinen Igels. Prinz Tumble, fast noch ein Säugling. Bis dahin hatte Urchin es nicht wirklich glauben können.

Tiefe Trauer lag auf dem Gesicht des Eichhörnchens, während es sich über den kleinen Leichnam beugte, und doch umgab es etwas Fürstliches, und alle schienen seinen Weisungen zu folgen. Urchin hatte Captain Husk nicht oft gesehen. Er hätte ihn an seinem Schwert erkennen können, aber mehr noch als das war es die von ihm ausgehende Kraft und Autorität, die ihn als Captain auswiesen. Er wusste, was zu tun war. Es war beruhigend, dass sich Captain Husk um alles kümmerte.

Crispin nahm zum Zeichen des Respekts den Reif vom Haupt. Er kniete sich neben den Leichnam, drehte ihn vorsichtig um, und Urchin sah den dunkelroten Fleck auf seiner kleinen Brust. Durch die halb geöffnete Tür des königlichen Gemachs sah er den König und die Königin nebeneinander kauern. Die Königin war jetzt still, als reichten Tränen nicht aus.

Urchin blickte schnell wieder weg. Es schien nicht richtig, ihnen in ihrem eigenen Gemach, ohne ihre Roben und Kronen, beim Trauern zuzusehen. Die anderen Tiere standen mit gesenkten Köpfen und hängenden Ohren daneben.

»Es ist eine saubere Stichwunde«, sagte Captain Husk. »Und es gibt keinerlei Blutspuren. Wir wissen also nicht, in welche Richtung der Mörder geflohen ist. Zumindest ging es schnell. Er hat nicht viel davon gespürt. Er muss ohne einen Laut gestorben sein, denn niemand hat etwas gehört. Der König und die Königin wussten nicht einmal, dass er das Gemach verlassen hatte, bis die Königin ihn fand.«

»Der Mörder muss ihn demnach herausgelockt haben«, sagte Crispin. »Hier muss er gestanden und ihn gerufen haben. Und das, ohne Ihre königlichen Hoheiten zu wecken.« Er schüttelte den Kopf und zuckte mit den Ohren. »Jemand, dem er vertraute, denke ich. Ich habe von Firs Turmzimmer aus die Sterne beobachtet und dann, auf dem Weg zu meinem Wachdienst am Ufer, hier vorbeigesehen. Sie haben alle geschlafen.«

Husk erhob sich. »Ich habe alle Tiere rufen lassen, sich im Versammlungssaal einzufinden«, sagte er. »Alle Erwachsenen und alle Jungen, die alt genug sind, um zu arbeiten. Und ich habe ein paar Otter losgeschickt, um herauszufinden, wo sich jeder in der letzten Nacht und am frühen Morgen aufgehalten hat. Wir wissen nicht, wann es passiert ist, aber der Prinz … Herz segne ihn, Crispin …, er war noch warm, als die Königin ihn fand. Wir müssen alle erklären, wo wir in der fraglichen Zeit waren – auch die Captains. Wir werden mit den Tieren reden, wenn sie alle hier sind.«

Crispin nickte. »Wir sollten unsere Roben anlegen«, sagte er. Alle Captains besaßen besondere Roben, die sie zu wichtigen Anlässen trugen. »Komm mit, Urchin. Du kannst mir beim Ankleiden helfen. Es tut mir Leid, dass es ein so schrecklicher Anfang für dich ist.«

»Hältst du das für eine gute Idee?«, fragte Husk. »Einen neuen Pagen einzustellen, an einem Tag wie diesem?«

»Er muss lernen«, sagte Crispin, und Urchin, der erleichtert war, endlich eine Aufgabe zu haben, tapste den beiden durch den Versammlungssaal hinterher. Padra, der aus der anderen Richtung kam, schloss sich ihnen an.

Urchin hatte den Versammlungssaal noch nie zuvor leer gesehen und konnte nicht aufhören zu starren. Durch die hohen Bogenfenster eines Runderkers flutete Licht herein. An den Wänden waren Bänke aufgestellt, und am südlichen Ende befand sich ein Podest – das Podium, auf dem mehrere geschnitzte Stühle und ein einfacher Holztisch standen. Er war bislang nur bei Festlichkeiten und Zeremonien hier gewesen, wenn lange Tische von Köstlichkeiten nur so überquollen und der Saal mit Gobelins und Girlanden geschmückt und in warmes Kerzenlicht getaucht war. Heute war er kahl und leer, aber er schien ihm größer denn je, und ihre Pfoten hallten durch den Raum.

Padra, Husk und Crispin schritten, die Pfoten auf ihre Schwerter gelegt, mit düsteren Gesichtern durch den Saal. Wortlos marschierten sie in das anliegende Vestibül.

»Die Roben sind in der geschnitzten Truhe, Urchin«, sagte Crispin knapp. Urchin stemmte die Truhe auf – sie roch nach Gewürzen und Sandelholz, und der Deckel war sehr schwer – und hob mit großer Behutsamkeit den ersten Umhang heraus und legte ihn über beide Pfoten, damit er nicht über den Boden schleifte. Er war meertürkis mit silbernen Stickereien. Urchin hatte noch nie in seinem Leben so etwas Schönes angefasst.

»Der gehört Captain Padra«, sagte Crispin. »Hilf ihm zuerst. Captain Husk und ich tragen die Grüngoldenen.«

»Bemüh deinen neuen Pagen nicht. Ich werde mich selber ankleiden«, sagte Captain Husk bestimmt. Er hob seinen Umhang aus der Truhe und zog sich zurück, um ihn anzulegen, während Urchin Padra und Crispin in ihre Roben half, obwohl es eigentlich Padra war, der Hilfestellungen gab. »Die Manschetten müssen umgeschlagen werden« und »Mach das am zweiten Haken fest, nicht am ersten«, wies er Urchin an. Die breiten Kragen und Manschetten waren prachtvoll bestickt, und die Säume reichten bis zum Boden.

»Die Maulwürfe haben jeden Tunnel durchsucht«, sagte Husk und schlug die Manschetten zurück. »Sie haben keine Spur von einem Eindringling gefunden. Auch hätten sie an der Erschütterung bemerkt, wenn jemand einen neuen gegraben hätte.«

»Niemand ist vom Meer her gekommen, und niemand hat das Schiff im Hafen verlassen«, sagte Padra. »Die Otter haben es die ganze Nacht bewacht. Danke, Urchin.«

»Also muss es jemand von hier sein«, sagte Crispin düster. »Niemand wird es zugeben, und niemand hat irgendetwas gesehen. Ich hätte einen solchen Verrat niemals für möglich gehalten.«

»Keiner von uns«, sagte Husk. »Sonst wären wir vorsichtiger gewesen. Aber jetzt, da es passiert ist und wir keine Ahnung haben, wer es war, müssen wir den Mord auf die alte Weise klären. Auf die rituelle Weise. Wir lassen die Lose entscheiden.«

»Die Lose?«, sagte Crispin und runzelte die Stirn. »Das gefällt mir gar nicht.«

»Ich habe nie verstanden, wie das funktionieren soll«, sagte Padra.

Urchin hoffte, jemand würde ihm erklären, was es mit den Losen auf sich hatte. Crispin drehte sich zu ihm um.

»Du musst verstehen«, sagte er. »Das Ziehen der Lose ist ein sehr alter Brauch, um ein Verbrechen aufzuklären – ein uralter Brauch, möchte ich sagen. Wir wenden ihn heute kaum noch an. Für jede Tierart wird ein Symbol in einen Beutel gelegt – je eines für Eichhörnchen, Maulwürfe, Otter und Igel. Dann wird ein Symbol gezogen, das uns verrät, welcher Tiergruppe der Mörder angehört. Dann wird der Pfotenabdruck von jedem Tier seiner Art in den Beutel gelegt, und das Tier, das dann gezogen wird, ist der Mörder.«

»Aber wie *funktioniert* es?«, fragte Padra.

»Etwas treibt uns zu dem richtigen Namen«, sagte

Husk. »Es ist eine eigene Kraft. Die Schuld des Mörders vielleicht. Oder sogar Prinz Tumbles Geist.«

»Wir sollten Fir zu Rate ziehen«, sagte Crispin.

»Er kümmert sich um den König und die Königin«, sagte Husk. »Sie brauchen ihn jetzt. Urchin, hol bitte den roten Samtbeutel aus der Truhe und leg ihn auf den Tisch. Und dann begleite mich – wenn du mir erlaubst, deinen Pagen kurz auszuleihen, Crispin. Und nimm das violette Samtkissen vom Fensterbrett mit. Wir brauchen etwas Angemessenes, um den Prinzen zu betten.«

*Roter Samtbeutel. Violettes Samtkissen.* Urchin folgte Husk auf leisen Pfoten in das königliche Gemach, während sich im Versammlungssaal nach und nach schweigend die Tiere einfanden. Er hätte glücklich sein müssen – alle drei Captains von Mistmantle verließen sich auf seine Hilfe –, aber alles geschah wie in einem Albtraum. Auf Husks Befehl stellte er sich in die offene Tür und balancierte das Kissen auf beiden Vorderpfoten. Fir kniete auf dem Boden und hielt die Pfote der Königin.

»Euer Majestät«, sagte Husk mit sanfter Stimme und machte eine Verbeugung. »Es wird Zeit, ihn in den Versammlungssaal zu bringen. Er muss dabei sein, wenn wir die Lose ziehen.«

Firs Ohren zuckten. »Ich mag das Loseziehen nicht«, sagte er. »Das Urteil könnte falsch sein.«

»Nur ruhig, Bruder Fir«, sagte Husk. »Alles wird rechtens und ehrenhaft vonstatten gehen. Sollten uns die Lose jemanden nennen, der eindeutig unschuldig ist, werden wir sie nicht beachten. Gibt es Beweise, müssen wir sie natürlich berücksichtigen. Zumindest aber könnten uns Lose die richtige Richtung weisen. Natürlich, wenn der König

Einwände hat …« Er verbeugte sich wieder. »Erlauben Euer Majestät die Ziehung der Lose?«

»Mach, wie du denkst, Husk«, sagte der König unwirsch, und Urchin fand, dass er mit einem Mal alt und müde aussah. Husk legte den winzigen Leichnam feierlich auf das Kissen, nahm es Urchin ab und trug es, den Prinzen im Arm wiegend, zurück in den Versammlungssaal, wo sich mittlerweile alle von Husk einberufenen Tiere versammelt hatten. Beim Anblick des kleinen reglosen Körpers hielt die Menge den Atem an.

Husk stieg die Stufen zum Podium hinauf, auf dem Crispin und Padra mit gefalteten Händen und gesenkten Köpfen schweigend warteten, während Urchin hoffte, jemand würde ihm sagen, was er tun sollte. Es wäre schrecklich, an der falschen Stelle zu stehen oder im Weg zu sein, und er versuchte, Crispins Blick aufzufangen.

»Stell dich an die Tür des Vestibüls, Urchin«, sagte Crispin, und Urchin nahm seinen Platz ein. Er stand nah genug, um alles sehen und hören zu können. Husk legte das Kissen auf den Tisch.

»Ich werde die Losziehung übernehmen«, sagte er leise zu Crispin und Padra. »Es ist meine Pflicht – ich bin hierfür verantwortlich. Ich hatte gestern Abend Wachdienst. Und hätte ich meinen Rundgang ein wenig früher gemacht, hätte ich mehr Wachen aufgestellt, wäre ich nur ein klein wenig klüger gewesen, wäre das nicht passiert. Es geschah während meiner Wache.«

»Gib dir keine Schuld, Husk«, sagte Crispin.

»Das tue ich aber«, murmelte Husk bitter. Dann drehte er sich um und richtete sich mit erhobener Stimme an die Menge.

»Tiere von Mistmantle«, erklärte er. »Eichhörnchen, Igel, Maulwürfe und Otter. Wir werden Lose ziehen, um den Mörder unseres geliebten Prinzen Tumble zu finden. Die Symbole werden hier in den Beutel gelegt.«

Crispin hob den roten Samtbeutel vom Tisch. Hintereinander nahm Padra vier Blätter auf und zeigte sie der Versammlung, bevor er sie in den Beutel legte. Auf jedem Blatt war ein Zeichen – rot für Eichhörnchen, schwarz für Maulwürfe, grün für Igel, blau für Otter. Husk kehrte ihnen den Rücken, während Padra und Crispin die Zeichen in dem Beutel mischten.

»Jetzt, Captain Husk«, sagte Padra.

Die Stille war beängstigend. Urchin krümmten sich die Hinterkrallen. Er sah auf die Tiere, die Augen aufgerissen, die Pfoten geballt. Zähne knirschten aufeinander. Die Nerven waren zum Zerreißen gespannt.

Husk zog die Pfote aus dem Beutel. Von seinem Platz an der Tür konnte Urchin sehen, welches Zeichen er hochhielt, und ihm jagte ein Schauer von den Ohren bis in die Schweifspitze.

»Das Eichhörnchenzeichen«, gab Husk bekannt. »Der Mörder ist ein Eichhörnchen.«

Jeder Maulwurf, jeder Otter und jeder Igel konnte wieder aufatmen. Die Eichhörnchen standen erstarrt, mit ernsten Gesichtern da. Urchin biss sich auf die Lippen.

Er krümmte die Pfoten und wünschte, es wäre vorbei. Crispin und Padra mussten ähnlich fühlen, da sie hektisch alle Eichhörnchen in einer Reihe aufstellten, um das Ganze so schnell wie möglich hinter sich zu bringen. Crispin bat Urchin, sich einzureihen. Jede Eichhörnchenpfote war verschieden, und die Tiere kannten die Pfotenabdrücke der anderen so gut wie ihre Gesichter. Jedes Eichhörnchen hinterließ seinen Pfotenabdruck auf einem Blatt und steckte es in den vorgehaltenen Beutel. Urchin, der seinen Abdruck auf ein Buchenblatt drückte, versuchte nicht zu zittern. Schließlich legten Crispin und Husk ihre Pfotenabdrücke in den Beutel. Ihre Gesichter waren ruhig und gefasst, doch Urchin zog es das Herz zusammen.

»Husk, soll ich es tun?«, erbot sich Crispin.

»Besser, wenn das Los nicht von einem Eichhörnchen gezogen wird«, sagte Padra. »Soll ich?«

Husk schüttelte den Kopf. »Es war mein Fehler und meine Verantwortung«, sagte er. »Ich muss es auch zu Ende bringen.«

Er kehrte ihnen den Rücken, faltete die Pfoten und schien zu beten. Padra vermengte die Blätter in dem Beutel. Die Eichhörnchen hielten sich an den Pfoten. Die Angst drückte auf Urchins Kehle, und er musste schlucken.

Husk drehte sich um, griff mit einer Pfote tief in den Beutel und zog ein Blatt heraus. Schaudernd holte er Atem. Das Warten war unerträglich.

»Nein«, sagte er heiser. »Das kann nicht stimmen.«

Urchin merkte, wie er zitterte. Er konnte nichts dagegen tun. Padra und Crispin gingen zu Husk, um sich das Blatt anzusehen.

»Nein!«, sagte Padra ruhig. »Das stimmt nicht.«

»Nein«, sagte Crispin und schüttelte den Kopf. Seine Augen weiteten sich vor Grauen. »Nein.«

Husks Pfote zitterte. Er hielt das Blatt in die Höhe, und ein Raunen des Entsetzens durchzog den Saal, während Husk herumfuhr und Crispin in die Augen sah. »*Crispin! DU?*«

# KAPITEL 4

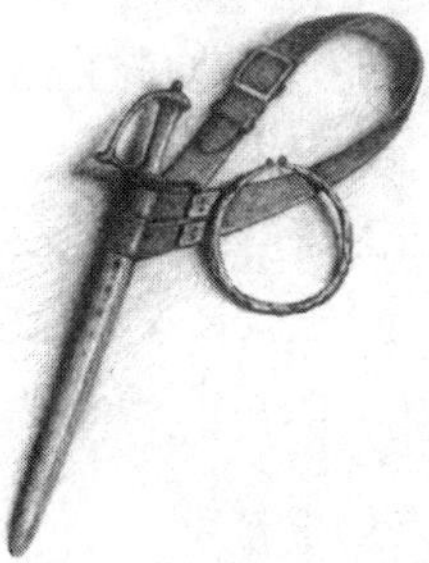

Es konnte nicht sein. Urchin versuchte, Crispin nicht anzustarren, aber im Grunde brauchte er es auch nicht. Es war, als läge etwas in der Luft, etwas, das nicht ganz stimmte, wie ein falscher Ton in einer Melodie. Etwas Falsches. Mit der Kraft seines ganzen Herzens spürte er, dass Crispin unschuldig war.

Crispin erhob die Stimme. »Ich schwöre vor euch allen«, sagte er. »Bei allem, was kostbar ist, bei allem, was heilig ist, bei allem, was alterwürdig ist, ich habe den Prinzen nicht getötet. Das hätte ich niemals tun können!«

»Ich kann es einfach nicht glauben«, sagte Husk.

Padra trat vor. »Wir haben uns gefragt, ob es richtig wäre, das Los entscheiden zu lassen«, sagte er mit fester Stimme.

Urchin musste schlucken. Vielleicht konnte er helfen,

auch wenn er nur ein Page war und nicht das Recht hatte, zu unterbrechen. Als Crispin das Wort ergriff und erklärte, wo er die Nacht zuvor gewesen war und was er getan hatte, näherte sich Urchin dem Podium und reckte sich nach oben, um Padra ins Ohr zu flüstern.

»Bruder Fir mag keine Losentscheidungen, Sir«, sagte er.

»Woher weißt du das?«, flüsterte Padra zurück. Er beugte sich hinunter, um besser hören zu können, dann trat er vor.

»Husk, hatte Bruder Fir nicht Zweifel an der Losentscheidung?«, wollte er wissen. »Als du mit dem Pagen den Leichnam des Prinzen geholt hast? Bruder Fir sollte es wissen.«

»Ja. Das hatte er«, sagte Husk und blickte nachdenklich auf Padra, dann auf Urchin. »Ja, du hast ganz Recht, das hatte er. Der König hat zwar seine Erlaubnis gegeben, Padra. Aber vielleicht stimmt, was du sagst. Vielleicht ist das Urteil falsch!«

»Ganz bestimmt«, sagte ein Eichhörnchen in der Menge. »Crispin würde so etwas niemals tun.« Ringsum wurde bestätigend gemurmelt.

»Betrachten wir noch einmal die Beweislage«, sagte Husk. »Leider haben wir nicht viel.«

»Wir müssen einen Rat einberufen«, sagte Padra. »Crispin hat das Recht auf Verteidigung.«

Ein Rat wurde einberufen, der sich aus Tieren der Hohen Runde zusammensetzte. Zwei Igel, zwei Eichhörnchen, zwei Otter, zwei Maulwürfe, der König und Bruder Fir setzten sich auf dem Podium um den Tisch. Urchin kaute auf den Lippen.

»Nur die Nerven bewahren, Urchin«, flüsterte Padra. »Jeder weiß, dass er es nicht getan hat.«

Die Vernehmung begann. Padra und Fir bestätigten, dass Crispin den Abend zuvor mit ihnen gemeinsam die Sterne beobachtet hatte und bis zum Morgengrauen bei ihnen gewesen war. Dann, sagte Crispin, hätte er in das Fenster des königlichen Gemachs hineingesehen und die Familie schlafend vorgefunden. Danach sei er zu sich durchs Fenster gesprungen, um sich einen Umhang zu holen und an der Südküste und in die westlichen Wälder auf Patrouille zu gehen. Er hatte an einem Bach Halt gemacht, einen Schluck getrunken und sich gewaschen, als er den Aufruhr der Tiere bemerkte, die alle zum Palast rannten, und so war er mit ihnen zurückgeeilt.

Viele Tiere hatten ihn gesehen und mit ihm gesprochen, aber keiner konnte sagen, wann genau. Er war gesehen worden, als er durch den Wald zum Palast eilte, aber ein dunkler glatthaariger Maulwurf namens Gloss wies darauf hin, dass jedermann wisse, wie schnell ein Eichhörnchen von einem Ort zum anderen gelangen konnte. Er hätte Prinz Tumble leicht ermorden, in den Wald flüchten und wieder zurückrennen können, als der Aufruhr begann. Und die Stichwunde des Prinzen sähe aus, als hätte sie ein Schwert oder Dolch verursacht. Wie viele Tieren trugen Schwerter?

Crispin zog sein Schwert aus der Scheide. Es war spiegelblank. Doch Gloss bemerkte, dass kein Tier einen heimlichen Mord begehen würde, ohne danach die Klinge abzuwischen.

Eine Otterdame mit dunklen Schnurrhaaren namens Tay erhob sich von ihrem Stuhl, stützte die Pfoten auf den Tisch und begann zu sprechen. Ihre Wahl zum Ratsmitglied war nicht schwer gefallen, da sie sehr intelligent war und in rechtlichen Dingen und den Gebräuchen von Mistmantle über großes Wissen verfügte.

»Wir müssen die Thronfolge beachten«, sagte sie. »König Brushen ist der dritte Igelkönig seiner Linie. Prinz Tumble wäre der vierte gewesen. Wenn die Linie der Igel abbricht, geht die Krone an einen Captain über. Nach den Igeln kommen die Eichhörnchen. Einfacher gesagt: Ohne einen Igelprinzen oder eine Igelprinzessin wäre der nächste Monarch ein Eichhörnchencaptain. Die Frage ist also, welches Eichhörnchen ist das nächste in der Folge? Crispin oder Husk?«

Sie kräuselte die Stirn, dass ihre Schnurrhaare gerade nach vorne zeigten. Urchin wusste, dass alle dasselbe dachten, und er fühlte Übelkeit und Verzweiflung in sich aufsteigen. Er wollte etwas sagen, etwas tun, Beweise erbringen, Crispins Unschuld ohne den geringsten Zweifel belegen und der Retter seines Captains sein. Aber er war nur ein Page, und es gab nicht viel, das er tun konnte.

»Wie wir wissen«, sagte sie, »ist Crispin etwas länger Captain als Husk. Ich persönlich habe die Losentscheidung schon immer für einen hervorragenden Weg gehalten, Verbrecher zu fassen.«

»Dann könnte es also wahr sein«, sagte Husk. Seine Stimme zitterte.

»Crispin hatte eine Waffe, er scheint die Zeit gehabt zu haben, und er hatte ein Motiv«, sagte Tay. »*Und* er konnte sich frei im Palast bewegen. Niemand hätte sich etwas dabei gedacht, ihn in der Nähe des königlichen Gemachs zu sehen.«

»Aber niemand *hat* ihn in der Nähe des Gemachs gesehen!«, entgegnete Padra.

»Er hat uns soeben selbst erklärt, wie geschickt er durch Fenster klettert«, sagte Gloss.

Es wurde noch mehr zusammengetragen. Fir erhob sich und verlangte den Aufenthaltsort jedes einzelnen Captains am Abend zuvor zu erfahren. Padra war noch bei ihm, als der Mord entdeckt wurde. Husk hatte Wache gehalten, und verschiedene Wächter hatten ihn gesehen.

Urchin versuchte Crispins Blick aufzufangen. Er wollte ihm sagen, wenn auch nur mit den Augen: *Ich vertraue Ihnen, auch wenn jedes Tier auf der Insel sich gegen Sie stellt.* Aber Crispins Blick lag auf den Ratsmitgliedern.

»Crispin, ich möchte es ja nicht glauben«, sagte Husk. »Aber der Prinz hat dir vertraut. Er liebte und verehrte dich. Hättest du dich hinter einem Vorhang versteckt und ihn gerufen – natürlich wäre er gekommen.«

»Er liebte jeden«, sagte Padra. »Er wäre zu jedem gekommen.«

Die ganze Zeit über hatte der König mit gesenkten Augen, in sich zusammengesackt, am Tisch gesessen. Jetzt knurrte er mit tiefer Stimme.

»Crrispin«, knurrte er. »CRRISPIN!«

Das Knurren schwoll zu einem Brüllen an. Mit aufgerichteten Stacheln, die Krallen ausgestreckt, stürzte sich der König zornentbrannt auf Crispin. Ohne nachzudenken, sprang Urchin vor, stieß den Captain zur Seite und drehte sich um – zwar könnte er gegen seinen König niemals die Pfote erheben, aber er konnte sich zwischen ihn und Crispin stellen –, doch der König war nicht mehr da. Padra und ein paar andere Tiere hatten ihn zurückgehalten. Bewaffnete Wächter stürzten vor.

»Verräter!«, brüllte der König.

»Euer Majestät, das ist Wahnsinn!«, rief Padra, als die Wachen Crispin ergriffen.

»Crispin«, zischte der König. »Nie zuvor gab es auf unserer Insel einen so teuflischen Verräter, einen so bösartigen Mörder wie dich. Deine bloße Gegenwart vergiftet die Insel. Du wirst noch vor Sonnenuntergang sterben.«

Urchin hörte die Tiere entsetzt nach Luft schnappen. Niemals zuvor war auf Mistmantle die Todesstrafe verhängt worden. Padra und Fir redeten auf den König ein. Urchin beobachtete mit geballten Pfoten, wie Bruder Fir den König allein zu einem Fenster führte. Der Priester sprach mit großer Dringlichkeit. Seine weisen Augen waren sehr besorgt.

*Tu etwas, Bruder Fir*, dachte Urchin, als Fir mit dem König sprach. *Er wird auf niemand anderen hören. Oh, Herz, das du über Mistmantle wachst, bitte halte deine schützende Hand über Crispin.*

»So hört denn«, sagte der König schließlich. »Sein Blut ist zu beschmutzt, um auf der Insel vergossen zu werden. Er soll von dem heutigen Tage an von Mistmantle verbannt sein.«

»Er wird die Insel auf dem einzig möglichen Weg für ihn verlassen«, sagte Tay. »Über Wasser. Wir wissen alle, was das bedeutet. Aufgrund des Zaubers, der über der Insel liegt, kann kein Tier von Mistmantle die Insel über das Wasser verlassen und auf demselben Weg zurückkehren. Der Nebel wird es verhindern. Und da es keinen anderen Weg gibt, auf dem er zurückkommen *könnte*, ist

Crispin auf Lebzeiten verbannt. Er wird niemals mehr zurückkehren.«

»Bringt ihn fort!«, knurrte der König. Urchin versuchte in Crispins Nähe zu kommen, aber die Wächter hatten ihn dicht umstellt. Er konnte nur hilflos und wütend mit ansehen, wie man Crispin den Goldreif von den Ohren zog, ihm sein Schwert abschnallte und die Robe von den Schultern riss.

Die Tiere wurden zügig aus dem Versammlungssaal getrieben. Die Stimmung war aufgeheizt, und ein paar ließen ihrem Zorn bereits freien Lauf, bespuckten und beschimpften Crispin und griffen nach Dingen, um sie nach ihm zu werfen. Diejenigen, die an seine Unschuld glaubten, waren außer sich vor Empörung und bereit zu kämpfen.

Urchin war wieder vergessen worden. Er sammelte Crispins Robe vom Boden auf, legte sie über den Arm und verbarg darunter sein Schwert, den Gurt und seinen Reif. Wenn ihn niemand bemerkte, würde er sie Crispin zurückbringen können.

»Die Robe dieses Verräters muss verbrannt werden«, rief Tay. »Und seine Waffe ...«

»Ich nehme sie an mich«, sagte eine Stimme hinter Urchin, und bevor er etwas sagen konnte, hatte ihm ein raubeiniger kleiner Maulwurf, der aussah wie ein alter Soldat, Crispins Habseligkeiten aus der Pfote genommen. Einen kurzen Moment schien es Urchin, als zwinkerte der Maulwurf ihm zu, aber er hatte keine Zeit, darüber nachzudenken. Crispin wurde weggeschleppt, und Urchin musste in der Nähe seines Captains bleiben. Er schlängelte sich durch die Menge und folgte ihm so dicht er konnte, während die Wächter Crispin eine Treppe hinunterschleiften und ihn in ein Wachzimmer warfen. Urchin versuchte, ihm hinterher ins Zimmer zu schlüpfen, aber die Tür schlug vor seiner Nase ins Schloss. Zwei düstere Igelwächter standen zu beiden Seiten der Tür, ohne ihn anzusehen.

»Lasst mich rein!«, verlangte Urchin. »Ich bin sein Page!«

»Und wenn du seine Mutter wärst, hier kommt niemand rein«, sagte einer der Igel. »Er bleibt allein, bis wir ein Boot finden, das leck genug für ihn ist.«

»Ich muss bei ihm bleiben«, sagte Urchin. Er überlegte, wie er sich Zutritt verschaffen könnte, als er hinter sich Pfoten die Treppen heruntertapsen hörte. Die Igel salutierten.

»Öffnet die Tür!«, befahl Padra.

»Niemand darf zu ihm!«, sagten die Igel.

»Stellt euch gerade hin und befolgt meine Anweisungen, ihr überheblichen hirnlosen Nadelkissen!«, polterte Padra. Noch bevor er zu Ende gesprochen hatte, waren die beiden zur Tür geeilt und hatten sie geöffnet. »Urchin«, fügte er freundlich hinzu. »Das hier ist kein Ort für dich.«

»Aber, bitte, ich bin sein Page, und ich gehöre zu ihm, Captain Padra, Sir«, sagte Urchin.

»Du kannst ihn sehen, bevor er abfährt. Ich verspreche es dir«, sagte Padra. »Wenn du ihm aber helfen willst, geh und hol Bruder Fir.«

»Ja, Sir.«

»Dann versuche, Arran zu finden. Sie ist ein Otter. Möglich, dass sie sich am Tor zur Quelle aufhält. Weißt du, wo das ist?«

»Ich glaube, wo die Trinkwasserquelle aus dem Felsen zum Meer hinunterfließt«, sagte Urchin.

»Guter Junge. Sag ihr, sie soll das beste Boot besorgen, das sie finden kann, und es für Crispin herrichten.«

Urchin regte sich nicht. »Ich will ihm aber nicht auch noch helfen zu gehen, Sir«, sagte er.

Padra seufzte. »Ich auch nicht, Urchin – oder irgendein anderes Tier, das noch klar bei Verstand ist. Aber alles, was wir jetzt für ihn tun können, ist, ihn so gut wie möglich auf die Reise zu schicken. Finde Arran. Wenn sich irgendjemand mit dir anlegt – oder auch mit ihr –, schickt ihn zu mir.«

»Gibt es denn nichts, was wir tun können, damit er hier bleibt?«, fragte Urchin.

»Nichts, Urchin«, sagte Padra.

Für Urchin gab es in dem Moment nur eine mögliche Zukunft. Er wartete noch, bis Padra die Tür aufstieß und Crispin in seine starken Otterarme nahm, dann rannte er die Stufen hinauf, um Fir zu finden, richtete ihm die Nachricht aus und eilte zur Quelle. Seine eigenen Worte hallten ihm in den Ohren – *ich bin sein Page, und ich gehöre zu ihm.* Er hatte versprochen, Crispin zu dienen. Er hatte nicht versprochen, ihm nur auf Mistmantle zu dienen.

Das Trinkwasser für den Palast wurde hauptsächlich aus einer Quelle geschöpft, die nahe dem Palast aus den Felsen sprang. An einem Tor an der Ostseite des Palasts kam das Wasser in einem Strom zusammen, der zum Meer hinunterfloss – ein beliebter Ort für Otter, die bei Hofe lebten. Urchin rannte zu der ersten Otterdame, die er sah. Sie hatte helles Fell, genau wie er, und struppige spitz abstehende Haarbüschel auf dem Kopf. Sie ließ die Pfoten ins Wasser baumeln und wirkte sehr bedrückt. Als Urchin sie ansprach, wischte sie sich mit der Pfote die Augen, als hätte sie geweint.

»Arran?«, sagte sie. »Das bin ich. Wer fragt nach mir?«

Urchin richtete ihr die Nachricht aus, und kaum hatte er zu Ende gesprochen, gab Arran schon jedem Otter in Sichtweite ihre Anweisungen. Urchin rannte neben ihr her zum Ufer, an dem die Otter bereits Boote zur Musterung aufreihten. Sie schwamm von einem zum anderen und sah mit ihrem schnurrhaarigen Gesicht und aufgelegten Pfoten über den Rand eines jeden Bootes.

»Das hier ist zu klein«, sagte sie und: »Das ist zu schwer für ein Eichhörnchen. Das hier ist zu schäbig, das will ich nicht. Und ich will keine Widerworte hören. Er ist immer noch Captain von Mistmantle. Jeder, der sich eine Frechheit erlaubt, wird sich vor Captain Padra verantworten oder, was noch schlimmer ist, vor mir. Was ist denn mit dem da. Das nennst du ein Boot? Nein, so geht das nicht. Hol jemand mein eigenes Boot, es ist das beste auf der Insel.«

Arrans eigenes kleines Ruderboot wurde ans Ufer gebracht. Es hatte einen hübschen Anstrich, und die Ruder sahen neu und gut in Schuss aus.

»Das hätten wir«, sagte sie. »Als Nächstes zum Proviant. Jemand muss in die Küche.«

»Das mach ich«, sagte Urchin. Niemand in der Küche schien sich an einem jungen Eichhörnchen zu stören, das sich zu Nüssen, Obst und Brot verhalf. Er packte das Essen in einen Korb, und als er voll war, stopfte er noch seine Tasche voll, füllte Wein und Wasser in Lederschläuche, brachte alles zu Arran und ging für eine neue Ladung zurück. Falls Arran den Eindruck hatte, dass es für ein einzelnes Eichhörnchen ein wenig viel Proviant war, so sagte sie es zumindest nicht. Beim Beladen des Bootes hatte Urchin plötzlich das Gefühl, dass er beobachtet wurde. Er blickte auf und sah einen Maulwurf am Ufer stehen.

Es war der alte Maulwurfsoldat, der ihm im Versammlungssaal Crispins Robe, Schwert und Reif abgenommen hatte. Dieses Mal zwinkerte er Urchin ganz ohne Zweifel zu und tapste, unter der Last auf seinen Armen schwankend, unbeholfen den Strand hinunter.

»Guten Morgen, Miss Arran«, sagte er.

»Guten Morgen, Lugg«, sagte sie und drehte sich zu ihm um. »Das sind Crispins Sachen! Wie bist du daran gekommen?«

»Gemopst«, sagte der Maulwurf mit einem Grinsen und nickte in Urchins Richtung. »Er und ich ham sie gemopst.«

»Gut gemopst!«, sagte Arran. »Wir schieben sie unter die Sitzbank hinter die Körbe. Da sieht sie niemand.«

»Bitte, Arran ...«, begann Urchin.

»Was ist?«

»Du weißt doch, dass Crispin es nicht getan hat, oder?«, sagte er.

»Natürlich weiß ich das«, sagte sie ärgerlich und gab der zusammengerollten Robe einen kräftigen Tritt, um sie unter die Sitze zu bugsieren. »Ich wünschte, wir würden das Boot nie fertig bekommen. Aber fertig ist fertig. Du kannst also genauso gut Padra Bescheid sagen.«

Padra musste die Igel an der Tür angewiesen haben, Urchin einzulassen, da sie ihm ohne ein Wort die Tür öffneten. Niemand sah ihn an. Padra, Crispin und Fir redeten immer noch miteinander. Padra lehnte mit gefalteten Pfoten an der Wand, Fir saß auf einem niedrigen Hocker und Crispin blickte mit dem Rücken zu ihnen durch ein Gitterfenster nach oben. Urchin schnappte ein paar Worte auf. »Husk« und »aufpassen« und »möglich«. Dann erst bemerkten sie ihn und hörten auf zu reden.

»Ist das Boot fertig?«, fragte Padra. »Ist Arran da?«

»Ja, Sir«, sagte Urchin und dachte daran, was er als Nächstes tun musste. Wehmütig dachte er an Needle, Apple und seine Freunde im Wald.

»Dann lasst es uns hinter uns bringen«, sagte Crispin, und als er sich vom Fenster zu ihnen umdrehte, zog es Urchin das Herz zusammen. Er hatte erwartet, Wut auf Crispins Gesicht zu sehen, aber er sah nur Mitgefühl. An einem Ohr trocknete eine blutige Wunde.

»Sie sind verletzt, Sir«, stammelte Urchin.

»Jemand hat mich getroffen«, sagte Crispin. Er zuckte mit den Achseln und hielt ihm die Pfote entgegen. »Urchin, das Ganze hier tut mir Leid. Ich weiß, wie sehr du dich darauf gefreut hast, bei Hofe zu sein.«

»Ich werde trotzdem bekommen, was ich wollte, Sir«, sagte Urchin. »Ich weiß, dass Sie es nicht getan haben. Und ich werde bei Ihnen bleiben.«

Crispin zuckte mit den Ohren. »Was sagst du da, Urchin?«

»Ich komme mit Ihnen, Sir«, sagte er. Er wusste, er würde seine alten Freunde schrecklich vermissen, und er hatte keine Ahnung, was aus ihm werden würde. Aber er konnte nicht anders. Er war jetzt Captain Crispins Page.

Captain Crispin lächelte beinahe. »Ich wünschte, du könntest mit mir kommen, Urchin«, sagte er freundlich. »Du bist ein tapferes Eichhörnchen. Du bist treu wie ein

Igel und mutig wie ein Otter. Aber ich weiß nicht einmal, wohin ich fahre. Ich war noch nie jenseits der Nebel. Ich könnte dich in den Tod führen oder großen Gefahren aussetzen, und das werde ich nicht tun.«

»Aber ich …«

»Urchin«, sagte Crispin. »Wenn du mich noch als deinen Captain ansiehst, befolge meinen Befehl. Bleib hier.«

»Aber werde ich Sie denn niemals wiedersehen, Sir?«, fragte er.

»Sehr wahrscheinlich nicht, Urchin«, sagte Crispin sanft.

Es war undenkbar. Urchin konnte sich eine Welt ohne Crispin nicht vorstellen. Er versuchte, den Kopf aufrecht zu halten und die Tränen aus seiner Stimme zu vertreiben. »Haben Sie noch irgendeinen Befehl für mich, Sir?«, fragte er. »Denn mehr wird mir von Ihnen nicht bleiben.«

»Beeilung!«, rief ein Igelwächter, und Padra brachte ihn mit einem Blick zum Schweigen. Crispin legte beide Vorderpfoten auf Urchins Schultern.

»Diene unserer Insel mit all deiner Treue«, sagte er. »Die Insel braucht dich mehr als ich. Schau auf Padra und Fir. Sie werden dich leiten. Wenn du an mich denkst, bete, das Herz möge mich segnen. Und gib auf dich Acht, Urchin von den Sternschnuppen.« Er drückte Urchins Schultern. »Gib auf dich Acht!«

»Ich werde ein Auge auf ihn haben, Crispin«, sagte Padra.

»Kommt jetzt«, sagte Crispin. Er drückte Urchin für einen Moment an sich, dann Padra, dann kniete er vor Fir nieder und empfing seinen Segen.

»Ich bin bereit«, sagte er schließlich, und Urchin glaubte zum ersten Mal zu verstehen, was Crispins Größe ausmachte. Er würde die Insel ohne Verbitterung und ohne Hass verlassen. Er konnte sich sogar noch um die Zukunft eines Eichhörnchenpagen sorgen, der gerade aus dem Wald gekommen war.

Sie machten sich auf den Weg zum Ufer. Crispin ging eingekeilt von einem Tross Wächter, gefolgt von Padra, Urchin und Fir. Urchin schien die Bewachung für ein einzelnes unbewaffnetes Eichhörnchen, das nicht einmal fliehen wollte, ein wenig übermächtig, aber als sie nach draußen kamen, war er doch froh darüber. Es erwartete sie eine brüllende, pfeifende Menge, und die Eskorte schützte Crispin zumindest vor dem Kies und den Steinen und dem faulen Obst, das sie nach ihm warfen. Auch Urchin wurde getroffen. Er war zu stolz, sich zu ducken, aber Padra, der neben ihm ging, schirmte das meiste von ihm ab. Als sie das Boot erreichten, traten die Wächter einen Schritt zurück und wussten scheinbar nicht, was sie als Nächstes tun sollten. Fir humpelte nach vorne und sprach mit Crispin. Padra half ihm ins Boot und reichte ihm die Ruder. Dann gab es absolut nichts mehr, was Urchin tun konnte, außer zuzusehen, wie Crispin sich immer weiter über das Wasser entfernte, bis er gänzlich im Nebel verschwand und Urchin trotz angestrengtem Lauschen nicht einmal mehr den Ruderschlag hören konnte.

Urchins stetes Bemühen, im Leben sein Bestes zu geben, hatte ihn stark und einfallsreich gemacht. Er wusste, dass er diese Kraft jetzt brauchen würde. Mistmantle war seine Heimat. Aber es war auch eine Insel, auf der ein gewissenloser Mörder durch den Palast schlich, der König an seinem Kummer zerbrach, der Gerechtigkeit nicht Genüge getan war und es nie mehr einen Crispin geben würde. Er nahm an, dass er nun in den Wald zurückkehren und einem Arbeitstrupp zugeteilt würde, aber daran wollte er nicht denken.

Padra legte ihm die Pfote um die Schulter, als sie langsam über den Sand zurückstapften.

»Es ist nicht üblich, dass ein Otter ein Eichhörnchen zum Pagen nimmt«, sagte er. »Und ich bin nur ein geringer Ersatz für Crispin.«

Urchin hatte geglaubt, nie wieder glücklich zu werden. Jetzt keimte Hoffnung auf. »Ich kann ein wenig schwimmen, Sir, wenn das hilft«, sagte er eifrig.

Padra gelang ein Lächeln. »Also dann, Urchin, wenn du gerne mein Page wärst, melde dich morgen früh bei mir. Nein, melde dich heute Abend. Dann musst du nicht erst mit hängendem Schweif nach Anemone Wood zurück.«

»Vielen Dank, Sir!«, sagte Urchin atemlos.

»Wir werden heute Abend mit dem Rest des Hofes im unteren Saal zu Abend essen«, sagte er. Sie stiegen die Felsen zum Palast hinauf und hielten inne. Wortlos blickten sie in den Nebel hinaus. »Und, Urchin«, fügte er leise hinzu, »was immer deine scharfen Eichhörnchenohren aufschnappen mögen, sei vorsichtig mit dem, was du hörst. Und überleg dir immer zweimal, wem du was sagst, verstehst du? Ich weiß, dass Crispin unschuldig ist, genau wie du. Ich weiß, dass du wütend bist, und das bin ich auch. Aber auf dieser Insel lauert an oberster Stelle Gefahr. Wer immer den Prinzen ermordet hat, läuft noch frei herum. Wenn du also im Palast bist, halte deine jungen Augen und Ohren offen. Wenn du irgendetwas Nützliches hörst, erzähl es mir. Und wenn sich dir eine Möglichkeit bietet, dem

König zu dienen, ergreife sie. Halte dem König immer die Treue, Urchin.«

An diesem Abend zog Urchin mit seinem kleinen Beutel in eine Kammer neben der von Padra, nahe am Tor zur Quelle. Ein bequemes Bett war für ihn hergerichtet worden. Es unterschied sich sehr von dem Baumnest, an das er gewöhnt war. Padra war mit den Vorbereitungen für die Beisetzung des Prinzen beschäftigt, und Urchin bekam ihn kaum zu sehen.

Der Leichnam des ermordeten Prinzen lag aufgebahrt im Versammlungssaal. Tiere defilierten mit gesenkten Köpfen an dem kleinen Sarg vorbei und erwiesen ihm die letzte Ehre. Den ganzen Tag und die Nacht wurde Wache gehalten. Auch Padra übernahm eine Schicht. Der König und die Königin blieben in ihren Gemächern, und entweder war Fir oder Captain Husk bei ihnen. Es hieß, die Königin sei vor Kummer wie von Sinnen und weine hilflos in Lady Aspens Armen. Urchin wusste nicht, was er tun sollte. Seine Brust schmerzte vor Sehnsucht nach seinem verlorenen Helden. Schließlich rollte er sich in der neuen, ungewohnten Kammer zusammen, auch wenn er wusste, dass er keinen Schlaf finden würde.

# KAPITEL 5

Es war spät am Abend, Dunkelheit hatte sich über die Trauer von Mistmantle gelegt, als Captain Husk, immer noch in seiner grüngoldenen Robe, mit einer leuchtenden Laterne in der Pfote vor dem erbarmungswürdig kleinen Sarg seine Wache hielt. Das Licht glänzte auf den goldenen Sarggriffen, den Spangen auf seiner Robe und den edlen Stickereien auf seinen Manschetten. Schweigend hielt er seine Wache, bis ein Igel gemessenen Schritts durch den Versammlungssaal auf ihn zukam und ihn ablöste.

Er verließ den Saal mit der Laterne, doch ging er nicht direkt in sein Quartier. Im Vestibül nahm er die schwere Robe ab und legte sie in die Truhe. Dann durchquerte er den Versammlungssaal, verneigte sich andächtig vor dem Sarg und schritt mit würdevollem Ernst eine Treppe hinunter.

Am Fuß der Treppe war er außer Sichtweite. Er schlüpfte geräuschlos eine zweite versteckte Stiege hinauf zu einer kleinen Kammer, die auf Höhe des Versammlungssaals lag und nicht größer als ein Wandschrank war. Eine kaum sichtbare Öffnung an der hinteren Kammerwand führte zu einer weiteren Treppe hinab, die noch dunkler und noch schmaler war. Mittlerweile hastete er schnellen Schrittes. Es folgte ein Korridor, kaum mehr als ein Tunnel und so eng, dass er sich ducken und die Schultern einziehen musste. Er bog nach rechts, nach links und wieder nach rechts, eine weitere Treppe hinunter, durch Gänge und zugige Korridore. Seine Lampe flackerte nur noch schwach, und die Luft roch feucht nach Moder. Unsichtbares Getier scharrte und krabbelte durch die Dunkelheit. Staubige Spinnweben verfingen sich in seinem Fell. Dies waren Gänge aus grauer Vorzeit, die nicht einmal die Maulwürfe kannten.

Dunkelheit. Absolute Dunkelheit. Überall um ihn herum und tief in seinem Innern. Er atmete sie ein, und sie roch nach Tod. Tod, Fäulnis und etwas viel Schlimmerem. Es war besser, nicht zu sehen, was sich in diesen Gängen verbarg. Die Kälte war wie Eis. Als könnte nichts darin überleben. Mit angespannten Nerven, ungewiss, was ihm im Dunkeln begegnen würde, erreichte Husk die Tür, die seiner harrte.

Er setzte die Lampe ab. Dies war kein Ort für Licht.

Angst durchfuhr ihn. Er stemmte sich mit beiden Pfoten gegen die Tür, und als sie sich knarrend öffnete, packte ihn der Schrecken im Gedärm.

*Schlag die Tür zu! Kehr um! Flieh!* Aber das empfand er jedes Mal, wenn er die Tür aufdrückte. Er kannte das Grauen, das hier herrschte. Es ekelte und faszinierte ihn zugleich, und die Faszination war stärker. Er schloss die Tür hinter sich und sog das Übel in sich ein, das Böse, das ihn umgab.

Unter seinen Pfoten spürte er den kalten rauen Stein. Der Geruch von Verwesung sickerte in seinen Körper. Er konnte den Geruch geradezu schmecken. In der tiefen undurchdringbaren Dunkelheit sah er nichts, außer einem schleimig glänzenden Film an den Wänden und in der Mitte einem Loch, schwärzer noch als die Dunkelheit. Dies war der Schlund. Düster wie ein Albtraum. Ein Sog, der einen nach unten zog, als würde man ertrinken, ein gähnender Schlund, der nach ihm gierte. Und ihm war, als würde seine bloße Anwesenheit das Böse nähren, so wie es ihn nährte. Er schloss die Augen und griff nach der Gier und der Grausamkeit in sich selbst.

Er hatte den Ort gefunden, ohne danach zu suchen. Er hatte den sagenumwobenen Alten Palast finden wollen und war stattdessen auf diesen Kerker aus grauer Vorzeit gestoßen.

Er wünschte, die Geschichte des Kerkers zu kennen. Der Ort musste eine Geschichte haben. Das spürbare Grauen sagte ihm, dass dies ein Ort von Mord und Verzweiflung war.

Das Böse atmete hier, hallte von den Wänden, erregte und befriedigte ihn, auch wenn es ihn gleichzeitig abstieß. Es sprach zu ihm von Macht und Angst und Verrat. Hier konnte er klar sehen, wie wertlos die anderen Tiere waren, und die Ungerechtigkeit, dass er dem König dienen musste, wo er doch ein weit besserer König wäre. Er dachte an den ersten Mord, den er je begangen hatte. Und wie er sich so der Atmosphäre des Kerkers hingab, durchströmte ihn dessen Macht, bis sie zu ihm sprach. Düster und klar stiegen Worte in ihm auf. Worte der Prophezeiung.

*Ich werde alle Macht in mir vereinen. Aber jener, der vom Himmel fällt, muss vernichtet werden.*

Jener, der vom Himmel fällt? Was hatte das zu bedeuten? Er stellte sich vor, wie etwas vom Himmel fiel. Im dunklen Nebel hinter seinen geschlossenen Lidern formte sich ein Bild. Etwas, das vom Himmel fiel, etwas, das fast weiß war – er versuchte zu erkennen, was es war, aber es war zu verschwommen. Fiel es oder flog es? Das Bild in seinem Kopf wurde klarer, ähnlich einer Spiegelung in schwarzem Gewässer. Etwas bewegte sich am Himmel …, kam näher … Worte stiegen in seinem Herzen auf, und eine weitere Botschaft wuchs in seinem Innern.

*Fürchte nichts, bis Eichhörnchen durch die Lüfte fliegen.*

Eichhörnchen in der Luft! Das war zu lächerlich! Genauso gut konnte das heißen: »Bis ans Ende aller Tage«! Er musste nichts befürchten. Niemals! Er sprang auf, schloss die Tür zu dem schwarzen Schlund und lachte wild in die Dunkelheit, in der kein Lebewesen ihn hörte.

# KAPITEL 6

In den Tagen und Wochen nach der Beerdigung lernte Urchin seine Pflichten kennen. Wie Crispin versprochen hatte, lernte er mit dem Schwert umzugehen, aber auch weniger aufregende Dinge, wie zum Beispiel, wann man sich zu verbeugen hatte und wann nicht. Als neues junges Palasteichhörnchen ging er auf Nummer sicher und verbeugte sich vor jedem. Er machte Botengänge. Er lernte bei Tisch zu bedienen und wie man ein Schwert putzte und polierte. Er lernte Fisch zuzubereiten, was ihm weiter nichts ausmachte, solange Padra nicht erwartete, dass er selbst davon aß. Er entdeckte, dass das Wasser am Tor zur Quelle bei weitem das beste Wasser auf der ganzen Insel war, besonders, wenn es frisch geschöpft wurde. Er lernte Padras Quartier sauber und in Ordnung zu halten, auch wenn es immer leicht nach geräuchertem Fisch roch. Als auch das Moos in seinem Bett verräuchert war, warf er es hinaus und ersetzte es durch neues. Sein eigenes Bett ähnelte immer mehr einem Nest, aber niemand störte sich daran. Eines Morgens sammelte er wieder neues Moos, als er Gleaner in den oberen Ästen einer Eberesche herumklettern sah. Sie pflückte Büschel leuchtend roter Beeren und tat, als bemerkte sie ihn nicht.

Nachdem er das frische Moos auf den Betten verteilt hatte, sollte sich Urchin bei Padra melden. Bei Padra, dem Otter, war das oft schwierig, da er manchmal bis weit zu den Nebelschwaden hinausgeschwommen sein konnte. Auf Patrouille hielt er sich zwar meistens nahe der Küste auf, aber Urchin musste oft ganz um die Insel gehen. (Wenn Urchin Padra sich mit Arran im Wasser tummeln sah oder sie gemeinsam am Strand entlangtrotteten, hielt er sich lieber im Hintergrund und wartete.) Wenn er ihn nirgends finden konnte, war es das Beste, zu Bruder Firs Turmzimmer hinaufzugehen und den Priester um Erlaubnis zu bitten, ihn von dort oben zu suchen. Er konnte sich des guten Ausblicks, eines herzlichen Empfangs und an kalten Morgen eines heißen Beerenpunschs sicher sein.

Dies schien wieder einer dieser Morgen zu sein, und Urchin rannte die Treppen zu Firs Turmzimmer hinauf. Er erreichte den Treppenabsatz zu den Werkstätten, als plötzlich eine Leinwandrolle auf zwei Pfoten auf ihn zuwackelte und mit ihm zusammenstieß.

»Pass doch auf, wo du hingehst!«, rief Needle hinter der Rolle.

»Tut mir Leid!«, sagte Urchin. »Wofür ist das?«

»Nimm lieber das andere Ende und stell keine dummen

Fragen«, motzte Needle, und gemeinsam schleppten sie die Leinwand in eine der Werkstätten und hievten sie auf einen langen Tisch. Endlich konnte Urchin Needles Gesicht sehen. Sie wirkte angespannt und besorgt.

»Alles in Ordnung mit dir?«, sagte er.

»Natürlich!«, sagte Needle. »Die Arbeit macht wirklich Spaß. Ich sitze neben einer netten Igeldame namens Thripple, die mir sehr viel beibringt. Sie sieht ein wenig komisch aus, aber sie ist sehr nett. Und Mama hat das Baby bekommen! Ein kleiner Junge! Wir haben ihn Scufflen genannt!«

»Oh, gut!«, sagte Urchin. Aber etwas in ihrem Blick verriet ihm, dass nicht wirklich alles gut war. Er sah einen Hauch von Angst darin.

»Es wird schon alles gut gehen«, fuhr sie schnell fort. »Meine Mutter gibt ihm viel zu essen, und er nimmt schnell zu.«

»Oh«, sagte Urchin, und das Herz krampfte sich ihm zusammen. Er wusste, was mit kleinen Babys passieren konnte. »Ist er sehr klein?«

»Wer sagt, dass er klein ist?«, gab sie patzig zur Antwort und stellte ihre Stacheln auf, so dass Urchin schnell zur Seite sprang. »Ihm fehlt überhaupt nichts. Und seine Pfote …«

»Was ist mit seiner Pfote?«, fragte Urchin.

»Hab ich gesagt, dass etwas mit seiner Pfote ist?«, sagte sie. Dann setzte sie sich auf eine Bank und gab einen Seufzer von sich. »Es tut mir Leid. Ich weiß, dass ich nicht sehr nett bin. Und mit seiner Pfote ist nichts. Nicht wirklich. Sie ist nur ein ganz klein wenig eingerollt. Man sieht es gar nicht, wenn man es nicht weiß.«

»Vielleicht hat er sie nur noch nicht richtig geöffnet«, überlegte Urchin. Er wusste nichts über Babys, aber es konnte doch sein.

»Ja!«, sagte Needle mit neuem Mut. »Ja, das wird es sein! Er wollte sie bislang nur noch nicht aufmachen! Es wird schon alles gut werden.«

»Ich geh dann jetzt besser mal«, sagte Urchin. »Ich bin auf der Suche nach Captain Padra.«

»Warum hast du das nicht gleich gesagt?«, sagte Needle. »Er ist gerade die Treppe rauf zu Bruder Firs Turmzimmer gegangen.«

Als Urchin mit Needle sprach, war Padra bereits einige Zeit im Turmzimmer. Er kam oft hierher, wenn er laut denken wollte, obwohl er als Meerestier Höhen eigentlich nicht wirklich mochte. Anstatt nach unten blickte er hinaus über das weite graue Meer.

»Die Arbeitstrupps beginnen von Tag zu Tag früher«, sagte er. »Der Winter steht vor der Tür, und jeder will es einfach nur warm haben und genug zu essen. Ich weiß, dass die Arbeit getan werden muss, aber wir sind jahrelang gut ausgekommen, ohne die Tiere vor Sonnenaufgang zusammenzutreiben und sie den ganzen Tag Bauholz schleppen zu lassen.« Er drehte sich ungehalten um. »Und es ist noch viel schlimmer, seit Crispin fort ist.«

»Hmh«, sagte Bruder Fir. »Und warum, meinst du, ist das so?«

»Entweder ist der König immer noch erzürnt und lässt es an den Tieren aus«, sagte Padra, »oder es gibt einen anderen Grund, warum wir mehr arbeiten müssen, und er hat ihn uns nur noch nicht gesagt, *oder* …« – und er fegte gereizt mit dem Schwanz über den Boden – »die Order kommen gar nicht vom König. Ich glaube ja, das Ganze ist Husks Idee. Nur als Crispin noch da war, konnte er nicht mit allem durchkommen.«

»Hmh …«, sagte Fir.

»Husk verbringt mehr Zeit bei dem König als irgendjemand sonst«, sagte Padra. »Ich glaube, er ist derjenige, der die Befehle gibt. Aber wie alles an Husk kann man es nicht beweisen.«

»Du bist immer noch wütend wegen des Prozesses«, bemerkte Fir und wurde durch ein höfliches leises Klopfen an der Tür unterbrochen. »Das ist Urchin. Ich kenne sein Klopfen.«

»Warte draußen, Urchin«, rief Padra.

»Warum soll er draußen warten?«, sagte Fir und beugte sich steif nach vorne, um einen Topf Beerenpunsch auf das Feuer zu setzen. »Lass den Jungen hereinkommen, etwas trinken und hören, was du über Captain Husk zu sagen hast.«

»Auf gar keinen Fall!«, sagte Padra. »Er ist doch bloß ein junger Page – wir können ihn da nicht mit hineinziehen!«

»Aber er steckt doch schon mittendrin«, sagte Fir. »Und er ist zu jung, um ihn in Gefahr zu bringen. Und er wird ganz sicher in Gefahr sein, wenn wir ihn nicht warnen.« Er drehte sich zu Padra um und sah ihm tief in die Augen. »Wir reden hier nicht von *irgend*einem jungen Eichhörnchen, hast du das vergessen?«

»Er hat sicher eine große Zukunft vor sich«, sagte Padra.

»Also bitte, Padra!«, sagte Fir. »Muss ich für dich auch

noch das Denken übernehmen? Liegt es vielleicht an deinem dicken Otterschädel? Denk doch mal nach! Auf jede Sternschnuppennacht folgt ein wichtiges Ereignis. In der letzten wurde Prinz Tumble ermordet, und Crispin wurde verbannt. Aber in jener Nacht vor vielen Jahren, als du und Crispin noch keine Captains wart, ereignete sich nichts Außergewöhnliches. Außer du zählst die Ankunft eines kleinen verlorenen Eichhörnchenbabys dazu.« Er erhob die Stimme. »Urchin, komm herein!«

Urchin hüpfte ins Zimmer und fragte sich, warum sie ihn hatten warten lassen. Er verbeugte sich leichtfüßig, zuerst vor Fir, dann vor Padra.

»Herz segne dich, Urchin«, sagte Fir.

»Herz segne dich auch, Bruder Fir, und: Melde mich zum Dienst, Captain Padra, Sir«, fügte er schnell hinzu.

»Melde dich doch erst mal zu einem schönen heißen Getränk. Warum die Eile?«, sagte Fir und goss aus dem Topf etwas Beerenpunsch in einen Holzbecher. Der Duft von heißen gewürzten Früchten dampfte ihm entgegen, und Urchin schloss den Becher dankbar in beide Pfoten.

»Dein Captain vergeudet ja auch seine Zeit mit einem klapprigen alten Eichhörnchen wie mir«, fuhr Fir fort. »Aber verärgere ihn nicht, Urchin. Er ist immer noch wütend über Crispins Prozess.«

»Das nennst du einen Prozess?« Padra warf Fir einen Blick zu, dann kniete er sich neben Urchin auf den Boden und sagte mit leiser Stimme: »Ich finde ja, du bist noch zu jung für das, was ich dir sagen werde, aber Fir meint, du solltest es wissen, und er hat für gewöhnlich Recht. Ich weiß nicht, wie Husk die Lose vertauschen konnte, aber ich bin mir sicher, er hat es getan. Und ihm war es von allen am leichtesten möglich, den Prinzen zu töten. Ich glaube, keiner der Zeugen konnte mit Sicherheit sagen, wann sie ihn gesehen hatten.«

Urchin blickte in seinen Punsch und spielte nervös mit den Pfoten. Er dachte, sich überrascht oder entsetzt zeigen zu müssen, aber er konnte nicht. Er musste der Wahrheit ins Auge sehen. Husk trug ein Schwert. Er hielt sich oft in der Nähe der königlichen Gemächer auf. Und er hatte die Ziehung der Lose übernommen, die Crispin für schuldig erklärt hatten. Ihm wurde klar, dass er tief im Innern immer schon gewusst hatte, dass Husk der Mörder sein konnte. Er hatte nicht daran glauben wollen, aber es passte alles zusammen.

»Alles, was er tun musste, war, Crispin die Schuld zu geben und in die Verbannung zu schicken«, fuhr Padra fort. »Ohne den Prinzen und Crispin steht niemand mehr zwischen ihm und dem Thron.«

»Die Königin könnte noch ein Baby bekommen«, sagte Urchin.

Padra zuckte mit den Schultern. »Es heißt, mit ihrer Gesundheit stehe es nicht zum Besten. Auch ist ihr Geist gebrochen«, sagte er. »Außer Aspen und ihren Zofen bekommt sie kaum einer je zu Gesicht, und Aspen könnte mit Husk gemeinsame Sache machen. Pest, Ratten, Läuse und Würmer sollen ihn holen. Er reißt sich die Insel unter die Kralle.«

»Hmh«, sagte Fir. »Und er ist klug genug, um damit durchzukommen. Die Tiere werden sich niemals gegen den König erheben. Vielleicht irgendwann gegen Husk, aber nur, wenn es pfotenfeste Beweise gegen ihn gibt und ihnen klar wird, dass er dem König im Grunde gar nicht dient. Aber das braucht Zeit. Du musst auf den richtigen Moment warten, Padra.«

»Wird es jemals den richtigen Moment geben?«, sagte Padra.

»Es gibt für alles einen richtigen Moment«, sagte Fir. »Wie Flut und Ebbe beim Fischen. Für den Augenblick ist es wohl das Beste, du gibst Urchin erst mal seine Order. Lass ihn aber zuerst austrinken.«

»Urchin«, sagte Padra unvermittelt. »Ich will, dass du zum König gehst.«

Urchin verschluckte sich. »Zum König!«, japste er.

»Jedes Tier hat das Recht, den König zu sehen – sei nicht so überrascht«, sagte Padra. »Er wird im Thronsaal sein. Ich muss seine Pläne für den Winter kennen und wissen, ob die Speicher voll sind. Erkundige dich nach der Königin. Halte die Augen offen und die Ohren gespitzt. Und wenn Husk da sein sollte, beobachte ihn.«

Urchin hielt den Becher fest umschlossen. Es war aufregend, mit Geheimnissen wie diesen betraut zu werden, aber bei dem Gedanken, dass Husk ein Mörder war, krampfte sich ihm der Magen zusammen. Allerdings sollte er ihn ja nur beobachten, und allein würde er auch nicht mit ihm sein.

»Ja, Sir«, sagte er. »Und, Sir, meine Freundin Needle hat einen kleinen Bruder bekommen, Scufflen«, sagte er. »Ich glaube, sie machen sich seinetwegen Sorgen. Er ist ein wenig klein.« Über den Becherrand sah er, wie Fir und Padra einen Blick wechselten.

»Halte mich auf dem Laufenden«, sagte Padra. »Und wenn ich *mich* sage, meine ich *mich* und niemand anderen sonst. Vor allem nicht Husk. Jetzt trink aus und lauf zum Thronsaal.«

Urchin flitzte aus dem Fenster, die Mauer hinunter, durch ein anderes Fenster wieder hinein – so ging es am schnellsten – und rannte durch die Korridore zu den königlichen Gemächern. An der schweren Eichentür des Thronsaals angekommen, fragte er die Maulwurfwächter, ob er mit Captain Husk sprechen könnte, als der Captain die Tür aufriss. Urchin sprang erschrocken einen Schritt zurück, versuchte aber sofort, sich zu fassen und keine Angst zu zeigen.

»Bist du nicht Padras Page?«, sagte Husk. »Hol etwas Wein aus dem Keller und bring ihn gleich hierher.«

»J-ja, Sir«, sagte Urchin. »Welchen Wein, Sir?«

»Sag dem zuständigen Otter im Keller, er sei für den König«, sagte Husk. »Er wird dann schon wissen. Schnell, jetzt gleich!«

Urchin war froh, zu entkommen. Er rannte in den großen zugigen Keller hinunter und holte den Wein. »Von dem scheinen die in letzter Zeit gar nicht genug zu bekommen«, bemerkte der Kellerotter, als er ihm die Flasche aushändigte. Dann eilte er wieder zurück nach oben, als vor ihm plötzlich ein Eichhörnchen über die Treppe sprang und durch ein Fenster verschwand. Er dachte, es wäre Gleaner, doch ging alles so schnell, dass sich Urchin nicht ganz sicher war. Ein wenig atemlos erreichte er die Tür zum Thronsaal, wurde von den Maulwürfen eingelassen und wartete hinten an der Tür, wie Padra es ihn gelehrt hatte.

Mit der Flasche in den Pfoten beobachtete er, was vor sich ging. Der König schien seit dem Tod des Prinzen alt und müde geworden und um die Schnauze ergraut. Und doch war er immer noch der größte und kräftigste Igel, den Urchin je gesehen hatte. Er saß da mit erhobenem Haupt. Im Kamin loderte ein Feuer, an den Wänden brannten Lichter, und seine Krone glänzte. Seine Pfote lag auf der Armlehne des vergoldeten Throns, und auf einem kleinen Tisch neben seinem Ellbogen stand ein fast leeres Glas mit Wein. Farbige Gobelins strahlten von den Wänden, und der Boden war frisch mit Binsen ausgelegt.

»Euer Majestät sehen müde aus«, sagte Husk. »Haben Sie vielleicht schlecht geschlafen?«

»Ich habe nicht mehr richtig geschlafen, seit ...«, begann der König, und Husk nickte verständnisvoll. »Aber wir haben Arbeit vor uns. Ich nehme an, es geht wieder um die Arbeitstrupps?«

»Nichts, worum sich Euer Majestät sorgen müsste«, sagte Husk. »Mit ein paar mehr Tieren und früheren Schichten werden wir es schon schaffen.«

Der König sackte müde in seinem Thron zusammen. »Ich weiß gar nicht, woher die ganze Arbeit kommt, Husk«, seufzte er.

»Ich befürchte, Euer Majestät«, sagte Husk, »dass wir in der Vergangenheit die Dinge haben schleifen lassen. Wir waren unvorsichtig – wenn Sie mir gestatten, das zu sagen – und müssen die Arbeit aufholen. Wir besitzen so gut wie keine Waffen und könnten uns, im Falle eines Falles, nicht einmal verteidigen. Bedenken Sie nur, wenn ein gewisses Eichhörnchen, dessen Namen ich nicht erwähnen möchte, eine Rebellion angezettelt hätte – wir hätten uns nicht einmal wehren können. Denken Sie lieber erst gar nicht daran, was hätte geschehen können, Euer Majestät.

Aber deshalb brauchen wir Waffen. Die Maulwürfe haben einen reichen Bestand an Granat gefunden. Wir werden einen Teil lagern und den Rest gegen Schwerter tauschen.«

»Juwelen für Schwerter«, murmelte der König.

»Wenn Sie also Ihre Erlaubnis geben würden, Sir?«, schlug Husk vor und legte ein paar Buchenblätter vor den König auf den Tisch. »Ohne königliche Verfügung geht es nicht.«

Der König hob träge seine Pfote – Urchin sah, dass sie zitterte – und kratzte seinen Krallenabdruck auf ein Blatt.

»Und dann brauchen wir noch eine Verfügung, damit die jungen Otter länger arbeiten«, sagte Husk. »Sie wollen immer nur im Wasser spielen.«

Der König hob die Pfote, doch ließ er sie wieder sinken und lehnte sich zurück. Er lächelte beinahe. »Lass sie spielen«, sagte er.

»Wie Ihr wünscht, Euer Majestät«, sagte Husk. »Wo bleibt der Page mit dem Wein?«

Urchin trat vor, verbeugte sich und präsentierte die Flasche. Er wusste nicht, ob von ihm erwartet wurde, den Wein selber einzuschenken, aber Husk nahm ihm die Flasche aus der Pfote und füllte das Glas des Königs bis zum Rand.

»Es wird ein langer harter Winter«, sagte Husk und gab dem König das Glas. »Gloss, der Maulwurf, sagt das zumindest und auch Tay, die Otterdame. Ein zuverlässiger Maulwurf und die Gelehrte der Insel sollten es doch wissen. Wenn wir für den Winter genügend Vorrat an Essen und Brennstoff haben wollen, muss jeder sehr hart arbeiten.«

»Aber sie arbeiten bereits sehr hart!«, sagte der König und blickte an Husk vorbei zu Urchin. »Wer ist das?«

»Padras Page«, sagte Husk und machte eine Handbewegung in Urchins Richtung. »Du kannst jetzt gehen.«

Urchin verbeugte sich ungelenk. Sein Mund fühlte sich ganz trocken an. »Ich habe eine Nachricht von Captain Padra, Sir«, sagte er.

»Das kann warten«, sagte Husk. »Stell dich vor die Tür.«

»Nein, komm her, Page«, sagte der König. Er beugte sich vor, und seine schwarzen Augen leuchteten mit neuem Interesse, als Urchin zu ihm trat und sich verbeugte. Padra hatte ihm nicht gesagt, ob er dem König in die Augen sehen sollte, aber es fühlte sich richtig an.

»Du bist doch der Fremdling, nicht wahr?«, sagte der König schließlich. »Du hattest doch so einen seltsamen Namen …«

»Urchin, Euer Majestät.«

»Diene deinem Captain und halte der Insel die Treue«, sagte er. »Wie lautet Padras Nachricht?«

»Ich sollte fragen, ob wir genug Vorrat für den Winter haben«, sagte Urchin und blickte weiterhin in die neugierigen schwarzen Augen. »Er erkundigt sich auch nach dem Befinden der Königin.«

»Die Königin schläft viel besser, seit sich Lady Aspen um sie kümmert«, sagte der König.

»Lady Aspen ist froh, helfen zu können«, fügte Husk hinzu.

»Und Husk scheint die Pläne für den Winter unter Kontrolle zu haben«, fuhr der König fort. »Aber sollten wir nicht besser Wolle eintauschen anstatt der Schwerter?«

»Wir tun beides, Euer Majestät«, sagte Husk schnell. Er schob dem König ein Blatt hin, dann drehte er sich scharf zu Urchin um. »Geh und überbring deinem Captain die Antwort.«

Urchin verließ den Saal und schloss, so langsam er konnte, die Tür hinter sich. Husk senkte die Stimme, aber Urchin konnte ihn noch verstehen.

»Die Schwächeren werden den nächsten Winter nicht überstehen, Euer Majestät«, sagte er. »Es ist traurig, aber das einzig Gnädige ist weiterhin die Merz. Soll ich Ihnen Ihr Glas reichen? Danke, Euer Majestät, und dann brauche ich auch noch einen Krallenabdruck für diese kleine Anordnung ... Danke.«

Urchin hatte genug gehört. Er wollte auf dem kürzesten Weg zurück zu Padra eilen, als sich ihm gegenüber eine Tür öffnete. Lady Aspen rauschte hoch erhobenen Hauptes in einer Wolke aus Parfum über den Flur, und Urchin drückte sich gegen die Wand, um sie vorbeizulassen. Ein gelber Umhang, schimmernd wie Kerzenlicht, wallte von ihren Schultern, und an ihrer Pfote leuchtete ein Vogelbeerarmband auf ihrem Fell. Dicht hinter ihr sah er Gleaner.

»Danke, Gleaner«, sagte Aspen. »Du wirst sicher eine ausgezeichnete Zofe werden. Melde dich heute Abend bei mir. Und ich werde Captain Husk über dieses Igelbaby Bescheid geben.« Mit glänzend polierten Krallen klopfte sie an die Tür zum Thronsaal.

Gleaner erblickte Urchin. Sie drehte sich zu ihm um und grinste ihm herablassend ins Gesicht.

»Du bist nicht der Einzige, der in den Palast geladen wird!«, zischte sie ihn an und sauste davon.

Urchin stürmte durch den Flur. Dieses Mal wurde ihm der Weg von einem großen, breitschultrigen Eichhörnchen mit auffallend kurzem Fell versperrt. Urchin sah an ihm hinauf und spürte sofort eine Abneigung gegen ihn.

»Wo glaubst du wohl, wo du hinrennst?«, knurrte der Eichhorn.

»Zum Ufer, Sir«, sagte Urchin.

»Dann nimm den anderen Weg«, befahl er.

»Ja …«, sagte Urchin und zögerte. Er kannte den Namen des Eichhörnchens nicht und wollte, sofern er es verhindern konnte, ihn nicht wieder mit »Sir« anreden.

»Ich heiße Granite«, knurrte das Eichhörnchen und hielt Urchin eine scharf gebogene Kralle ins Gesicht.

Urchin spannte jeden Muskel in seinem Körper an. Sein Instinkt hieß ihn zurückzuweichen, aber er wusste, dass es besser war, einem rohen Kerl wie diesem keine Angst zu zeigen. Die Kralle fuhr seine Schnurrhaare entlang. Das Herz zog sich ihm zusammen, aber er zwang sich, ruhig zu bleiben. Das Eichhörnchen wiederholte seinen Namen.

»Ich bin Granite. Merk dir mein Gesicht.«

# KAPITEL 7

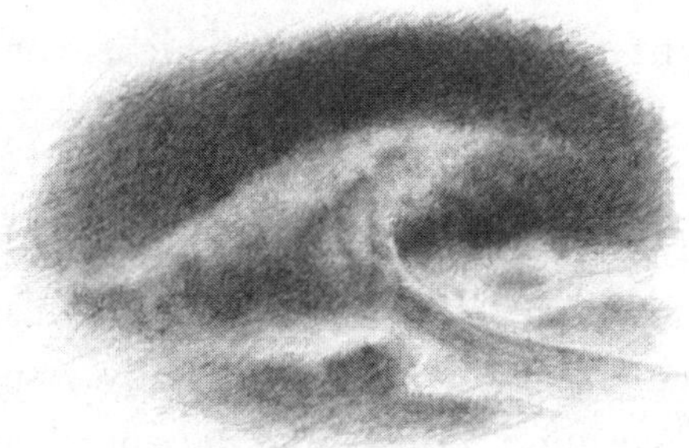

Urchin floh aus dem Palast zum Ufer an die salzig klare Luft. Das Meer hatte sich zurückgezogen, und er hastete zwischen den Muschelschalen und angeschwemmten Algensträngen über den harten feuchten Sand. Eine Reihe hölzerner Anlegepfeiler stakte aus dem Sand, an manchen waren Boote festgemacht. Weit draußen schwammen Padra und Arran nebeneinander durchs Wasser, aber diesmal musste er sie stören. Urchin sprang auf einen der Pfeiler, hielt mit seinem Schweif die Balance und rief nach Padra. Er hatte erwartet, dass sich Padra langsam umdrehen, träge mit der Pfote winken und gemächlich zum Ufer schwimmen würde, aber diesmal schnellte er herum und glitt behände, dicht gefolgt von Arran, durchs Wasser auf den Strand zu.

»Kann ich Sie wohl alleine sprechen, Sir?«, fragte Urchin.

»Du kannst vor Arran alles sagen«, sagte Padra und schüttelte sich das Wasser aus dem Fell. »Lasst uns aber ein Stück den Strand hinuntergehen.«

Sie entfernten sich vom Palast, und Urchin begann mit solch haspelnder Dringlichkeit seinen Bericht, dass Padra ihn unterbrechen und er von neuem anfangen musste.

»... Sie hatten Recht – die Idee mit den Arbeitstrupps und dem ganzen anderen stammt nicht vom König«, schloss er. »Oder sie stammt vom König, aber Captain Husk sagt ihm, was er denken soll.«

»Hat der König selber um Wein gebeten?«, fragte Padra.

»Das musste er nicht«, sagte Urchin. »Husk hat ihm die ganze Zeit nachgeschenkt. Und Lady Aspen nimmt Gleaner als eine ihrer Zofen, und sie sprachen über ein Igelbaby. Ich kann mir vorstellen, dass sie ihr von Needles kleinem Bruder erzählt hat, und Aspen wird es Captain Husk weitererzählen.«

»Was für eine Pest!« Padra verzog das Gesicht, dass sich ihm die Schnurrhaare aufstellten.

»Ich werde sehen, was ich tun kann«, sagte er. »Sonst noch etwas?« Als Urchin ihm von Granite erzählte, blieb er stehen und holte tief Luft.

»Granite aus der Waffenkammer?«, sagte er. »Ich fand ihn schon immer einen unangenehmen Klauengenossen, aber irgendwie ist er in die Hohe Runde aufgenommen worden. Crispin hat ihm dann die Waffenkammer zugeteilt. Ein weiser Zug, da Granite Waffen mag, und der Waffenmeister im Grunde keine Gelegenheit hat, die Waffen zu gebrauchen. Wenn er aber jetzt durch die Korridore schleicht, sollten wir uns Sorgen machen.« Dann lächelte er Urchin an. »Das heißt, *ich* muss mir Sorgen machen, nicht du.«

»Aber, Sir«, sagte Urchin. »Wenn ein Kleines zur Merz gebracht wird …«

»Keine Sorge. Es geht ganz schnell«, sagte Padra. »Das Beste ist, zu warten, bis die Kleinen eingeschlafen sind, und es dann so schnell zu machen, dass sie nichts merken. Nun. Ich habe dich zur Fechtstunde angemeldet. Ich höre, du machst dich gut. Lauf jetzt zu deinem Fechtlehrer.«

»Ja, Sir«, sagte Urchin. »Aber was ist mit Scufflen, dem Igel …?«

»Ich werde tun, was ich kann«, sagte Padra. »Jetzt lauf. Das wäre alles.«

Urchin rannte zu seiner Fechtstunde. Wenn Padra das kleine Igelbaby nicht retten konnte, würde er es selbst tun.

Im Thronsaal füllte Husk das Glas des Königs neu auf.

»Ihr habt Recht, Euer Majestät«, sagte er. »Von allen Tieren der Hohen Runde würde sich Granite am besten zum Captain eignen.«

Der König runzelte die Stirn. »Ich sagte Tay, die Otterdame, wäre die Beste, Husk«, sagte er.

»Oh ja, Euer Majestät, aber das war, bevor Granite nominiert wurde«, sagte er. »Tay ist eine großartige Gelehrte, aber sie ist keine Führerin. Gloss, der Maulwurf, war im Gespräch, aber das Problem mit Maulwürfen ist, dass man nie sagen kann, wo sie gerade sind. Padra hat Arran aufgestellt, aber das war ja klar. Er war noch nie weise in der Wahl seiner Freunde. Demnach bliebe nur noch …«

»Gut, dann überleg ich mir das mit Granite«, sagte der König ermüdet.

Husk verbeugte sich und ließ den König mit einer halb leeren Flasche Wein allein im Thronsaal zurück. In seinem

Gemach, mit seinen dunkelroten Wandbehängen und dicht verhängten Fenstern, lachte er laut auf. Die Merz würde verhindern, dass sie schwächliche Kinder durch den Winter füttern mussten. Es gab andere, die das Essen besser brauchen konnten. Er freute sich schon darauf, das junge Igelbaby zu töten.

Granite würde ihm als Captain nützlich sein. Als Kämpfer war er unschlagbar, als Leibwächter absolut zuverlässig, und er würde nicht so viel Zeit mit Nachdenken verschwenden. Er würde tun, wofür man ihn bezahlte.

*Aber ich bin auch so unbesiegbar*, dachte Husk. *Ich muss nichts fürchten, bis Eichhörnchen durch die Lüfte fliegen.* Diese Prophezeiung war im Kerker über ihn gekommen, und er konnte sich auf sie verlassen. Das Böse dort war so mächtig und sprach mit einer so geheimen Stimme, dass nicht einmal Aspen davon erfahren durfte. Es sprach zu ihm mit seiner eigenen Stimme, die tief in seinem Innern wuchs wie eine verderbte Wurzel. Bald wäre er König von Mistmantle, und jedem, der etwas dagegen hatte, würde ein Schwert ins Herz gestoßen. Und warum sich mit Mistmantle begnügen? Es gab größere, reichere Inseln, die erobert werden konnten.

Gloss, der Maulwurf, könnte zu einem Problem werden. Er würde Granite beneiden. Er war nützlich, aber er sah zu viel. Am besten gab man ihm einen Auftrag, der ihn beschäftigt hielt.

Bald würden sie eine rauschende Hochzeit feiern mit einem großen Festessen, um die einfachen Geschöpfe bei Laune zu halten. Die Dümmeren unter ihnen hatten Crispin schon vergessen.

Drei Nächte waren vergangen, als Crispin weit hinter den Nebelschwaden sein Boot eine Uferböschung hinaufzog, die steifen Glieder reckte und sich sein Schwert umschnallte. Er war bereits auf einer anderen Insel gewesen, auf der es von Schlangen und bösartigen Krebsen nur so wimmelte, die seine Reaktionsgeschwindigkeit und Fechtkunst arg auf die Probe stellten, bevor er sich zurück aufs Meer flüchten konnte. Diese Insel sah besser aus. Er schlug einen aufwärts führenden Pfad durch einen Buchen- und Haselnusswald ein, aß ein paar Nüsse, die er auf dem Weg fand, und folgte dem Geräusch von fließendem Wasser. Er kam an einen klaren Bach. Er trank, wusch sich Gesicht und Pfoten und ging weiter.

Der Pfad endete an einem großen See, größer, als Crispin es sich je hätte vorstellen können. Bäume neigten sich darüber. Schilf umgrenzte das Ufer, und Seerosen trieben auf dem Wasser. Hier und da gab es kleine Inseln mit ein paar Büschen und Bäumen. Luftblasen stiegen auf und Ringe breiteten sich nach außen aus, als Fische die glatte Oberfläche durchstießen.

»Das Herz hat mich hierher geführt«, flüsterte Crispin und dankte.

Ein lauter heftiger Flügelschlag ließ ihn zusammenfahren. Er sprang zurück, die Pfote auf dem Schwertschaft. Riesige weiße Schwingen nahmen ihm die Sicht, dann spürte er einen harten Schlag, das Schwert schoss ihm aus der Pfote, wirbelte weit durch die Luft, und Crispin sah in das wütend zischende Gesicht eines riesigen weißen Schwans.

»Was machst du hier, Baumratte!«, fauchte der Schwan.

Crispin hielt sich aufrecht, und doch war er einem

Schwan noch nie so nahe gewesen. Seine Größe war überwältigend.

»Ich bin fremd hier, Sir«, sagte er. »Crispin, Captain von Mistmantle.«

»Sag Hoheit zu mir! Lord Arcneck!«, zischte der Schwan. »Du gehörst in den Wald, Baumratte! Nicht an den Teich! Der Teich ist nur für Schwäne!«

Hinter dem Schwan auf dem See sah Crispin ein paar graubraune Jungschwäne, die zwischen den Seerosen dümpelten. Plötzlich regte sich etwas in ihrer Nähe und weckte seine Aufmerksamkeit.

Der Schwan belehrte ihn über die Gesetze der Insel, aber Crispin hörte nicht zu. Er beobachtete den Schatten, der durch das Wasser glitt, nah genug an der Oberfläche, dass er den langen kräftigen Körper erkennen konnte.

Eine Wasserschlange! Er hatte sie manchmal in Mistmantle gesehen. Sie mochten nur eine Art von Fisch sein, aber sie waren groß und stark genug, um ein junges Tier in die Tiefe zu ziehen und zu verschlingen. Normalerweise kümmerten sich die Otter um sie, aber Crispin hatte durch Padra gelernt, wie man mit Wasserschlangen umging.

Er hechtete zu seinem Schwert. Der Schwan bog den Hals zurück, wollte ihn schlagen, aber Crispin war schon ins Wasser gesprungen.

»Eine Wasserschlange!«, rief Crispin, und während die ängstlichen Jungschwäne auseinander stoben, stürzte er sich auf den Rücken des großen hässlichen Fischs, beugte sich über ihn und stieß ihm das Schwert bis zum Schaft in das weit geöffnete Maul. Der Fisch bäumte sich auf, wand sich, warf seinen Körper herum, doch Crispin hielt das Schwert mit beiden Pfoten umklammert, bis ihn der sterbende Fisch mit letzter Kraft durch die Luft schleuderte und der Schwan ihn mit dem Schnabel am Schweifende auffing.

Der Schwan schleppte ihn zum Ufer und ließ ihn fallen. Crispin stand auf, schüttelte sich das Wasser aus dem Fell und wischte sein Schwert an ein paar Grasbüscheln ab. Der Schwan beugte sich mit seinem langen Hals zu ihm hinunter, während seine Gefährtin die Jungschwäne von dem großen blutigen Körper der Wasserschlange wegscheuchte.

»Mutig für eine Baumratte«, bemerkte der Schwan. »Wenn wir deine Dienste wieder benötigen, wirst du uns zur Verfügung stehen. Du darfst auf der Insel bleiben – im Wald, mit den anderen Baumratten.« Er warf einen Blick auf den leblosen Fischkörper. »Wasserschlange? Das ist ein Hecht, Wasserratte. Ein Hecht. Was ist das?«

»Ein Hecht, Hoheit«, sagte Crispin. Er nahm an, dass er sich schon daran gewöhnen würde. Plötzlich hörte er hinter sich ein Kichern. Er wollte sich schon umdrehen, besann sich aber noch rechtzeitig, dass es eine unverzeihliche Beleidigung sein könnte, dem Schwan den Rücken zu kehren. Also wartete er, das unterdrückte Lachen im Rücken, bis der Schwan davonschwamm und er sich umdrehen konnte.

Hinter ihm stand eine Gruppe junger Eichhörnchenfrauen, die ihm zugesehen hatten. Die Einzige unter ihnen, die nicht kicherte, trat vor.

»So sind Schwäne nun mal«, sagte sie sanft. »Du wirst dich daran gewöhnen. Ich heiße Whisper. Und du?«

Eines Nachmittags, es war schon kurz vor Abend, hielt Urchin am Tor zur Quelle Wache. Er blickte in die untergehende Sonne, rieb sich vor Kälte die Pfoten, als Padra neben ihm auftauchte und einem Maulwurf die Wache übergab.

»Gute Neuigkeiten«, sagte Padra. »Komm mit.«

»Needles Bruder?«, sagte Urchin hoffnungsvoll.

»Immer eins nach dem anderen«, sagte Padra und hastete mit ihm durch den Palast. »Husks und Aspens Hochzeit steht kurz bevor.«

»Oh«, sagte Urchin. »Und das ist gut?«

»Das ist ausgezeichnet!«, sagte Padra. »Husk kümmert sich gerade um die Sänger und die Roben und Juwelen und was nicht alles sonst. Der König ist also allein. Darum schnell, bevor er zurückkommt.«

Sie eilten durch die gobelinbehangenen Korridore zum Thronsaal. Urchin blieb einen Schritt hinter Padra, kniete sich mit ihm zusammen nieder und blickte in das müde Gesicht des Königs. Hinter dem Thron stand mit breiten Schultern Granite. Urchin stellte sich das Fell auf.

»Padra«, sagte der König, und Urchin hatte das Gefühl, dass er ein wenig nuschelte. »Wir sind früher zusammen an der Küste auf Patrouille gegangen. Du hast den Prinzen in deinem Boot mitgenommen! Er liebte das Wasser!« Eine Träne rann ihm über das Gesicht. Als er die Hand hob, um sie wegzuwischen, senkte Urchin die Augen. »Hast du etwas auf dem Herzen, Padra?«

»Gute Neuigkeiten, Euer Majestät«, sagte Padra. »Das kleine Igelbaby von Mistress Ramblen ist wohlauf und gedeiht prächtig. Nicht nötig, es zur Merz zu bringen.« Er blickte auf und sah dem König in die Augen. »Ein wunderhübscher kleiner Igeljunge, Euer Majestät.«

»Wenn er gut gedeiht, lasst ihn«, murmelte der König

und tupfte sich mit einem Taschentuch die Stirn. »Ein Igelbaby.«

»Danke, Euer Majestät!«, rief Urchin und bekam ein ganz heißes Gesicht, als ihm bewusst wurde, dass ihn niemand zum Sprechen aufgefordert hatte. Er spürte, dass der König ihn ansah, und hob schüchtern das Gesicht.

»Warst du nicht mit Husk bei mir?«, fragte der König neugierig. »Er wird bald heiraten, weißt du. Was würden wir nur ohne Lady Aspen anfangen? Die Königin liebt sie sehr. Ich wollte ihm ein Hochzeitsgeschenk machen, aber er will nur Juwelen für seine Frau. Padra, du solltest auch heiraten. Es ist schrecklich, allein zu sein. Wenn du deine Otterfreundin heiraten möchtest, gebe ich dir die Erlaubnis.«

Padra schien zum ersten Mal sprachlos, doch nur für einen Moment.

»Ich habe keine Ahnung, ob sie mich heiraten will, Euer Majestät«, sagte er. »Aber ich hoffe sehr, dass sie unser neuer Captain wird.«

Die Pfoten des Königs zuckten. »Ach, Padra«, sagte er. »Ich habe bereits Granite zum neuen Captain ernannt.«

»Soll sie doch die Pest holen!«, murmelte Padra, als sie aus dem Thronsaal schritten. »Ratten, Fliegen und Würmer!«

»Aber wir können doch mehr als drei Captains haben«, sagte Urchin und rannte fast, um mit ihm Schritt zu halten.

»Nicht, wenn Husk die Fäden in der Pfote hat«, sagte Padra.

»Sie haben doch Scufflen gerettet«, sagte Urchin.

»Ja, ich denke schon«, sagte Padra. »Lauf und gib Needle Bescheid.«

Urchin rannte zu den Werkstätten. Er fragte sich, ob Needle wohl noch da war, aber alle Tiere schienen bis spät in den Abend zu arbeiten. Sie kam zu ihm an die Tür. Sie wirkte ängstlich und nervös, und ein paar Fäden hatten sich in ihren Stacheln verfangen. Urchin überbrachte die gute Nachricht und hielt einen guten Schritt Abstand von ihr, falls sie auf die Idee kommen sollte, ihn zu umarmen.

»Ich werde fragen, ob ich nach Hause gehen kann, um es Mama zu erzählen«, sagte sie. »Ich denke, sie werden mich schon gehen lassen. Aber wir haben plötzlich unheimlich viel Arbeit. Hast du schon von der Hochzeit gehört? Sieh dir das mal an!« Sie öffnete eine Tür.

Urchin konnte nur staunen. Er war umgeben von Spitzen. Zart und weiß wie Nebel hingen sie von den Stickrahmen, und Schleppen bedeckten den Boden.

»Sie wird wunderschön aussehen!«, sagte Needle. »Aber wir haben noch ellenweise Stickereien vor uns. Und sie soll ein Diadem mit Edelsteinen tragen. Die Maulwürfe graben also wie verrückt. Und wir müssen eine neue Captainrobe machen – sie sagen, es sei für ein Eichhörnchen, aber es scheint riesig zu sein. Und Captain Husk hat bereits neue Wandteppiche in Auftrag gegeben. Komm, ich werde sie dir zeigen.«

Urchin folgte ihr in den langen Werkraum, in dem die fast fertigen Wandbehänge auf Rahmen gespannt waren. Sie waren wundervoll bestickt und zeigten in leuchtend farbigem Garn, durchwoben mit Gold und Silber, die Könige und Königinnen, Helden und Captains der Vergangenheit.

»Fast nur Eichhörnchen«, sagte Urchin.

»Ich weiß«, sagte Needle. »Uns ist schon das eichhörnchenrote Garn ausgegangen. Captain Husk hat bereits eine neue Ladung bestellt.«

Es gab ein paar Igel, aber kaum einen Maulwurf oder Otter. Urchin ging von einem zum anderen – Eichhörnchen auf Thronen, Eichhörnchen mit Schwertern, Eichhörnchen in Bäumen. Man sagte, es gäbe irgendwo auf der Insel im Wurzelwerk eines Baums einen alten Maulwurfspalast unter der Erde. Es war wahrscheinlich nur eine Legende, aber Urchin hatte die Geschichte immer gefallen. Der Alte Palast war ebenfalls abgebildet, aber statt eines Maulwurfs saß ein Eichhörnchen auf dem Thron.

»Die Felsen«, sagte Needle.

»Wie bitte?«, sagte Urchin.

»Die Felsen«, sagte Needle. »Ich muss meistens die Felsen machen, weil ich noch neu bin. Thripple macht die schwierigen Sachen – die Roben und so.«

»Ich hab mir gerade die Gesichter angesehen«, sagte Urchin. »Ist dir was aufgefallen? Alle Frauen sehen aus wie Lady Aspen und alle Männer wie Husk.«

# KAPITEL 8

Mit dem Winter hielt auch der Frost Einzug auf Mistmantle. Frost, der auf Fell und Schnurrhaaren gefror, feiner weißer Frost, der in Anemone Wood unter den Pfoten knirschte, zarter Frost, der im Laub auf dem Boden knisterte und auf den Moosbänken glitzerte. Die Nächte waren stechend kalt, und der Mond stand hoch am klaren Himmel über dem Palast. In den Kaminen wurden Feuer entzündet und abgegessene Fichtenzapfen in die Flammen geworfen. Padra und Urchin verbrachten lange Abende bei Fir im Turmzimmer.

Die Vorbereitungen für die Hochzeit füllten die Tage. Ehrengarden wurden gedrillt. Umhänge und Roben genäht oder alte ausgebessert. Der Versammlungssaal wurde geschmückt. In den Küchen stapelten sich die Vorräte. Im Wald, am Wasser und an den Küsten, überall wurde nur noch von der Hochzeit gesprochen. Wenn Husk nicht im Thronsaal war, wurde der König von Captain Granite bewacht.

In der Nacht vor der Hochzeit wurden Schwerter, Silberzeug und Trompeten poliert, bis sie im Kerzenlicht funkelten. Schnurrhaare wurden geglättet, Felle gewaschen und Krallen gekürzt. Apple kam mit einem kleinen Topf dunkelroter Paste aus Wachs und Blütenstaub zum Palast, damit Urchin sich die Spitzen von Ohren und Schweif damit einreiben konnte, um ihre Färbung zu verstärken. Urchin dankte ihr, aber entschloss sich, sie nicht zu benutzen. Er dachte, Needle würde sich vielleicht darüber freuen, und als Apple gegangen war, nahm er den Topf mit zu den Werkstätten.

Needle saß noch immer an ihrer Werkbank und bestickte mit feinem weißem Garn die schneeweiße Seide, auch wenn sie vor Erschöpfung den Tränen nahe schien. Eine alte bucklige Igeldame stand neben ihr und packte weiße Rüschensachen in Schachteln. Jede freie Fläche, sogar der Boden, war mit weißen Leintüchern bedeckt. Als Urchin hereinhüpfte und den Topf mit roter Paste öffnete, gab Needle entsetzt einen Schrei von sich und rollte sich zur Kugel.

»Geh weg!«, wimmerte sie. »Mach *sofort* den Deckel zu. *Sofort*, hast du gehört!«

»Es ist doch nur Farbe!«, sagte Urchin. So kannte er Needle gar nicht.

»Geh raus!«, schrie Needle aus dem Stachelinnern. »Nimm das weg und komm ja nicht irgendwo gegen! Und wasch dir die Pfoten!«

Die andere Igelfrau strich Needle sanft über den Kopf.

Jetzt, da Urchin sie sich genauer ansehen konnte, bemerkte er ihr zerknautschtes schiefes Gesicht, das eigentlich sehr hässlich aussah, aber sie hatte freundliche Augen.

»Es ist schon gut, kleine Needle«, besänftigte sie sie. »Nichts passiert.« Sie sah an Needle vorbei zu Urchin, der immer noch unsicher im Türrahmen stand. »Sie ist müde. Und es ist äußerst wichtig, dass keine Flecken auf die Hochzeitskleider kommen, daher können wir hier drinnen auch keine Farbpaste gebrauchen. Aber keine Sorge – das konntest du ja nicht wissen. Ich hab ihr gesagt, sie soll ins Bett gehen. Ich werde den Rest fertig machen, wenn ich die hier ausgetragen habe. Ich bin Thripple – Needle lernt bei mir.«

Needle entkrumpelte sich langsam. Als Urchin vom Händewaschen zurückkam, hatte sie sich beruhigt.

»Entschuldigung«, sagte sie erschöpft. »Ich hab einfach genug von Lady Aspens Hochzeitsroben. Und dabei müssen wir noch die Schleppe fertig kriegen. Die Sachen, die Thripple gerade eingepackt hat, sind für die Brautmaulwürfe und müssen in die königlichen Gemächer gebracht werden. Und alles ist aus reinstem Weiß. Weiß auf Weiß auf Weiß. Meine Augen tun mir schon ganz weh. Und der kleinste Fleck würde alles ruinieren. Bring also *bitte* keine klebrigen roten Pollen mehr hier herein, Urchin.«

»Entschuldigung«, sagte Urchin. »Ich kann ja die Schachteln zu den königlichen Gemächern bringen, wenn du willst.«

»Das wäre eine große Hilfe«, sagte Thripple.

Needle gelang ein kleines Lächeln. »Morgen sehe ich Scufflen«, sagte sie. »Ich habe ihm aus ein paar Resten einen kleinen Umhang genäht. Nach der Hochzeit haben wir kurze Zeit frei. Dann kann ich nach Hause gehen und ihn ihm geben. Das ist das einzig Dumme am Hofleben. Wir haben nicht viel Freizeit, und ich sehe kaum noch etwas von meiner Familie und dem Rest der Kolonie. Ich glaub, ich freue mich schon mehr darauf, ihm den kleinen Umhang umzulegen, als auf die ganze Hochzeit. Wirst du etwas Besonderes anziehen?«

»Na ja«, sagte Urchin. »Nur einen grünen Umhang, der für mich geändert wurde.« Er war sich nicht sicher, aber er hoffte, dass er früher einmal Crispin gehört hatte. Und doch sah die grüne Farbe, die den wirklich roten Eichhörnchen so gut zu Gesicht stand, an ihm nicht wirklich stimmig aus. »Kann ich die jetzt mitnehmen?«

Thripple türmte ihm die Schachteln auf die Arme und ermahnte ihn, damit nicht durch die Fenster zu klettern, und so taperte Urchin, seitlich an den Schachteln vorbeilinsend, ein wenig unbeholfen zu den königlichen Gemächern. Er war schon fast an Lady Aspens Gemach angekommen, als ihn jemand von hinten anrempelte. Die oberste Schachtel rutschte und kippelte und flog herunter. Weiße Seidenblumen fielen wild durcheinander auf den Boden.

»Wie ungeschickt!«, sagte Gleaner hinter ihm und drängte wichtigtuerisch an ihm vorbei. »Versuch bloß nicht, sie aufzulesen. Du machst sie nur schmutzig. Ich kümmer mich schon darum.«

»Wie du meinst«, sagte Urchin.

»Ich hab zwar gar keine Zeit, aber es geht wohl nicht anders«, sagte Gleaner, die durchaus Zeit zu haben schien, mit ihm ein Schwätzchen zu halten. Sie stellte sich ihm im Korridor in den Weg, in den Pfoten ein kleines violettes

Fläschchen. »Lady Aspen und ich sind mit sehr wichtigen Dingen beschäftigt. Ich muss mich morgen um die Königin kümmern. Sie ist sehr krank.«

»Geht es ihr schlechter?«

»Sie ist wirklich sehr krank, und Lady Aspen ist sehr besorgt um sie«, verkündete Gleaner. »Und da morgen die Hochzeit ist, werde ich mich um sie kümmern müssen. Ich weiß nämlich, was zu tun ist.« Sie sah sich vorsichtig um und fügte leise hinzu: »Den Maulwurfmädchen kann man eben nicht trauen. Ich werde zwar die Hochzeit verpassen, aber das ist egal. Die Königin braucht mich.«

»Gleaner!«, rief Aspen aus dem Gemach der Königin.

»Es tut mir Leid, Mylady. Urchin hat mich aufgehalten«, sagte Gleaner und nahm ihm die restlichen Schachteln aus den Pfoten. »Den Rest räume ich gleich weg.«

»Captain Padra lässt die Königin grüßen«, sagte Urchin noch. Dann war er auf und davon, bevor Gleaner ihm sagen konnte, dass er jetzt gehen dürfe. Er fragte sich, wie Needle es im Nähzimmer aushalten konnte. Er hatte bereits jetzt für den Rest seines Lebens genug weiße Spitzen gesehen.

Die Königin lag dünn und ausgemergelt, auf Kissen gestützt, in ihrem Himmelbett. Die Fenster waren fest verschlossen, das Feuer brannte im Kamin, und im Zimmer herrschte eine einschläfernd dumpfe Wärme. Als Gleaner die Schachteln hereinbrachte, blieben die Augen der Königin geschlossen.

»War das Padras Page?«, fragte Aspen und beugte sich über die Königin.

»Ja, Mylady«, sagte Gleaner und rümpfte die Nase. »Hier

sind die Schachteln aus dem Nähzimmer, außer der, die er fallen gelassen hat. Und hier ist die Medizin, Mylady.«

»Du weißt, was zu tun ist?«, sagte Aspen.

»Sieben Tropfen in einem kleinen Glas mit Wasser, wenn es ihr schlechter geht«, sagte Gleaner. »Und das Fläschchen verstaue ich vorsichtig in Ihrer Holzkiste, Mylady, weil es eine ganz besondere Medizin nur für die Königin ist.«

»Und wenn du dir irgendwie Sorgen machst, und sei es mitten in der Zeremonie, schick nach mir«, sagte Aspen. »Ich finde es zu traurig, dass du die Hochzeit verpasst, Gleaner, aber ich weiß, dass die Königin bei dir in sicheren Pfoten ist.«

»Ach, das macht mir nichts aus«, sagte Gleaner.

»Ich nehme an, dieser Page wird Wachdienst haben«, seufzte Aspen. »Er verdirbt das ganze schöne Arrangement. Ich finde es sehr beunruhigend, dass niemand weiß, woher er kommt und wer er ist. Irgendwie beängstigend. Er könnte sonst wer oder sonst was sein.«

Gleaner durchströmte das wohlig warme Gefühl, etwas erzählen zu können. »Oh, was das anbelangt, Mylady«, sagte sie. »Ich weiß zwar nicht genau, woher er kommt, aber ich weiß immerhin mehr als die meisten. Ich kann Ihnen ein Geheimnis verraten.«

Husk probierte seine neue Robe an und setzte sich den Goldreif auf das Haupt. Morgen würde er einen juwelenbesetzten Reifen tragen, und der König versah Aspen großzügig mit Perlenketten.

Juwelen bedeuteten Reichtum, und mit Reichtum konnte man alles bekommen. Es verschaffte einem Macht. Die Arbeitstrupps beklagten sich zwar schon über die langen harten Arbeitstage, vor allem seit der Winter angebrochen war, aber ein fürstliches Hochzeitsmahl würde sie fürs Erste ruhig stellen.

Er hatte Order erteilt, alle Tiere, die zur Merz vorgesehen waren, zu ihm zu bringen. Kluge Eltern sahen es als eine Ehre an, dass ihre jämmerlichen kleinen Bälger durch die barmherzige Klaue des ersten Captains des Königs getötet wurden. Aber in letzter Zeit waren zu viele von ihnen einem Wächter anvertraut und Padra übergeben worden.

Padra mischte sich wie immer in alles ein. Er hatte sogar eine Begnadigung für dieses kümmerliche Igelbaby erwirkt. Aber Padra musste lernen, wer hier das Sagen hatte. Im Treiben rund um die Hochzeit würde niemand eine Befehlsänderung in Frage stellen. Das Baby war ihm auszuhändigen. Husk fühlte den Drang zu töten.

# KAPITEL 9

Es war vor Morgengrauen, Urchin kuschelte sich in seiner kleinen Kammer am Tor zur Quelle noch in die schläfrige Wärme seines Nestes und kniff die Augen zu, als Padra ihn wachrüttelte.

»Heut geht's früh raus«, sagte Padra gut gelaunt. »Wie wär's mit Schwimmen vorm Frühstück?«

Urchin rollte sich zusammen und zog sich die Decke über die Schultern.

»Es gibt nur eine Sache, die noch schöner ist. Schwimmen und *gleichzeitig* frühstücken«, sagte Padra. »Soll ich dir einen Fisch mitbringen?«

»Fischisch wirlich«, murmelte Urchin.

»Wie bitte?«, sagte Padra.

Urchin steckte den Kopf aus der Decke und blinzelte. »Fisch ist widerlich«, gähnte er, schaffte es aber gerade noch, ein »Sir« anzuhängen, dann verschwand er wieder unter der Decke.

»Wenn ich zurück bin, bist du wach und munter«, sagte Padra. »Such dir einen schönen eisigen Teich und steck deinen Kopf hinein. Erfrischt die Augen!« Padra lachte, versetzte Urchins Nest einen gut gelaunten Stoß und verließ die Kammer. Urchin hörte noch das leise Platschen, als Padra in den Strom glitt, dann war er wieder eingeschlafen.

Er träumte von einem Hochzeitsbankett, bei dem nur Fisch serviert wurde, als er durch ein lautes heftiges Klopfen an der Tür geweckt wurde. Kaum hatte er den Riegel geöffnet, flog auch schon die Tür auf, und Urchin wurde gegen die Wand geschleudert, wo ihn Needle an der Kehle packte und ihm ins Gesicht schrie.

»Du verlogenes, dreckiges, wurmstichiges Eichhörnchen, was hast du mir zu sagen?«, kreischte sie. »Du und dein dreckiger Wendehalsotter, ich hasse euch, ich hasse euch beide!«

Sie ließ ihn mit einer Pfote los, um sich die Augen zu wischen, und Urchin befreite sich. Er rieb sich den Hals, wo sie ihn mit einer Kralle verletzt hatte.

»Was hab ich denn getan?«, japste er.

»Was du getan hast? Was hast du *nicht* getan?«, schrie sie und trommelte mit beiden Pfoten auf ihn ein. »Du hast mir versprochen, dass sie meinen Bruder nicht abholen! Du hast es mir versprochen!«

Urchin hielt sie an den Gelenken fest, damit sie ihn nicht weiter schlug. »Was ist passiert?«, sagte er. »Erzähl schon!«

Sie musste zweimal schlucken, bevor sie sprechen konnte. »Sie sind heute Morgen gekommen«, schluchzte sie.

»Zwei Wächter. Sie haben Scufflen und meine Mutter hierher gebracht. Er ist für die Merz vorgesehen. Sie ist jetzt oben in der Werkstatt und weint sich die Augen aus und herzt und knuddelt ihn, solange sie noch kann. Du warst uns also eine *große* Hilfe!«

»Komm mit«, sagte Urchin. Er zerrte sie hinter sich her zum Tor an der Quelle, gerade als Padra die Uferböschung heraufkam und sich das Wasser aus den Ohren schüttelte. Zu Urchins Unmut war er nicht allein. Padra sah Urchin nicht einmal, da er über die Schulter hinweg mit Granite sprach, der ein paar Schritte hinter ihm lief.

»Ich befürchte, er ist zu nichts zu gebrauchen«, sagte Padra hochtrabend. »Er ist jetzt schon seit Monaten bei mir und lernt nicht mal die einfachsten Dinge.« Er winkte ab, drehte sich nach vorne, sah Urchin und Needle und begrüßte sie mit gewohnt guter Laune. »Stimmt was nicht?«

Urchin bekam keinen Ton heraus. Er war wie gelähmt. Er wusste, dass er Padra etwas sagen musste, aber das, was er gerade gehört hatte, verschlug ihm die Sprache.

»Mein Bruder!«, polterte Needle los. »Urchin sagte, Sie hätten ihn gerettet, und jetzt wird er in den Palast gebracht!«

Padras Blick huschte von Urchin zu Needle und wieder zurück. »Wohin?«, sagte er barsch.

»Werkstatt«, stotterte Urchin und versuchte, sich zusammenzureißen.

»In meinen Teil der Werkstatt«, schluchzte Needle.

»Führ mich hin!«, sagte Padra und folgte Needle im Laufschritt. Urchin kam hinterher, aber Padra rief ihm über die Schulter zu: »Finde Lugg, den Maulwurf!«

*Finde Lugg*. Er wusste nicht einmal, wo er anfangen

sollte zu suchen, und alles, wonach er sich sehnte, war ein Baumloch, um sich darin zu verkriechen. Er hatte sein Bestes gegeben und gedacht, er mache seine Sache gut. Er hatte hart gearbeitet, Befehle befolgt und alles gelernt, was ihm Padra beigebracht hatte, oder zumindest glaubte er das. Und das war nun, was Padra von ihm dachte. *Zu nichts zu gebrauchen. Lernt nicht mal die einfachsten Dinge.* Er hätte seine Meinung wenigstens für sich behalten können und sie nicht noch Captain Granite auf die Nase binden müssen.

Aber vielleicht war Padra gar nicht so großartig. Scufflen hatte er nicht gerettet. Urchin trottete zurück zum Palast. *Finde Lugg.*

Zur Feier des Tages wehten von allen Türmen weiße Fahnen. Urchin richtete sich auf und hob stolz und trotzig den Kopf. Heute würde er es ihnen zeigen, Padra und allen anderen. Heute würde er dafür sorgen, dass niemand mehr sagen würde, er sei zu nichts zu gebrauchen. Und morgen würde er bei Padra vorsprechen und erklären: Wenn Sie erlauben, Sir, ich weiß, dass Sie finden, ich sei nutzlos und unbelehrbar. Es tut mir Leid, dass ich Ihre Zeit vergeudet habe. Ich sollte wohl besser zurück in den Wald und …

… und was? Schiffe mit Bauholz beladen, dachte er bitter. Ein tiefer Fall für ein Palasteichhörnchen.

Er könnte sein Glück mit einem Boot wagen und sich auf die Suche nach Crispin machen! Crispin hätte niemals gesagt, er wäre für nichts zu gebrauchen! Aber das war morgen – heute würde er sie alle in Staunen versetzen. Heute würde er brillieren, heute …

… würde er Lugg finden. Es war zumindest ein Anfang.

Es war nicht leicht. Die Maulwurfwachen im Palast formierten sich gerade zur Ehrengarde, die Waldmaulwürfe wussten nicht viel, und diejenigen, die nichts zu tun hatten, spielten sich auf und taten sehr beschäftigt und sagten nur: »Weiß nicht«, »Der ist weg« oder »Hau ab, Eichhörnchen«. Doch schließlich, Urchin hastete gerade durch einen Korridor, sah er zwei kleine Maulwurfspfoten unter einem Berg von Brennholz auf sich zukommen. Hinter dem Berg hörte er eine grummelige Schimpftirade.

»Lugg!«, rief Urchin und fühlte sich schon besser.

»Wer will was von Lugg?«, sagte eine Stimme.

»Captain Padra«, sagte Urchin. Er lief auf ihn zu, um ihm ein paar Scheite abzunehmen, bis er hinter dem Berg die grauen Schnauzhaare von Lugg, dem Maulwurf, sehen konnte. »Es ist dringend. Er ist zu den Werkstätten gegangen.«

»Was will er denn?« Er ließ die Holzscheite fallen und stieß sie in Urchins Richtung. »Immer diese Captains! Zu viele Captains, wenn du mich fragst. Komm. Hilf mir mal. Die müssen in den Versammlungssaal.«

»Es ist dringend!«, sagte Urchin.

Lugg sah sich um und rief eine Gruppe junger Eichhörnchen zu sich, die ein Hochzeitslied übten, und überließ es ihnen, die Holzscheite in den Versammlungssaal zu rollen. Urchin klärte ihn über Scufflen auf, während ihm Lugg bis zum Fuß der Werkstatttreppe folgte.

»Verdammte Treppen«, grummelte er und schnaufte hinter Urchin die Stufen hinauf, als sie von zwei Eichhörnchenwächtern und Tay, der Otterdame, beiseite geschubst wurden. Tay hielt ein in Decken gewickeltes Bündel in den Pfoten.

Oben auf dem Treppenabsatz standen eng umschlungen Needle und ihre Mutter und weinten bitterlich. Padra drückte sie, ungeachtet ihrer Stacheln, beide an sich.

Padra besaß also doch Mitgefühl, aber Scufflen hatte er nicht retten können. Urchin sprang Tay und der Eskorte hinterher die Stufen hinunter. Tay drehte sich um, als sie seine Pfoten hörte.

»Melde dich bei deinem Captain«, befahl sie. »Ab! Die Treppen hinauf mit dir!«

Urchin hatte nicht vor, sich bei Padra zu melden. Er huschte schnell durch das nächstgelegene Fenster, rannte an der Mauer hinauf, und ahnend, welchen Weg Tay einschlagen würde, lugte er immer wieder in das eine oder andere Fenster, um sie nicht aus dem Blick zu verlieren. Sie schienen zur Südseite des Palasts unterwegs, wo über dem Versammlungssaal Husks Gemächer lagen.

Urchin fand das kleine Fenster zu Husks Schlafgemach und lugte hinein. Der Raum lag im Dunkel der tiefroten Draperien, aber er sah, dass Husk noch im Zimmer war, und duckte sich schnell unter den Fenstersims. Dann hörte er, wie die Tür geöffnet wurde und Tay mit herrischer Stimme die Wächter entließ.

»Ihr dürft gehen.« Er hörte, wie sich die Tür schloss. »Hier ist er, Captain Husk. Ich habe ihn bereits mit Mohnsaft betäubt. Er wird schlafen, bis Sie sich um ihn kümmern können.«

»Leg ihn auf die Bank unter das Fenster«, befahl Husk. »Jetzt ist keine Zeit. Gib ihm noch ein paar Tropfen, damit er bis nach der Trauung schläft. Ich erledige es dann. Ich würde ja gerne jetzt, aber …«

»Blut auf der Robe, Captain!«, sagte Tay.

Urchin verlor den Halt. Er scharrte mit den Pfoten und krallte sich wieder fest.

»Genau«, sagte Husk. »Hat seine Mutter Ärger gemacht?«

»Die Schwester war schlimmer«, sagte Tay. »Und Padra hat versucht, sich einzumischen. Er erklärte, der König hätte ausdrücklich angeordnet, diesen Kleinen zu verschonen, aber ich kenne das Gesetz besser als er. Mit ihm war auf jeden Fall leichter fertig zu werden als mit diesem ungehörigen Igelmädchen. Jemand sollte ihr die Stacheln stutzen.«

»Kümmer dich nicht um sie«, sagte Husk. »Ich sollte jetzt besser ins Vestibül gehen. Danke, Tay.«

Urchin verlor den Halt. Er fiel, scharrte an der Mauer, bog den Schweif nach vorne, gewann auf dem nächsten Fensterbrett wieder das Gleichgewicht und stürmte zurück zu den Werkstätten, um Padra Bescheid zu geben. Auf dem Weg stieß er mit Lugg zusammen.

»Du bist spät dran«, sagte Lugg. »Der Captain sucht dich. Versammlungssaal.« Er sah sich vorsichtig um, dann flüsterte er: »Und? Den Kleinen gefunden?«

»In Husks Schlafgemach«, flüsterte Urchin zurück. »Auf einer Bank unter dem Fenster.«

»Lebt er noch?«

»Ja, aber sie haben ihn betäubt.«

Lugg zwinkerte ihm zu. »Überlass den Rest mir«, sagte er und wankte von dannen, bevor Urchin ihn fragen konnte, was er vorhatte. Urchin machte sich hastig auf den Weg zum Versammlungssaal. Auf dem Weg traf er Padra. Er eilte die Treppen hinauf und rückte sich den Goldreif zurecht.

»Wo warst du?«, wollte Padra wissen, wartete aber auf keine Antwort. »Hör zu. Die Throne für den König und die Königin stehen vor den Fenstern im Versammlungssaal. Ich stehe auf der einen Seite und Granite auf der anderen. Du stellst dich an die Tür zum Vestibül, falls irgendetwas benötigt wird. Jetzt komm und hilf mir beim Ankleiden.«

Alle Zierden, die Mistmantle im Winter bereithielt, waren im Saal zusammengetragen worden. Efeu flutete von den Fensterbänken und rankte aus hohen Gefäßen. Glänzende Vogelbeeren und Immergrün hingen von den Fackelhaltern an den Wänden, und überall leuchteten braungoldene Samenköpfe. Silbern und frostweiß glitzernde Schleifen und Girlanden waren aus den Werkstätten gebracht worden, und jedes Tier, das einen Umhang oder Hut besaß, hatte ihn aufgezogen. Es gab federgeschmückte Mützen, blumenumwundene Hauben und alle möglichen Kränze und Reifen aus wintergrünen Zweigen und Blättern. Urchin sah Apples Hut, lange bevor er Apple sah. So lange sich Urchin erinnern konnte, war er mit verblassten Rosenknospen verziert, aber für jeden besonderen Anlass fügte sie ein besonderes Dekor hinzu. Heute schmückte ihn ein Kranz Möwenfedern mit einer kitzeligen Federflaumkrempe.

Dicht zusammengedrängt auf einer Bank saß ein Chor junger Eichhörnchen mit weißen und silbernen Umhängen. Sie tuschelten miteinander und bemühten sich, still zu sitzen. Als Padra und Urchin durch den Saal schritten, drehten sich alle Köpfe. Das aufgeregte Plappern verklang und schwoll erst wieder an, als sie im Vestibül verschwanden.

Tay half Captain Granite in seine Robe. Mit fester Hand

strich sie die Robe über seinen Schultern glatt. Granite zuckte zusammen.

»Irgendein dummes Jungtier hat eine Nadel darin stecken lassen«, sagte Tay empört und zog mit spitzen Fingern angeekelt eine Nadel aus dem Saum. »Man sollte dieses Werkstattgetier bestrafen.«

»Sie mussten sich sehr beeilen, um rechtzeitig fertig zu werden, Madam«, sagte Urchin, während er Padras Robe aus der Truhe hob. Tay drehte sich mit so stechendem Blick zu ihm um, dass Urchin schon dachte, sie würde ihn schlagen.

»Mach nur den Mund auf, wenn du gefragt wirst, Eichhörnchen!«, herrschte sie ihn an. »Du bist bloß ein Page! Du solltest ihn besser im Griff haben, Padra! Weiß er denn gar nichts?«

Urchin senkte den Kopf über die Robe und biss sich innen auf die Lippe. Padra und Granite dachten bereits, er sei unbelehrbar, und jetzt hatte er es auch noch vor Tay bewiesen.

»Ich glaube, Urchin wollte Sie nur warnen, dass vielleicht noch mehr Nadeln darin sind«, sagte Padra und drehte Tay einen Moment den Rücken zu, um Urchin kurz anzulächeln. »Stimmt's, Urchin?«

»Ja, Sir«, sagte Urchin froh über die Rettung. Er hüpfte auf einen Stuhl, um Padra in seine Robe zu helfen, und versuchte zu vergessen, was er über ihn gesagt hatte, und nur daran zu denken, wie er die Robe festhaken musste.

»Du machst das ganz falsch«, sagte Tay ärgerlich. »Hat denn niemand dem Pagen erklärt, wie eine Robe geschlossen wird? Der Kragen muss höher stehen. An welchem

Haken ist sie festgemacht, Padra? Die linke Manschette sollte so umgeschlagen werden, dass …«

»Ich trage sie immer so, Tay«, sagte Padra müde. »Reg dich nicht auf. Niemand wird sich daran stören.«

»Wenn der König oder Captain Husk einen Captain sehen, der unangemessen gekleidet ist, könnten sie meinen, es fehle ihm an Respekt«, sagte Tay.

»Ich bin mir sicher, dass der König und Captain Husk angesichts Lady Aspens in ihrem Hochzeitskleid mich gar nicht sehen werden«, sagte Padra. Er grinste verstohlen zu Urchin und fügte hinzu: »Und natürlich wirst auch du sie blenden.«

Tay runzelte nur die Stirn. »Du hättest die Königin erwähnen sollen«, sagte sie.

»Ich bezweifle, dass es die Gesundheit der Königin erlaubt, der Trauung beizuwohnen«, sagte Padra. »Urchin, geh und bestell Ihrer Majestät meine ergebensten Grüße.«

»Sag ihnen, ich erkundige mich auch nach der Gesundheit der Königin und sende meine besten Wünsche«, rief Tay Urchin hinterher, der sich sofort zu den königlichen Gemächern aufmachte. Er sprach mit einem Maulwurfmädchen an der Tür, als Gleaner in einer weißen Schürze geschäftig zu ihm herüberkam.

»Die Königin?«, sagte sie. »Ihr geht es nicht so gut, dass sie zur Trauung gehen könnte. Ich kümmer mich heute um sie. Ich sagte es dir bereits gestern Abend – hast du nicht zugehört?«

»Captain Padra lässt seine ergebensten Grüße bestellen«, sagte Urchin. Gleaner kräuselte die Nase, als würden Captain Padras Grüße mehr Umstände machen, als sie wert waren, dann wurde sie gerufen.

»Warte hier«, sagte sie, und es folgte ein kurzes leises Gespräch an der Tür. »Mistress Tay soll herkommen.«

Tay war hocherfreut, dass man nach ihr schickte. Sie kam bald zurück und gab jedem Instruktionen, Urchin eingeschlossen. »Halt dies« und »Hol das« und »Geh aus dem Weg«, bis Padra sie höflich daran erinnerte, wessen Page er war, und ihn losschickte, um sich seinen Umhang anzuziehen. Schließlich – als Urchin das Gefühl hatte, von jedem Tier im Palast herumkommandiert worden zu sein – ertönte eine Trompete. Die Hochzeit sollte beginnen.

Er nahm seine Position neben der Tür ein. Musik hob an, erfüllte den Saal und ließ die aufgeregten Tiere verstummen. Bruder Fir nahm seinen Platz auf dem Podium ein. Der König betrat den Saal, die juwelenbesetzte Krone auf dem stolz erhobenen Haupt, die Pfote auf dem Schwert. Ein schwerer purpurner Samtumhang hing von seinen Schultern. Urchin betrachtete ihn mit neu gewonnenem Respekt. Dies war ein König, auf den man stolz sein konnte, ganz anders als der gebrochene Mann, den er mit vernuschelter Stimme und zitternder Pfote im Thronsaal gesehen hatte.

Aber er schritt allein durch den Saal. Die Musik verstummte, und unsicheres Schweigen machte sich breit, als Tay auf einem Samtkissen die Krone der Königin hereintrug und sie auf den leeren Stuhl legte. Das musste der Grund sein, dachte Urchin, warum man nach ihr geschickt hatte.

Als Nächster betrat Husk den Saal, und die gedrückte Stille verwandelte sich in lauten Jubel. Urchins Augen waren starr vor Verwunderung. Kleideten sich alle Captains zu ihrer Hochzeit in dieser Weise? Er nahm an, dass es eine

Art Vorschrift war, von der ihm niemand erzählt hatte. Noch nie zuvor hatte er eine Captainrobe gesehen, die an Saum und Kragen mit Juwelen besetzt war, oder einen Captainreif, den Granaten und Smaragde umkränzten. Doch während Husk mit lauten Rufen begrüßt wurde, schlug Lady Aspen, die in der Tür erschien, nur stille Bewunderung entgegen.

Wolken aus Seide und feinster Spitze umwogten sie wie Kirschblüten. Diamanten blitzten in ihrem Fell. Auf ihrem Haupt glitzerte der Hochzeitskranz, und ihre Schleppe glitt über den Boden. Sie war aufsehenerregend, atemberaubend schön, und jedes Tier von Mistmantle betete sie an.

Irgendwann mussten Padra und Granite ihre Plätze eingenommen haben. Padra hatte Recht gehabt. Niemand beachtete sie.

In dem vom Kaminfeuer überheizten, stickigen Raum beugte sich Gleaner über die Königin, die zwischen den goldenen und purpurnen Draperien bewusstlos in ihrem Bett lag. Ihr Atem war flach und ihre Haut trocken und faltig. Als Gleaner ihre Pfote nahm, drehte sie sich auf die Seite und rollte sich zu einer Kugel.

Gleaner wünschte, es gäbe jemanden, den sie um Hilfe bitten könnte. Es waren Maulwurfmädchen im Zimmer, aber Lady Aspen regte sich immer nur über sie auf. »Ganz brauchbar als Diener, aber ansonsten dumm und unbelehrbar.« Gleaner hatte die Verantwortung.

Sie sollte nach Lady Aspen rufen lassen, wenn sie ernstlich besorgt war, sogar mitten während der Trauung. Nun, sie war noch nicht ernstlich besorgt, aber sie war beunruhigt. Sie schickte zur Sicherheit eines der Mädchen los, um zu sehen, wie weit die Trauung fortgeschritten war.

»Euch geht es bald besser, Euer Majestät«, sagte sie. »Sie werden schon sehen. Bald geht es Ihnen besser.« Aber sie glaubte nicht wirklich daran und wusste auch nicht, ob Königin Spindle sie gehört hatte. Die Königin wälzte sich ruhelos auf die andere Seite, versuchte etwas zu sagen und schlief wieder ein.

»Sie geben sich gerade Ihre Versprechen«, sagte das aufgeregte Maulwurfmädchen, als sie zurückkam. »Ich kümmer mich um die Königin, wenn du zusehen willst.«

Gleaner schüttelte den Kopf. Sie wusste, was zu tun war. Sie nahm das violette Glasfläschchen vom Regal, schüttelte es und zählte die Tröpfchen in ein Glas, wie Lady Aspen es ihr gezeigt hatte. Dann schob sie eine Pfote unter den Kopf der Königin.

*Arme Aspen*, dachte Urchin, als er der Trauung zusah. *Vielleicht weiß sie gar nicht, wie Husk in Wirklichkeit ist.* Husks Reif glitzerte im Lichterschein Dutzender Kerzen. Es war Zeit für die Ansprache des Königs. Aspen ließ sich, leicht wie Distelwolle, auf ihren Stuhl nieder.

»Es war ein düsteres Jahr für Mistmantle«, begann der König. »Und der Winter vertreibt die Sonne. Aber in dieser Zeit der Trauer, die unsere Herzen bedrückt, und der Kälte, die über unser Land zieht, begrüßen wir diesen strahlenden Tag. Captain Husk und Lady Aspen haben unsere Herzen, unser Land und unsere Zukunft mit Freude erfüllt. Sie haben mich um euer aller willen um einen Gefallen gebeten, und ich gewähre ihn mit Freuden. Morgen sollen alle Tiere einen Tag freibekommen!«

Jubelrufe erschallten und Hüte wurden in die Luft geworfen. Urchin hoffte, Apple würde nicht wieder zu grummeln anfangen: »Früher konnten wir uns auch so einen Tag freinehmen, wenn wir uns danach fühlten, und das, ohne um Erlaubnis zu bitten, und die Arbeit wurde trotzdem getan.« Aber es hätte sie ohnehin niemand gehört. Als der lange Jubel verebbt und die heruntergefallenen Hüte vom Boden aufgesammelt waren, fuhr der König fort:

»Niemand von euch hat gesehen, wie hingebungsvoll Aspen die Königin in ihrer Krankheit und Trauer gepflegt hat. Lady Aspen ist ebenso weise und gut, wie sie schön ist, und verdient jede Anerkennung, die Mistmantle ihr darbringen kann. Mit ihr wie auch in allen anderen Dingen hat Husk eine weise Wahl getroffen. Ohne Husks Freundschaft, Rat und Hilfe wäre dies eine harte und einsame Zeit für mich als König.« Seine Stimme brach, und er hielt kurz inne, um sich zu fassen. »Husk ist für mich wie ein Sohn«, endete er schnell und setzte sich.

Bruder Fir gab dem Eichhörnchenchor mit einem Nicken das Zeichen zum Einsatz. Dienstjungen und -mädchen verließen unauffällig den Saal, um sich ihre Schürzen umzubinden. Bald würde das Festmahl eröffnet, mit Tanz und Unterhaltung, bis tief in die Nacht.

Vom königlichen Schlafgemach konnte Gleaner die Musik vernehmen. Das Fest und auch das Festmahl mussten begonnen haben. Die Maulwurfmädchen schickten kichernd geflüsterte Nachrichten an ihre Freunde in der Küche, und über eine Hintertreppe wurden Tabletts mit Essen und Wein heraufgebracht. Während die Mädchen über den Flur tanzten, knabberte Gleaner kandierte Walnüsse und beobachtete die Königin.

Ihr Atem schien verlangsamt. Gleaner nahm ihre Pfote. Sie fühlte sich schlaff an.

»Euer Majestät?«, sagte Gleaner. »Euer Majestät?«

Die Königin nahm einen langen, röchelnden Atemzug. Dann folgte Stille. Gleaner wartete angstvoll. Ihr wurde heiß und kalt. Der nächste Atemzug kam, röchelnd und beschwerlich. Dann eine lange Pause. Und wieder rang sie nach Luft. Gleaner rannte zur Tür und packte das erste Mädchen, das sie finden konnte, bei den Schultern.

»Hol Lady Aspen!«, befahl sie. »Sofort!«

Das Fest im Versammlungssaal schien nicht enden zu wollen. Die Tische waren zur Seite geschoben worden, Teller mit Süßigkeiten standen zwischen den Krümeln und Weinflecken. Die Jungtiere hatten sich unter die Tische verkrochen und aßen gezuckerte Mandeln und Marzipan.

Urchin fragte sich, ob Lugg Scufflen hatte retten können – er hatte eindeutig etwas geplant –, aber Lugg war nirgends zu sehen. In der Zwischenzeit versuchte er, sich beschäftigt zu geben, da er nicht tanzen wollte – so er es verhindern konnte. Seine Tanzstunden hatten erst kürzlich begonnen, und er war sich nicht sicher, ob er die Schritte beherrschte. Aber dass es um einiges sicherer war, *mit* einem Igel zu tanzen als neben ihm, hatte er bereits festgestellt, und auch, dass es Arran nichts auszumachen schien, wie viele Fehler er machte. Er musste mit Apple tanzen. Als er sich danach entfernte, kostete es ihn einige Mühe, nicht zu humpeln. Also machte er sich auf die Suche nach Padra, bevor sie ihn erneut auffordern konnte. Hoffentlich betraute er ihn mit einer nützlichen Aufgabe, damit er ihn beeindrucken und sich gleichzeitig vor dem Tanzen drücken konnte! Aber er bemerkte zu spät, dass ihm Apple folgte.

»Mistress Apple«, rief Padra. »Sie haben den ganzen Abend noch nicht mit mir getanzt! Sie meiden mich doch nicht etwa? Erweisen Sie mir die Ehre?« Er blinzelte Urchin kaum merklich zu. »Sei so gut und halte meine Robe, Urchin.«

Urchin beobachtete, wie Padra Apple durch den Raum hievte. Er hatte das unangenehme Gefühl, dass ihn jemand beobachtete. Er drehte sich um und sah gerade noch, wie ein dunkler, glatthaariger Maulwurf schnell zur Seite blickte. Es war Gloss, der bei der Verhandlung gegen Crispin das Wort ergriffen hatte. Urchin schauderte, doch vergaß er Gloss schnell, als er Gleaner und einen Maulwurfwächter sah, die sich durch die Menge schoben.

Sie flüsterten Husk ins Ohr, der sie sogleich entließ und zum Thron hinüberschritt. Etwas war geschehen. Kurz darauf führte Husk den König und Bruder Fir zu den königlichen Gemächern. Padra, der den Tanz mit Apple beendet hatte, schloss sich ihnen an, und Urchin folgte mit Padras meertürkiser Robe, die er immer noch über beiden Pfoten trug. Er erwartete halb, dass man ihn aufforderte, sich zurückzuziehen, aber Padra sagte nur: »Ich brauche dich vielleicht noch im königlichen Gemach, Urchin. Aber bring zuerst die Robe weg. Ich benötige sie heute nicht mehr.«

Urchin trug die Robe ins Vestibül und legte sie zum Glattstreichen und Falten auf den Boden. Die geschlossene Tür im Rücken, erschien ihm der überfüllte Saal wie eine andere Welt. Er war allein, umgeben von kühler, ruhiger Stille. Eine einsame Lampe brannte.

Draußen trieb der Schnee in dicken weichen Flocken durch die Dunkelheit. Urchin ließ die Robe auf dem Boden liegen, ging zum Fenster und legte die Pfoten auf das Fensterbrett. Es war so still, dass er das Zischen der Wellen hören konnte, die sanft ans Ufer spülten. Er dachte an Crispin und betete wie immer, das Herz möge ihn bewahren. Er vermisste Crispin, der immer ein freundliches Wort für ihn gehabt hatte, mehr denn je.

Er drehte sich um und hob mit beiden Pfoten den schweren Deckel der Truhe. Husks grüngoldene Robe lag noch darin – natürlich, er trug ja heute seine neue strahlende Hochzeitsrobe.

Wer immer die Robe verstaut hatte, war nicht sehr sorgfältig gewesen. Sie würde zerknittern, wenn er die von Padra darüberlegte. Er strich sie glatt und spürte krumpelige Falten darunter. Er musste sie ganz herausnehmen und neu zusammenlegen. Er hielt sie mit beiden Pfoten hoch, um sie auszuschütteln, und gab Acht, nicht mit den Krallen an den Stickereien hängen zu bleiben.

Auf dem Boden der Truhe raschelte etwas. Urchin beugte sich darüber, um besser sehen zu können. Es lagen drei getrocknete Blätter darin, und er griff in die Truhe, um sie herauszunehmen.

Wären es Duftblätter gewesen, hätte er verstanden, warum sie dort lagen. Sie würden die Motten fern halten oder den Roben einen frischen Duft verleihen. Aber es waren nur einfache Buchenblätter. Er drehte sie um und hielt sie unter die Lampe.

Auf allen dreien war ein Pfotenabdruck. Der Pfotenabdruck von Crispin.

Urchin war sich nicht sicher, was es bedeutete, aber er

wusste, dass die Blätter wichtig waren. Sein neuer grüner Umhang war am Saum nur eilends zusammengeheftet worden, und die Nahtstiche klafften weit auseinander. Vorsichtig und ohne die Blätter zu beschädigen, schob er sie zwischen die Heftstiche in seinen Saum. Er musste Padra Bescheid geben.

# KAPITEL 10

Im königlichen Schlafgemach lag die Königin friedlich in den tiefen Kissen. Der König hielt ihre Pfote. Bruder Fir stand am Fußende des Bettes, und Padra, Aspen und Husk hatten sich in respektvollem Abstand an die Tür gestellt.

Einmal hatte die Königin die Augen aufgeschlagen und den König angelächelt. Später sagte sie »Aspen«, und ihre Stimme war sanft und klar. Dann setzte sich ihr langsamer und schwerer Atem fort. Die Pausen zwischen den einzelnen Zügen wurden immer länger, bis kein Atemzug mehr folgte.

Aspen trat vor und fühlte den Puls am Hals der Königin. Sie drehte sich zu Bruder Fir, schüttelte den Kopf und trat wieder zurück.

Niemand bemerkte Urchin, der sich im Türrahmen

postiert hatte. Da rempelte jemand gegen seine Schulter, und Captain Granite drängte an ihm vorbei. Er sah aus, als wollte er geradewegs auf den König zumarschieren, aber Aspen hielt ihn mit der Pfote zurück, und Husk flüsterte ihm etwas ins Ohr.

»Das wird der König nicht verkraften«, flüsterte Aspen.

Der König hob den Kopf. »Ich wünschte«, sagte er, aber seine Stimme war leise und gebrochen. »Ich wünschte, ich hätte dieses verräterische Eichhörnchen nicht fortgejagt. Mit dem Mord an unserem Sohn hat er sie zu Grunde gerichtet. Ich wünschte, er wäre jetzt hier. Ich würde ihn mit meinen eigenen Krallen und Zähnen in Stücke reißen. Wo immer er auch sein mag, mögen meine Flüche ihn erreichen!«

Bruder Fir sagte nichts, aber er hob eine Pfote, als wollte er die Flüche aufhalten. Husk rief Padra zu sich.

»Die Frage ist«, sagte Husk, »ob wir es den Tieren jetzt erzählen sollen oder später.«

»Am Morgen ist es früh genug«, sagte Padra mit fester Stimme. »Lassen wir den König in Ruhe trauern. Wir können es in aller Frühe bekannt geben. Lasst die Diener derweil das Geschirr abräumen und sagt den Musikern, sie sollen aufhören zu spielen, dann werden schon alle verstehen, dass es Zeit ist zu gehen.« Er drehte sich um und bemerkte Urchin. »Urchin, komm mit und hilf mir.«

Urchin eilte Padra hinterher, der den Dienern Anweisungen ins Ohr flüsterte. Bald waren die Tische abgeräumt, die Fackeln wurden gelöscht, und die Tiere machten sich mit ihren schlafenden Kleinen im Arm gähnend auf den Weg aus dem Versammlungssaal. Wie gut Padra den Aufbruch der Tiere auch organisierte, es würde lange dauern, bis der Palast geräumt war.

»Finde Husk!«, rief er Urchin zu. »Ich könnte seine Hilfe gebrauchen! Oder finde zumindest heraus, was er treibt!«

Finde Husk! Sich durch die Menge zu den königlichen Gemächern vorzuarbeiten, war zwar unmöglich, aber als Page kannte Urchin alle Hintertreppen und benutzte kaum noch die Flure. Er lief nach rechts einen Gang entlang, dann eine Treppe hinunter, die unter dem Saal auf der anderen Seite wieder hinaufführte, als er ein Eichhörnchen um die Ecke hasten sah.

Es konnte unmöglich Husk sein – aber es sah genau aus wie er. Das Fell hatte die gleiche Farbe, und auch die Bewegungen waren dieselben.

»Captain Husk?«, rief er, aber das Eichhörnchen war verschwunden, ohne ihn zu hören. So schnell ihn seine Pfoten trugen, rannte Urchin ihm hinterher und konnte gerade noch sehen, wie das Eichhörnchen um die nächste Ecke bog und hinter einer Tür verschwand.

Dieses Mal war er sicher, dass es Husk war. Er war sich auch sicher, dass Husk nicht wollte, dass man ihm folgte, und noch sicherer, dass jemand ihm folgen sollte.

Er schlüpfte durch die kaum erkennbare Öffnung und erspähte Husk am Fuß einer Treppe. Leise folgte er ihm. Die Treppe führte in einen Gang und der Gang in einen dunklen Tunnel. Urchin orientierte sich an dem Geräusch der hastenden Pfoten vor ihm, auch hörte er das Fell die Wände entlangstreifen. Wenn er anhielt, um nachzudenken, was er tat, würde er womöglich umkehren, also beschloss er, nicht nachzudenken – nur hinterherzulaufen.

Der Tunnel wurde dunkler, eng und modrig. Urchins Nachtsicht war sehr gut, aber bald konnte er in der Dunkelheit nur noch Umrisse und schwarze Schatten erkennen. Vielleicht war es besser, nichts zu sehen. Der dumpfe Geruch unter der Erde war modrig und faul, und die Kälte des Ortes legte sich feucht auf sein Fell. Etwas Klebriges berührte seine Ohren. Er rannte mit eingezogenen Schultern und geducktem Kopf weiter und versuchte, nicht an die Wände zu kommen. Er spürte etwas Glitschiges unter den Pfoten. Er biss die Zähne aufeinander, beschwor sich, tapfer zu sein, und rannte weiter. *Captain Crispin hat mich als Pagen ausgewählt. Ich muss mich würdig zeigen.*

Es wurde kälter, feuchter, dunkler. Er hastete weiter, horchte auf das Geräusch der Pfoten, spitzte die Ohren. Wenn er die Spur verlor, könnte er sich verirren ...

Er könnte verloren gehen.

Aber für wie lange? Ihn packte die Angst, doch er rannte weiter. Er hätte niemals hierher kommen dürfen, und jetzt war es zu spät, um umzukehren. Eine falsche Abzweigung, und er könnte auf immer hier unten gefangen sein. In der erstickenden Dunkelheit tropfte ihm etwas Kaltes auf den Kopf, unsichtbare Flügel schlugen ihm ins Gesicht, sein Umhang verfing sich an etwas. Er biss sich auf die Lippen. Der Tunnel wurde enger. Die Erde kam immer näher.

Kalter Schweiß brach ihm aus. Die Luft war faulig und klamm, die Dunkelheit so dicht, als drängte sie in seinen Atem. Seine Pfoten glitschten über den Boden. *Die Ohren spitzen.* Wenn er umkehrte, würde er vielleicht nie wieder herausfinden. Aber was, wenn er weiterlief? Was, wenn Husk ihn fasste? Hier gab es niemanden, der ihn hören würde. Hier unten war niemand außer ihm und einem Mörder. Sein Magen krampfte sich vor Übelkeit und Angst zusammen.

*Oh Herz, schütze mich*, betete er verzweifelt. *Oh Herz, bitte erhöre mich.* Sollte er jemals wieder herausfinden, sagte er zu sich selbst, wäre es eine spannende Geschichte, die er Needle erzählen konnte. Er durfte die Dunkelheit nicht an sich heranlassen, den Gestank, die Kälte. Nur horchen. Einen Schritt tun, dann den nächsten. Er schloss die Augen. Es machte keinen Unterschied. Er sah nicht weniger als zuvor, aber es schärfte sein Gehör.

Eine Tür knarrte. Er öffnete die Augen und glaubte, das weiße Brustfell eines Eichhörnchens aufleuchten zu sehen. Dann knarrte die Tür erneut, und es war verschwunden.

Eisige faule Luft wehte ihm entgegen, er presste die Pfoten über den Mund, aber mit dem Gestank kam noch etwas Schlimmeres. Wie ein Grauen. Etwas Böses, das nach ihm griff. Es drang durch die Tür, kroch durch die Luft zu ihm hin, schlug ihm entgegen wie eiternde Fäulnis, wie grausamer Hass – dann hörte er ein Geräusch, das sich ihm wie Eis um jeden Nervenstrang legte, noch bevor er erkannte, was es war.

Es war Gelächter ohne Lachen, mehr ein Schrei der Verzweiflung. Husks Stimme war kaum erkennbar, aber er lachte. Anstatt Freude hörte er Grausamkeit darin, Wahnsinn, Hass.

Das grässliche Lachen brach plötzlich ab. Er hörte ein Murmeln, als spräche Husk mit sich selbst, aber Urchin konnte die Worte nicht verstehen. Unter seinem Umhang sträubte sich jedes Haar. Er wich zurück, die Augen aufgerissen, die Ohren gespitzt. Das Gefühl des Schreckens war zu entsetzlich. Nur ein paar Schritte. Etwas Nasses glitschte unter seinen Pfoten, er verlor das Gleichgewicht, rutschte, versuchte mit scharrenden Pfoten an der Erdwand Halt zu finden. Ein leises Kratzen nur, aber an diesem verlassenen Ort war es laut wie Donnerhall. Er erstarrte in Todesangst. Er vernahm Schritte. Captain Husk hatte ihn gehört.

Eine Sekunde lang konnte sich Urchin nicht bewegen – dann drehte er sich um und floh mit ausgestreckten Pfoten in wildem Galopp durch die lichtlosen Tunnel. Sein Orientierungssinn sagte ihm, er müsste nur geradeaus und aufwärts laufen, dann würde er herauskommen, wo er hereingekommen war, an der Hintertreppe neben dem Versammlungssaal. Er musste der Dunkelheit entfliehen, dem Gestank und dem Bösen, bevor es ihn einholte und für immer verschlang. Irgendwo musste Licht sein. Irgendwo.

Ein Hauch frischer Luft gab ihm Hoffnung. *Nur raus, nur raus, nur raus* trommelten seine schmerzenden Pfoten, er hastete weiter und weiter. Seine Lunge schmerzte. Der Tunnel wurde sauberer, breiter. Gut. Dort war eine Treppe. Er konnte hinaus. Der Boden unter seinen Pfoten wurde fester, ein Boden, der sauber gefegt war. Er musste sich jetzt im Hauptteil des Palastes befinden. Es würden Wächter da sein, und was würde er ihnen erzählen?

Es war immer noch dunkel, aber dies war die normale, sichere Dunkelheit eines nächtlichen Zimmers. Bei der Strecke, die er zurückgelegt hatte, und der Anzahl der Treppen musste er sich unter dem Versammlungssaal befinden. Gut. Dort würde ein Fenster sein, durch das er hinausspringen und dann zu Padra ans Tor zur Quelle laufen könnte.

Ein frischer Windstoß kam ihm entgegen, und er sog ihn dankbar ein. Er sah ein offenes Fenster. Er fasste sich und sprang.

Aber er hatte sich geirrt. Er war ein Stockwerk höher als angenommen. Er sprang aus einem Fenster neben dem Versammlungssaal. Darunter lag blanker Fels.

# KAPITEL 11

Die Eichhörnchen auf der Schwaneninsel erinnerten Crispin schmerzlich an Mistmantle. Zuerst ignorierten sie ihn. Doch mit der Zeit, als er beim Nüssesammeln und Verstecken der Vorräte Schnelligkeit und ein gutes Gedächtnis bewies, nahmen sie ihn in der Gemeinschaft auf. Aber sie waren ein gedankenloser, vergesslicher Haufen, konnten sich mit nichts länger als ein oder zwei Sekunden beschäftigen, und Crispin sehnte sich nach einer richtigen Unterhaltung, und sei es nur mit Apple.

Whisper war anders. Crispin war sich sicher, dass sie nicht von der Schwaneninsel stammte. Sie half ihm, sich zurechtzufinden, und erklärte ihm, wer wer war. Sie hörte ihm zu, wenn er von Mistmantle erzählen wollte, und verstand, wenn er es vermied. Er hatte das Bedürfnis, immer mehr Zeit mit ihr zu verbringen, und tat es auch.

Die Schwäne waren weiterhin stolz und distanziert und

nannten ihn Baumratte, aber sie schätzten ihn. Die Eigenschaften, die ihn als guten Captain ausgezeichnet hatten – Mut, Verstand, schnelle Auffassungsgabe und seine Fechtkunst –, waren ihnen nützlich. Und es gab Whisper. Wenn er bei ihr war, schien er ganz er selbst zu sein.

Crispin war erstaunt, dass er sich an das Leben eines einfachen Waldeichhörnchens gewöhnen konnte – ohne Palast und Zeremonien und ohne seine Freunde. Wenn ihn die Sehnsucht schmerzte, sagte er sich immer, dass er, ohne seine Heimat zu verlassen, Whisper niemals kennen gelernt hätte. Er lernte, fern von Mistmantle zu leben. Aber eines schnürte ihm weiterhin das Herz zusammen. Zu wissen, dass sein Name auf seiner eigenen Insel der eines ehrlosen Verräters und Mörders war und er nichts dagegen tun konnte.

Eines Winternachmittags – in Gedanken an Mistmantle – sah er Whisper zu, die sich an einem Bach das Gesicht erfrischte, und sagte: »Gibt es irgendetwas, das du dir wirklich wünschst?«

Es war ungewöhnlich, sie sprachlos zu sehen, aber in diesem Moment fehlten ihr scheinbar die Worte. Sie beugte sich nach vorne und kämmte sich konzentriert ein Knäuel aus dem Fell.

»Du zuerst«, sagte sie.

»Wenn ich einen Wunsch frei hätte«, sagte er, »würde ich nach Mistmantle zurückkehren und meinen Namen reinwaschen. Und ...«, fügte er hinzu, als ihm bewusst wurde, dass er nicht allein zurückgehen wollte, »... ich würde dich mitnehmen.«

»Oh!«, sagte sie und beugte sich tiefer über das Knäuel in ihrem Fell.

»Whisper von Mistmantle«, sagte er und betrachtete sie. »Das ist, was ich mir wünsche. Ich wünsche mir, dich als Whisper von Mistmantle zu sehen.«

Das Knäuel war heraus, aber sie kämmte sich weiter.

»Jetzt bist du dran«, sagte er. »Was wünschst du dir?«

Mit langsamen Bewegungen rieb sie sich das Fell trocken.

»Whisper von Mistmantle«, sagte sie.

Es gab keinen Priester auf der Insel, also gaben sie sich an einem sonnigen Tag neben einer frischen Quelle ihr Versprechen in Gegenwart der Eichhörnchen und Lord Arcnecks. Als Symbol ihres Bundes setzte Crispin seinen Goldreif auf Whispers Haupt, der in ihrem Fell wie eine Krone glänzte. Jetzt, dachte Crispin, wäre er auch zufrieden, auf der Insel zu bleiben.

Sie trug den Goldreif zu jeder Zeit. Als der Winter die Insel mit eisgrauen Himmeln umfasste, strahlte das Gold in Whispers Fell. Eines bitterkalten Tages, sie gruben gerade Nüsse aus ihrem Winterversteck, kam ein Jungschwan mit flatternden Flügeln auf sie zugerannt.

»Crispin!«, kreischte er. »Komm schnell! *Bitte!*«

Kein Schwan hatte jemals zuvor »Bitte« zu ihm gesagt. Er zog sein Schwert und rannte los, und Whisper folgte ihm.

Der Himmel über dem Teich war schneeverhangen und grau. Eis trieb auf dem Wasser. Die jüngeren Schwäne standen dicht zusammengedrängt im Schilf, ängstliche Zischlaute kamen tief aus ihren Kehlen, während Lord Arcneck draußen auf dem Teich trieb und verzweifelt versuchte, den Kopf seiner Frau über Wasser zu halten. Sie war schon fast gänzlich untergegangen. Nur noch ihr Schnabel und die Oberseite ihres Kopfes ragten aus dem Wasser.

Etwas zog sie nach unten. Crispin schnallte sich das Schwert ab, nahm einen tiefen Atemzug und sprang.

Das Eiswasser war so kalt, dass es ihm fast den Atem nahm. Er hätte laut aufgeschrien, wäre er nicht gezwungen gewesen, den Mund fest geschlossen zu halten. Durch das trübe Grün des Teiches sah er einen dicken Pflanzenstrang, der sich um die Schwanenbeine gewunden hatte und sie nach unten zog. Die Kälte war lähmend, und er brauchte beide Pfoten, um sein Schwert zu heben und den Hieb zu setzen, aber der Algenstrang war zu stark und ließ sich nicht durchtrennen.

Seine Lungen barsten. Er strampelte an die Oberfläche und kauerte, keuchend vor Kälte, mit klappernden Zähnen am Ufer, während Whisper ihn umarmte und versuchte, etwas Wärme in seine Glieder zu reiben. Sein Sprung und das Auftauchen hatten das Wasser aufgewühlt, das jetzt in einer Welle über den Kopf der Schwanendame schwappte. Und es hatte zu schneien begonnen, in dicken Flocken, die im Wasser schmolzen. Der Schnee würde den Wasserspiegel heben. Das Schwert würde ihm nichts nützen, und er warf es fort.

Es gab noch etwas, das er versuchen konnte. Er rieb sich die Beine, die schon vor Kälte krampften, dann sprang er wieder ins Wasser, seine Ohren pochten, stachen wie von tausend Nadeln.

Er konnte seine Pfoten nicht mehr fühlen, nur noch einen einzigen pulsierenden Schmerz, als er den Pflanzenstrang ergriff. Er musste einmal mit aller Kraft in den Schnitt beißen, den er geschlagen hatte, und dann sofort zurück an die Oberfläche, bevor der Rückschlag der Pflanze ihm den Hals brechen konnte oder ihn in die Tiefe katapultierte.

Eisiges Stockwasser spülte ihm in den Mund. Er biss, so fest er konnte. Mit lautem Schnalzen riss der Pflanzenstrang entzwei, und der Schwan tauchte nach oben. Wellen spülten über den Teich, Crispin verlor den Halt, und als er die Augen schloss, spürte er nichts mehr, nicht einmal die Kälte.

# KAPITEL 12

Er wird wach«, sagte eine Stimme.

Es war eine freundliche Stimme, und Urchin fühlte, dass er warm und weich gebettet war. Sogar mit geschlossenen Augen – und die Anstrengung, sie zu öffnen, schien ihm viel zu groß – wusste er, dass er in Sicherheit war. Er konnte Stimmen hören, auch Padras war darunter. Das war beruhigend. Jemand legte eine Decke um ihn. Er hörte das Knistern von brennenden Holzscheiten, und jemand sang leise, ganz leise eine Art Wiegenlied. Einen merkwürdig unwirklichen Moment lang schien es Urchin, als sei sein ganzes Leben nur ein Traum gewesen und als wäre er neu geboren, mit einer Mutter und einem sicheren Heim. Aber als er langsam wach wurde, wusste er, dass er ein Page war, mit einem stechenden Schmerz in der Schulter und einer verletzten linken Hinterpfote.

Er wusste, etwas Schreckliches war geschehen. Es war nicht lange her, aber er konnte sich nicht erinnern, was es war.

Jemand schob sachte eine Pfote unter seinen Kopf, um ihn ein leichter Geruch von Fell und Fisch.

»Urchin?«, sagte Padra. »Urchin, kannst du mich hören?«

Urchin zwang sich, die Augen zu öffnen, blinzelte ein paar Mal und erkannte Padra, der ihm ernst in die Augen blickte. »Urchin, weißt du, wer ich bin?«

»Sie sind Captain Padra«, flüsterte Urchin. Die Anstrengung war zu groß, und er musste die Augen schließen. Doch gleich darauf öffnete er sie wieder. Er blickte in Padras aufmerksames besorgtes Gesicht. Er lag auf einem weichen Moosbett, und Padra fragte ihn, ob er Schmerzen hätte.

»An meiner Schulter, Sir«, sagte Urchin. Er versuchte, sie zu berühren, und zuckte zusammen. »Und an meiner linken Hinterpfote.«

»Besser, als ich befürchtet hatte«, sagte Padra. »Kannst du mir sagen, was gestern im Palast passiert ist?«

Urchin runzelte die Stirn. So viele Dinge waren geschehen.

»Im Versammlungssaal«, sagte Padra.

Urchin überlegte einen Moment. »Die Hochzeit, Sir«, sagte er. »Husk und Aspen.«

»Und wie heißt der Captain, der verbannt wurde?«

Darüber brauchte er nicht nachzudenken. »Crispin, Sir«, sagte er.

»Und wie heißt deine junge Igelfreundin?«

»Needle, Sir«, sagte er und fragte sich, warum Padra das alles wissen wollte.

»Dein Verstand ist also noch gut beieinander«, sagte Padra, und die Sorge wich aus seinem Gesicht. »Was ist denn mit dir passiert?«

»Geben Sie ihm ein wenig Zeit, Sir«, sagte eine ruhige Stimme. »Hetzen Sie ihn nicht. Herz segne ihn, er weiß nicht einmal, wo er ist.«

Urchin wusste nicht einmal, ob er wirklich wach war. Er stützte sich vorsichtig auf die rechte Seite, und ein Maulwurfmädchen hielt ihm etwas zu trinken an die Lippen. Er wusste nicht, was er trank, aber es war warm und machte seinen Kopf klar. Umständlich setzte er sich mit Padras Hilfe auf.

Der Raum roch nach Erde, aber er war trocken, wohlig und warm. Das Licht war angenehm gedämpft, doch an dem verästelten Wurzelwerk über sich konnte er erkennen, dass er sich unter der Erde befand. Das knisternde Feuer, das er gehört hatte, loderte in einem Kamin. Daneben stand ein Wäschegestell aus Holz, an dem sehr kleine Decken zum Lüften aufgehängt waren. Auf der anderen Seite der Feuerstelle saß eine Igelfrau in einem Schaukelstuhl. Sie wiegte ein kleines Bündel im Arm und sang ihm ein leises Lied.

Irgendwo rechts von sich hörte er ein Wimmern, dann eine sanfte, beruhigende Stimme. Urchin drehte sich vorsichtig um und biss vor Schmerz die Zähne aufeinander. Das Maulwurfmädchen tapste zu einer Reihe winziger Nester mit Decken darüber und nahm etwas auf den Arm. Ein Paar winzige Eichhörnchenohren zuckten über ihrer Schulter. Dann hörte er ein Lachen und sah in einer Ecke einen kleinen Igel mit einem Eichhörnchen herumtoben.

»Ruhe, ihr zwei!«, sagte das Maulwurfmädchen.

»Ich werde dir das hier alles gleich erklären«, sagte Padra. »Aber du zuerst, Urchin. Ich will wissen, warum du aus dem Fenster gefallen bist.«

»Bin ich das, Sir?«, fragte Urchin. Er erzählte Padra alles, woran er sich erinnerte, aber sein Gedächtnis war lückenhaft, und alles ging durcheinander. An das meiste des vorangegangenen Tages konnte er sich erinnern. Er wusste, dass die Königin tot war. Er hatte Husk suchen sollen – er hatte ihn gesehen und war ihm in einen Tunnel gefolgt, weit hinunter in die Tiefe, aber vielleicht war das nur ein Traum. Ein böser Traum. Dunkelheit, daran erinnerte er sich. Aber es war nicht nur Dunkelheit. Etwas hatte ihm eine solche Angst gemacht, dass er weggerannt war – und immer weiter rannte …

»Es tut mir Leid, Sir«, sagte er. »Das ist alles, woran ich mich erinnere.«

»Hat dich jemand gestoßen?«, fragte Padra.

»Ich glaube nicht, Sir. Ich bin nur …, nur …«

Er drehte das Gesicht zur Seite, weil er Padras freundlichen festen Blick nicht ertragen konnte. Er brachte vor Scham kaum die Worte heraus.

»Ich bin weggerannt, Sir. Es tut mir Leid.«

»Manchmal, Urchin«, sagte Padra, »ist Wegrennen das einzig Richtige. Das kann man dir nicht vorwerfen, und das solltest du auch nicht. Wovor bist du weggerannt?«

»Ich weiß es nicht mehr«, sagte Urchin und schloss die Augen, um in seiner Erinnerung zu suchen. Dunkelheit und Nässe. Husk war dort. Etwas Übles.

»Es tut mir Leid, Sir«, sagte er. »Es war stockfinster und es roch faulig, und ich weiß nicht. Aber …« Mit schmerzverzerrtem Gesicht hob er den Kopf und flüsterte: »Husk war dort.«

»Bist du dir sicher?«, fragte Padra.

»Ja, Sir.« Er überlegte angestrengt. »Ohne seine Robe …« Plötzlich riss er die Augen auf und kämpfte sich aus den Kissen. »Mein Umhang! Wo ist er?«

»Er hängt dort drüben«, sagte Padra. »Mutter Huggen sagt, sie will ihn waschen.«

»Nein!«, rief Urchin. »Niemand darf ihn anfassen!«

»Schon gut, Urchin, ich lasse niemanden dran«, beruhigte ihn Padra. »Erzähl weiter.«

Urchin versuchte, sich wieder zu konzentrieren. »Dann war da ein Zimmer mit frischer Luft – ich war entkommen, dann war da das Fenster … Bin ich etwa hinausgefallen?«

»Ja, das bist du. Aber du hast es überlebt«, sagte Padra, und seine Schnurrhaare bogen sich zu einem Lächeln. »Du bist weich gelandet.«

»Was für ein Glück!«

»Nicht für Apple«, sagte Padra. »Nun. Eigentlich war es eine Mischung aus Apple und einer Menge Schnee. Sie saß unter dem Fenster und sah sich die Schneelandschaft an, als sie einen dumpfen Schlag hörte. Das warst du. Du bist wohl von der Mauer abgeprallt. Im nächsten Moment war sie tief in eine Schneewehe gedrückt. Aber sie freut sich sehr, dass sie dir helfen konnte. Und abgesehen von ein paar blauen Flecken geht es ihr gut. Aber du solltest dich jetzt besser wieder ausruhen.«

»Die anderen Dinge tun mir auch Leid, Sir«, sagte Urchin unglücklich. Jetzt konnte er auch gleich alles loswerden.

»Was für andere Dinge?«, grinste Padra.

»Eben, dass ich nicht die einfachsten Dinge lerne, Sir. Ich habe mein Bestes gegeben.«

»*Was?*«, sagte Padra.

Es war doch zu viel. Urchin kniff die Augen zusammen und wandte das Gesicht ab.

»Sie haben Granite erzählt, ich sei zu nichts zu gebrauchen und unbelehrbar, Sir«, sagte er und versuchte, die Tränen zurückzuhalten.

»Ach, Urchin, mein tapferer junger Page, so geht das aber nicht«, sagte Padra mit fester Stimme. »Du glaubst doch nicht etwa, dass ich das denke, oder? Willst du wissen, warum ich Granite das erzählt habe? Weil Granite jetzt, da er Captain ist, einen Pagen haben möchte. Und um es genau zu sagen, er hätte gerne dich. Wenn er Husk darum bittet und Husk zum König geht, werden sie schon einen Weg finden, dich aus meinem Dienst in seinen zu überführen. Willst du das?«

»Nein, Sir!«

»Nein. Also tue ich mein Bestes, um ihn davon abzubringen. Und ich rate dir, in Anwesenheit von Granite so dumm und hilflos wie möglich auszusehen.«

»Das sollte nicht zu schwer sein, Sir«, sagte Urchin und fragte sich, wie er je an Padra hatte zweifeln können.

»Und jetzt zu dem kleinen Scufflen«, sagte Padra.

»Ich verstehe schon, Sir«, sagte Urchin. »Sie konnten nichts für ihn tun. Aber er war eben nicht irgendein Igelbaby. Es war Scufflen, und Needle hat ihn geliebt.«

»Würdest du ihn gerne mal halten?«, fragte Padra.

Es ergab keinen Sinn. *Mir geht es anscheinend wirklich nicht gut*, dachte Urchin. *Ich hab wohl einen Schlag auf den Kopf bekommen.* Aber da stand die Igelfrau von ihrem

Schaukelstuhl auf, sah lächelnd auf das kleine Bündel in ihrem Arm und kam herüber. Ohne genau zu wissen, wie ihm geschah oder ob er auch wirklich wach war, streckte Urchin die Pfoten aus. Er sah hinunter in das friedlich schlafende Gesicht eines Igelbabys mit einem kleinen Milchbärtchen um den Mund. Es hatte Schluckauf.

Es war ein sehr kleines Baby und trug einen weißen Umhang, der aussah, als wäre er aus den Stoffresten vom Werkstattboden genäht worden. Urchin hob einen Zipfel der Decke und sah seine gekrümmte Pfote.

»Scufflen!«, flüsterte er. Das Baby gähnte mit weit offenem Mund und zeigte seine milchige Zunge.

»Ich werd ihm jetzt ein Nest suchen«, sagte die Igelfrau und nahm ihn wieder an sich. Urchin strahlte Padra mit neuer Bewunderung an.

»Sie haben ihn gerettet!«, sagte er.

Mutter Huggen trug Scufflen zu den Nestern. Das Maulwurfmädchen legte gerade das Eichhörnchenbaby schlafen, und ein anderes Eichhörnchen hatte sich zu den Kleinen gesellt, die auf dem Boden spielten. Urchin wurde leicht ums Herz.

»Dies«, sagte Padra, »ist der geheimste Ort auf der ganzen Insel. Du wusstest wohl nicht, dass ich ein Kindermädchen bin?«

»Retten Sie denn alle Babys und bringen sie hierher?«, fragte Urchin aufgeregt. »Alle Babys, die zur Merz gebracht werden?«

»Nicht alle«, sagte Padra. »Ich kann sie nicht alle retten. Husk bekommt sie schnell in die Finger. Und ein paar sind so schwach, dass sie sterben. Aber wenigstens kümmert sich jemand um sie, solange sie am Leben sind. Heute

Morgen wollte ich dich losschicken, um Scufflen zu suchen, aber du hattest ihn schon gefunden und Lugg erzählt, wo er war. Lugg schlich sich dann durch ein Maulwurfsloch in Husks Schlafgemach, holte sich das Baby und brachte es hierher. Kannst du erraten, wo wir hier sind?«

Sie befanden sich unter der Erde, zwischen dem Wurzelwerk eines Baums. Und es musste ein sehr alter Baum sein, der so kräftige und verschlungene Wurzeln hatte. Die Decke wölbte sich entlang hoher Wurzelbögen. Die Feuerstelle war groß und aus Stein, mit einem schweren Kaminsims, und in eine Wand war eine massive Holztür eingelassen.

»Doch nicht etwa im Alten Palast!«, rief Urchin und sah sich mit großen Augen um. »Gibt es ihn denn wirklich, bin ich wirklich hier?«

»Im alten Maulwurfspalast, ja, Urchin. Es gibt ihn«, sagte Padra. »Hättest du gedacht, dass es ihn tatsächlich gibt?«

»Ich habe es immer gehofft«, sagte Urchin.

»Die meisten Tiere glauben, er sei nur eine Legende, und wir haben sie in dem Glauben gelassen«, sagte Padra. »Diejenigen von uns, die von ihm wissen, dürfen niemandem davon erzählen, weder, wo er ist, noch, dass es ihn gibt. Das hier sind Mutter Huggen und Moth, das Maulwurfmädchen.« Das Maulwurfmädchen winkte Urchin zu. »Sie ist Luggs Tochter. Arran weiß auch Bescheid und natürlich Fir. Er darf das Geheimnis weitergeben, und er hat Crispin und mir vor Jahren davon erzählt. Husk hat immer vermutet, dass wir den Ort kennen, und ich bin mir sicher, dass er selber danach gesucht hat. Wenn du dich erholt hast, erkläre ich dir, wie man herfindet. Wir bringen die Mütter der Babys hierher, damit sie ihre Kleinen sehen können, aber unterwegs tragen sie Augenbinden, und natürlich verraten sie nichts.«

»Aber die Babys können doch nicht für immer hier bleiben«, sagte Urchin. »Was passiert, wenn sie älter werden?« Mutter Huggen eilte zu einem kleinen Igel, der etwas zu nah an die Wäsche getapst war.

»Das ist Hope. Er ist kurzsichtig«, erklärte sie, als sie den Igel in eine andere Richtung drehte. Er tapste entschlossen weiter und stolperte gegen den Korb mit Holzscheiten, schien sich aber nicht daran zu stören. »Ich lass ihn mit den Maulwürfen spielen. Sie sind alle kurzsichtig und bringen ihm bei, wie man sich zurechtfindet.«

»Du hast Recht, Urchin. Sie können nicht für immer hier bleiben«, sagte Padra. »Sobald sie zu sprechen anfangen, bringen wir sie weg. Sie vergessen bald, dass sie hier waren.«

»Ich mache ihnen kleine Handschuhe, die sie sich über ihre krummen Pfoten stülpen können«, sagte Mutter Huggen. »Sie sehen genau wie richtige Pfoten aus – du würdest den Unterschied nicht bemerken. Und wir trainieren sie gut. Am Schluss merkt niemand, dass mit ihnen etwas nicht stimmt.«

»Aber wohin kommen sie?«, fragte Urchin.

»Die meisten bringen wir in Kolonien im Norden oder Westen der Insel, weit entfernt vom Palast, oder in die Siedlungen im Wald«, sagte Padra. »An Orte, wo niemand Fragen über ein oder zwei weitere Jungtiere stellt, und die Eltern wissen, wo sie sind. Aber ich wünschte, wir müssten das nicht tun. Irgendetwas liegt im Argen auf dieser Insel, Urchin. Es sollte die Merz gar nicht erst geben.«

Er ging zum Feuer, stieg dabei vorsichtig über ein Eichhörnchen und stocherte in der Glut. Urchin humpelte unter Schmerzen zu ihm hinüber.

»Dies hier ist nicht der einzige verborgene Ort auf der Insel«, fuhr Padra fort. »Es gibt hier und da Gemeinschaften von Tieren – die meisten leben in der Nähe der Küste oder in Höhlen am Wasserfall –, die ein ruhiges Leben führen und dem Palast fern bleiben, so gut es geht. Ganz zu schweigen von den vielen Igeln und Maulwürfen, die unter Tage nach Edelsteinen graben und so viel arbeiten, dass sie schon fast vergessen haben, was Tageslicht bedeutet. Du wusstest sicher nicht, dass ich einen kleinen Bruder habe, nicht wahr? Fingal. Er lebt in einer kleinen Otterkolonie und so weit entfernt von Husk und dem Palast wie möglich.«

»Und das mit Recht«, sagte Mutter Huggen. »Fingal ist so viel sicherer.«

»Jeder ist so viel sicherer«, sagte Padra. Das kurzsichtige Igelbaby kletterte in den Baumwurzeln herum. Wenn es gegen einen Maulwurf rempelte, rollte es sich erschrocken zu einer Kugel.

Padra warf ein Holzscheit auf das Feuer. Funken sprühten nach oben. »Es ist schlimmer, seit Crispin fort ist«, sagte er. »Der König hat auf ihn gehört. Kein Wunder, dass Husk ihn aus dem Weg haben wollte.«

»Crispin!«, sagte Urchin und erinnerte sich. Er hüpfte unter Schmerzen zurück zu seinem Moosbett und zupfte am Saum seines Umhangs.

»Ich wollte Ihnen etwas zeigen, Sir!«, rief er. »Als ich Ihre Robe fortlegte, fand ich die hier in der Truhe!«

Die Blätter waren leicht ramponiert, die Ränder abgestoßen. Aber der Abdruck war immer noch gut erkennbar.

»Crispins Abdruck!«, rief Padra. Sein Gesicht hellte sich auf und seine Augen leuchteten. »Wo hast du sie gefunden?« Er drehte die Blätter in der Pfote, während ihm Urchin alles erzählte.

»Hast du jemals zugesehen, wenn ein Captain sein Zeichen gibt, Urchin?«, fragte Padra, als Urchin zu Ende gesprochen hatte.

»Nein, Sir«, sagte Urchin. »Aber der König hat einmal für Husk ein Blatt gezeichnet.«

»Das glaub ich gern«, sagte Padra trocken. »Captains benutzen die Zeichen nicht mehr so oft. Husk bedient sich des Maulwurfs Gloss, um seine Nachrichten zu überbringen, und ich ordne, wenn überhaupt, die Dinge lieber selber an. Aber wenn Crispin einen Befehl bestätigen wollte oder seine Zustimmung zu etwas gab, sandte er als Zeichen, dass der Befehl von ihm kam, immer ein Blatt mit seinem Pfotenabdruck. Was du gefunden hast, müssen ein paar alte Zeichen sein.«

»Oh«, sagte Urchin enttäuscht. »Dann sind sie also nicht wichtig?«

»Ich glaube, sie sind sehr wichtig«, sagte Padra. »Sie mögen bloß ein paar alte Zeichen sein, aber Crispin hätte sie nie in der Robentruhe gelassen. Jemand muss sie aus einem bestimmten Grund gesammelt haben.«

»Oder Husk hat sich einen besorgt und Kopien davon gemacht«, überlegte Urchin.

»An dem Tag also«, sagte Padra, »an dem wir die Lose zogen ... Urchin, ich glaube, ich habe wirklich Seetang im Kopf anstelle eines Gehirns! Warum bin ich nicht früher darauf gekommen? Ich wusste immer, dass Husk uns an dem Tag reingelegt hat, aber ich wusste nicht, wie. Er hat Crispins Abdruck gar nicht aus dem Beutel gezogen, er muss einen von denen hier in seiner Pfote versteckt gehalten haben.«

»Oder in seinem Ärmel«, sagte Urchin aufgeregt. »Wir – ich meine, irgendjemand hätte nachsehen müssen, welche Abdrücke noch im Beutel waren.«

»Und wir hätten den von Crispin gefunden«, sagte Padra.

»Die hier sind also der Beweis, dass Husk der Mörder ist!«, sagte Urchin aufgeregt. »Wenn wir mit ihnen zum König gehen ...«

»Immer langsam, Urchin«, sagte Padra. »Was können wir denn beweisen? Husk würde nur sagen, dass es alte Zeichen sind, die Crispin herumliegen lassen hat, oder dass wir sie selber kopiert haben, um ihn zu beschuldigen. Der König und die Hohe Runde würden *ihm* glauben und nicht uns. Wir müssen warten, bis Husk zu weit geht. Und das wird er, glaube mir. Die Tiere werden das Vertrauen zu ihm verlieren und bereit sein, uns zuzuhören. Dann können wir etwas gegen ihn unternehmen, und diese Blätter werden uns dabei helfen. Aber wir müssen warten, bis die Stimmung umschlägt.«

»Aber er treibt es immer schlimmer!«, sagte Urchin. »Er redet sogar schon davon, den Wintervorrat zu rationieren! Können wir nichts tun, *dass* die Stimmung umschlägt?«

»Oh doch, das können wir«, sagte Padra gut gelaunt. »Aber wir müssen vorsichtig sein. Wenn Husk glaubt, wir wollen eine Rebellion anzetteln, dann wird er uns im

Stillen um die Ecke bringen, verlass dich darauf. Mich, Arran, Lugg …, sogar dich, Urchin.«

Urchin wollte gerade sagen, dass er bereit wäre, das Risiko auf sich zu nehmen, aber Padra bremste ihn.

»Ich bin mir sicher, dass du für die Insel sterben würdest, aber lebendig bist du uns nützlicher«, sagte er. »Wir alle. Ohne uns gäbe es niemanden mehr, um die anderen zu schützen. Wenn ich Husk bloßstelle, muss es öffentlich geschehen, bei einem großen, besonderen Anlass. Er kann keinen Meuchelmördermurks machen, wenn die ganze Insel zusieht.«

»Also bei einem Fest, Sir«, sagte Urchin. »Das nächste ist das Frühlingsfest.«

Padra lächelte. »Ja«, sagte er nachdenklich. »Ich dachte an das Frühlingsfest.«

»Psst!«, sagte Huggen. Padra sprang auf die Füße, die Pfote auf dem Schwertschaft. Etwas bewegte sich durch die Tunnel auf sie zu. Urchin trat vom Eingang zurück und krümmte seine Pfoten. Doch da entspannte sich Padra wieder und ließ das Schwert los.

»Arran«, sagte er. »Ich kenne ihren Schritt.«

»Warum fragst du nicht, ob sie dich heiraten möchte?«, grummelte Mutter Huggen.

»Sie würde mich nur schlagen«, sagte Padra.

Kurz darauf kam Arran auf allen vieren aus einem der Tunnel getrottet.

»Padra, du hast den nächsten Wachdienst beim König«, sagte sie.

»Bleib heute Nacht hier, Urchin. Ich werde dich dann morgen holen kommen«, sagte Padra. »Wenn jemand fragt, sage ich einfach, du seist so verschusselt, du wusstest nicht mal, in welchem Stock du warst, und seist aus dem Fenster gefallen. Auf den Kopf – also kein Schaden. Fir werde ich allerdings die Wahrheit sagen. Er sollte über alles, was du mir gesagt hast, Bescheid wissen. Und, Urchin, diese Blätter könnten äußerst wichtig sein. Du warst sehr tapfer heute. Aber bring dich nicht wieder in Gefahr. Ich habe Crispin versprochen, auf dich aufzupassen.«

»Ich bin alt genug, um auf mich selber aufzupassen«, sagte Urchin, als Padra ging. Aber es war dennoch gut, hier bei dem flackernden Feuer zu sein, bei Mutter Huggen, die ihm heiße Getränke brachte und sämigen Haselnussbrei, und bei Moth, die das Baby in den Schlaf sang.

»Wir brauchen alle jemanden, der sich um uns kümmert«, sagte Mutter Huggen. »Die Insel ist voller junger Tiere, die Captain Padra gerettet hat. Arran, bleibst du noch auf einen Beerentrunk? Und es wird langsam Zeit, dass du Padra fragst, ob er dich heiratet.«

»Er würde nur lachen«, sagte Arran.

Urchin fragte sich, was Padra auf dem Frühlingsfest vorhatte. Aber neben dem warmen Feuer und mit dem heißen Haselnussbrei im Magen konnte er kaum mehr die Augen offen halten. Er sank in seine Träume, nuschelte ein Gebet für Crispin, aber eigentlich schlief er schon fast.

# KAPITEL 13

Gleaner weinte.

Unglücklich kauerte sie in einer Ecke von Husks und Lady Aspens Gemächern auf einem kleinen Stuhl. Es war ein harter, unbequemer Stuhl. Ein guter Ort zum Unglücklichsein. Sie war es nicht gewohnt, dass man mit ihr schimpfte, und hatte es auch nicht verdient. Also schniefte sie hinten in einer Ecke des Zimmers, wo man sie mit Sicherheit finden würde. Zwei Maulwurfmädchen kamen mit schwarzen Trauerschleiern herein, und Gleaner hielt sich die Pfote vor die Augen.

»Weinst du immer noch um die Königin?«, fragte eins der Mädchen.

»Ich finde, der Captain war eben ein wenig barsch mit ihr«, sagte das andere Mädchen. Die Maulwurfmädchen mochten Gleaner nicht, die in so kurzer Zeit zu Lady

Aspens Liebling geworden war, aber Captain Husk war seit dem Tod der Königin zu jedem ungehalten. Es wurde Zeit, dass seine Frau davon erfuhr.

»Ich wollte gar nichts Böses«, sagte Gleaner. »Ich wusste, dass neben dem Sarg Blumen sein sollten, und ich war draußen in Eis und Schnee, um etwas Hübsches zu finden, und das hab ich ihm auch gesagt, und er hat sich umgedreht und mich einfach so angebrüllt!«

»Dich angebrüllt?«, sagte eins der Mädchen interessiert.

»Ja, er hat gebrüllt, ich solle bloß machen, dass ich fortkomme, und ihn alleine lassen«, schniefte sie.

Lady Aspen schwebte ins Zimmer.

»Meine arme kleine Gleaner!«, sagte sie. »Weinst du immer noch um die Königin?«

»Captain Husk war böse mit ihr«, sagten die Maulwurfmädchen und lächelten einander schadenfroh an. Entweder würde Gleaner Ärger bekommen oder Captain Husk. Ihnen war egal, wer.

»Ihr könnt gehen«, sagte Aspen. Die Maulwurfmädchen machten einen Knicks und huschten aus dem Zimmer. »Mach dir nichts daraus, Gleaner. Captain Husk hat momentan den Kopf voll mit wichtigen Dingen, und die Sorge um das Wohl der ganzen Insel lastet auf seinen Schultern. Haben die Maulwürfe die Schleier gebracht?«

Während sich Gleaner die Augen trocknete, nahm Lady Aspen einen der Schleier und schüttelte die Falten heraus. Husk war seit der Hochzeit nicht mehr er selbst. Sie hatte sein grüblerisches Schweigen und seine knappen Antworten einfach hingenommen. Es war besser, keine Fragen zu stellen. Sie hatten über die Nacht, in der Prinz Tumble starb, nie gesprochen. Es genügte zu wissen, dass er tot war. Und er hatte nie nach der Königin gefragt. Sie hatte die Königin gepflegt, und die Königin war gestorben, und auch das genügte. Sie kannten einander zu gut, um Fragen zu stellen.

Lady Aspen warf sich den Schleier über die Ohren und betrachtete sich durch die dunkle Gaze im Spiegel, als Husk ins Zimmer trat.

»Geh jetzt, Gleaner«, sagte sie. Gleaner war froh, gehen zu können, und mit einem kurzen, verletzten Blick auf den Captain eilte sie aus dem Zimmer. Husk stellte sicher, dass die Tür auch verschlossen war. Es gab dieser Tage zu viele kleine Tiere, die sich in den Korridoren herumtrieben.

War ihm vielleicht sogar eines vor vier Tagen, als die Königin gestorben war, gefolgt? Nein, natürlich nicht. Die Tunnel waren immer voll mit Kreaturen der Nacht – kriechendes, huschendes, schleichendes Getier. Es war sicher nur eins von diesen gewesen. Oder hatte er hinter sich wirklich das Hasten von Pfoten und an der Wand entlangstreifendes Fell gehört? Aspens Kleid glitt raschelnd über den Boden, sie bückte sich nach etwas, und Husk griff reflexartig nach seinem Schwert.

»Mylord!«, rief sie.

»Meine Liebe«, sagte er. »Es ist nichts. Du hast mich erschreckt.«

Der Regen peitschte in langen Fäden gegen die Fenster des überfüllten Versammlungssaals. Die Totenmesse war fast vorbei, und Urchin wartete, um seinen Platz im Trauerzug einzunehmen.

Bruder Fir humpelte voran, und Königin Spindles

schwarz drapierter Sarg wurde langsam aus dem Versammlungssaal getragen. Ein Chor von Maulwürfen stimmte mit tiefen feierlichen Stimmen ein Trauerlied an, und ein Igel trug die Krone der Königin auf einem samtenen Kissen. Der König folgte dem Sarg und stützte sich mit ernstem Gesicht auf Husks Schulter. Hinter ihnen kamen Granite und Aspen, die ihr Gesicht hinter einem schwarzen Schleier verbarg, gefolgt von Padra und Tay, den Tieren der Hohen Runde und den Reihen der Ehrengarde. Schließlich, ohne dass sich jemand weiter für sie interessierte, kamen Urchin, als Padras Page, und Gleaner, als Aspens Zofe.

»Siehst du?«, flüsterte Gleaner. »Du bist gar nicht so wichtig.«

Urchin machte es nichts aus, am Schluss des Trauerzugs zu gehen. Es störte ihn jedoch, dass Padra vor den Augen aller Tiere hinter Aspen und Granite platziert worden war. Das war ein gezielter Affront. Der Sarg wurde in die Gruft unter dem Palast getragen, jetzt nur noch begleitet von den Captains, Tay, Aspen und dem Igel mit der Krone. Die Wächter salutierten und durften abtreten, und Urchin und Gleaner traten einen Schritt zurück, um die trauernden Tiere an sich vorbei die Treppe hinunterzulassen, die mit dicht um sich gezogenen Umhängen durch den prasselnden Regen nach Hause hasteten.

Urchin sah Apple in der Menge. Der Rosenknospenhut war zum Zeichen der Trauer mit schwarzen Drosselfedern geschmückt, und sie trug einen sehr alten, schäbigen Umhang. Urchin konnte nicht zu ihr – er musste am Kopf der Treppe stehen bleiben –, aber kaum hatte sie ihn gesehen, kämpfte sie sich mit den Ellbogen durch die Menge zu ihm hin.

»Schreckliche Sache, das Ganze, schrecklich. Die arme Königin. Arme Igeldame. Und was für eine Königin, bevor der kleine Prinz starb. Der König tut mir so Leid, armer alter König, was wird er jetzt nur machen? Bekommen wir irgendwas zu essen, bevor wir gehen?«

»Am Haupttor gibt es Getränke und Gebäck«, sagte Urchin, aber als Palasteichhörnchen schämte er sich im Stillen für die magere Erfrischung, die aus verwässertem Beerenpunsch und einfachen Keksen bestand. Tay hatte gesagt, es wäre ein ernster Anlass und einfaches Essen nur angemessen. »Und auch nicht zu viel«, hatte sie hinzugefügt. »Wir können den Tod der Königin ja nicht in ein Fest ausarten lassen.«

»Bitte weitergehen«, rief ein Igel hinter Apple, die den Flur versperrte. Urchin schob ihre Pfote durch seinen Arm und geleitete sie zur Tür.

Dunkler Schneeregen zog vom Meer herüber. Im Türbogen an der Treppe gaben Palastdiener mit Silbertabletts die bescheidenen Getränke und Kekse aus.

»Viel ist es ja nicht«, sagte Apple und betrachtete ihren Keks. »Die werden doch hoffentlich das Essen nicht wieder rationieren?«

»Ich weiß nicht«, sagte Urchin. Auch er hatte die Gerüchte gehört und hoffte, es sei nichts dran. Die Meerluft und sein langer Arbeitstag und auch die Fechtstunden machten hungrig. »Ich hoffe nicht.«

»Sieht aus, als hätten sie schon damit angefangen«, grummelte Apple und sah weiter auf ihren Keks. »Wie können die erwarten, dass wir die ganze Arbeit schaffen? Wenn rationiert wird, meine ich. Diese ganze Plackerei, ohne etwas Anständiges im Magen. Und die Jungtiere erst.

Wie sollen die das schaffen? Und die Alten, die Alten essen doch sowieso nicht so viel.«

Für Urchin klang das erstaunlich logisch. Vielleicht machte es auch für den König Sinn. Wenn nur jemand nah genug an ihn herankäme, um es ihm zu sagen. Apple leckte sich die letzten Kekskrümel von den Pfoten.

»Nur nichts verkommen lassen. Nicht, wenn sie jetzt anfangen, die Haselnüsse einzeln zu zählen«, sagte sie. »Ich denke, ich sollte jetzt gehen. Ich vermisse dich, weißt du?«

»Und ich vermisse dich, Apple«, sagte er und machte eine kleine Verbeugung. Als Page hatte er sich daran gewöhnt, sich vor allem und jedem zu verbeugen. Dann küsste er sie etwas ungelenk auf die Wange.

»Du hast dich gut gemacht. Ich bin stolz auf dich, ja, stolz auf dich«, murmelte sie und wischte sich die Augen. Dann drehte sie sich um und wollte gehen.

Vielleicht lag es an den regennassen Stufen oder vielleicht konnte sie nicht ganz klar sehen – Apples Gleichgewichtssinn war nie sehr gut gewesen. Doch als sie sich von Urchin verabschiedete, stürzte sie in der nächsten Sekunde mit lauten »Autschs« und »Uffs« Hals über Kopf die Treppe hinunter, wurde Stufe um Stufe schneller, bis sie ein Stück weit vor der Treppe reglos liegen blieb. Ihr Hut rollte noch ein bisschen weiter, und ein paar Federn und eine zerdrückte Rosenknospe lagen auf dem Weg. Urchin stürmte die Stufen hinunter, gerade als die königliche Gesellschaft die Gruft verließ und feierlich um die Ecke des Palasts geschritten kam.

Apple war so weit vor der Treppe gelandet, dass sie ihnen direkt im Weg lag. Sie blieb keuchend auf dem Boden liegen, als müsste sich die Welt erst einmal aufhören zu drehen, als König Brushen, Husk und Lady Aspen näher kamen.

Urchin zog die Schamesröte bis in die Pfoten. Wenn er Gück hatte, würde sich in der Treppe ein Loch auftun, in dem er verschwinden konnte, oder ein großer Vogel würde herabstoßen und ihn forttragen. Aber er musste Apple helfen, selbst wenn es bedeutete, den Trauerzug aufzuhalten und zum Gespött der ganzen Insel zu werden.

Bevor er sie erreichen konnte, hatte sich Lady Aspen aus dem Trauerzug gelöst. Sie stürzte an Apples Seite und half ihr, sich aufzusetzen.

»Armes Eichhörnchen!«, beruhigte sie Aspen. »Sind Sie verletzt? Bleiben Sie erst mal ruhig sitzen.« Padra kam ebenfalls zu Hilfe, aber Aspen winkte ihn weg, während Apple ein Dankeschön stammelte.

»Kein Grund zur Sorge«, rief Aspen. »Ich kümmere mich um sie.« Sie blickte auf und sah Urchin, der schnell den Hut eingesammelt hatte, bevor er wegfliegen konnte. Er hatte sich, wie gelernt, auf die Meerseite gestellt, um sie vor dem Wind und Regen zu schützen.

»Du bist doch Padras Page, nicht wahr?«, sagte sie. »Danke, aber wir kommen ohne dich zurecht. Lauf schon. Melde dich bei deinem Captain.«

Apple schöpfte langsam Atem. »Er ist mein kleiner Pflegling, Mylady, mein Urchin, ich hab ihn großgezogen, Mylady. Na ja, wir alle im Wald, aber vor allem ich, Mylady, bitte, Mylady, er ist ein gutes Eichhörnchen, ja, und ich bin sehr stolz auf ihn, Mylady.«

*Aufhören*, dachte Urchin, während sich ihm vor Scham

die Pfoten krümmten, *bitte, bitte aufhören*. Aspen betrachtete ihn mit neu gewonnenem Interesse.

»Wirklich«, sagte sie und lächelte warmherzig. »Ich verstehe, warum Sie stolz auf ihn sind. Und wie gut von Ihnen, sich um den kleinen Findling zu kümmern!«

»Ja, also, ich hab ihn ja auch gefunden«, sagte Apple. »An den Strand ist er gespült worden, so nass und mickrig, der Kleine, Herz hab ihn lieb, gnä' Frau, ich meine natürlich Mylady. Entschuldigen Sie, Mylady.« Sie stand vom Boden auf und wagte es, vorsichtig Lady Aspens Pfote loszulassen. »Ich werd es jetzt schon alleine schaffen, vielen Dank, Mylady.«

»Nein, nein, Sie müssen mit mir kommen«, drängte Lady Aspen. »Kommen Sie in meine Gemächer. Nehmen Sie einen Schluck Wein. An Nachmittagen wie diesen brauche ich ein wenig Gesellschaft.« Sie sah sich um. »Gleaner, hol Apples Hut und gib gut auf ihn Acht. Apple und ich werden gemeinsam einen schönen gemütlichen Nachmittag verbringen. Urchin, geh und melde dich bei deinem Captain!«

Urchin hatte keine Wahl. Er verbeugte sich wieder, während Gleaner mit triumphierendem Blick Apples Pfote nahm.

Padra schien keinen sonderlichen Wert darauf zu legen, dass Urchin sich bei ihm meldete, und hatte auch keine Aufgabe für ihn, also ging er zurück zum Eingangstor, um sich von den Tieren von Anemone Wood auf ihrem Weg nach draußen zu verabschieden. Die Tiere schüttelten sich den Regen von Ohren und Schnurrhaaren und fragten ihn, wie er im Palast zurechtkomme und wie es sei, Padras Page zu sein, und ob das Essen gut schmecke. Früher oder später kamen sie alle auf das gleiche Thema. »Ist es wahr? Wird das Essen wirklich rationiert?«, sagten sie. Und: »Es gibt keinen Grund dafür. Sag das bitte Captain Padra, ja? Kannst du es nicht auch dem König sagen?«

Urchin sagte, er werde tun, was er könne, obwohl er nicht wusste, was. Diese Tiere waren seine Familie, und er konnte es nicht ertragen, dass sie den langen Winter hindurch Hunger leiden sollten. Nicht einmal Crackle, Gleaners alte Freundin, die mit einem ängstlichen Lächeln zu ihm herübergehüpft kam, als wüsste sie nicht, ob er sich freute, sie zu sehen. Sie hatte mittlerweile aufgehört, ihn zu verspotten.

»Du siehst richtig stattlich aus, so als Palasteichhörnchen«, sagte sie. »Geht es Apple gut?«

»Lady Aspen kümmert sich um sie«, sagte Urchin.

»Und Gleaner«, sagte Crackle und verzog ein wenig den Mund. »Gleaner spricht nicht mehr mit mir. Jetzt, da sie ein Palasteichhörnchen ist, will sie nichts mehr mit mir zu tun haben. Manchmal muss ich Nüsse und Kräuter zum Palast bringen, und dann sehe ich sie, aber sie ist immer viel zu beschäftigt, um mit mir zu sprechen.«

»Denk einfach nicht dran«, sagte Urchin. Etwas Besseres fiel ihm nicht ein.

»Tu ich nicht«, sagte sie. »Ich denke überhaupt nicht an sie. Aber was meinst du, ob sie im Palast irgendeine Arbeit für mich haben? Glaubst du, sie könnten wohl noch jemanden in der Küche gebrauchen? Oder in den Werkstätten? Oder zum Putzen oder so?«

»Ich geb dir Bescheid, wenn ich etwas höre«, sagte er. Sie tat ihm Leid. Er hatte nicht das Herz, ihr zu sagen, dass der Palast momentan kein schöner Ort zum Leben war.

Der König war gramgebeugt, und Granite, Gloss und Tay waren nie weit entfernt. Er fragte sich, wohin Aspen Apple gebracht hatte. Er sorgte sich um Apple und wünschte, er hätte bei ihr bleiben können.

In Lady Aspens Wohnzimmer versuchte Apple erst gar nicht, ihr Staunen zu verbergen. Niemals hätte sie gedacht, dass es einen Raum wie diesen geben könnte. Samtvorhänge hingen von goldenen Ringen, es gab bestickte Kissen, Sessel – ja, sogar die Stühle hatten gepolsterte Sitze und waren mit Stickereien verziert! Sicher waren sie nicht zum Sitzen da! Auf dem Boden lag ein Teppich, und Apple gab Acht, dass sie nicht darauf trat. Über dem Kamin hing ein großer vergoldeter Spiegel, und Apple, die schon fragen wollte, wer denn das Eichhörnchen sei, das sie da so anstarre, merkte plötzlich, dass sie es selber war, und hielt den Mund. In einer Schale lagen Haselnüsse, die mit Gewürzen verfeinert waren, und etwas, das ihrer Meinung nach Orangenschalen sein konnten, aber Orangen waren etwas, das sie selten zu sehen bekam. Gleaner schenkte Wein ein und nahm ihr den Umhang zum Trocknen ab.

»Sie sehen schon viel besser aus«, sagte Aspen und tat, als bemerkte sie nicht, wie schwerfällig sich Apple in einen der Sessel hievte. Der Wein war ein seltener Genuss für Apple, und schon ein paar kleine Schlucke wärmten sie bis in die Pfotenspitzen.

»Der schmeckt sehr gut, Mylady«, sagte sie. »Ich werde Ihnen etwas von meinem Apfel-Minz-Trunk zukommen lassen. Der schmeckt auch sehr gut. Nicht so gut wie der hier, Mylady, aber gut, und ich möchte, dass Sie etwas davon bekommen, Lady Aspen, Mylady.«

»Ich würde mich sehr darüber freuen«, sagte Aspen mit sanfter Stimme. »Und jetzt erzählen Sie mir alles über Urchin. Sie müssen sehr stolz auf ihn sein.«

Apple liebte es, über Urchin zu sprechen. Und Aspen ließ sie Wein trinken, Haselnüsse essen und reden. Plötzlich unterbrach sie sie.

»Am Ufer?«, sagte sie. »Sie haben ihn am Ufer gefunden?«

»Ja, Mylady, ganz erfroren und nass, ein erbärmlicher kleiner Wurm, einfach an Land gespült. Ich denke, er kam aus dem Meer, Mylady.«

»Und wie ist er dort hingekommen?«

»Weiß nicht, Mylady. Aus einem Boot gefallen, nehm ich an.«

»Ja«, sagte Aspen. »Vielleicht ist er aus einem Boot gefallen. Ich glaube mich aber zu erinnern – ich weiß nicht, wer mir das erzählt hat, und vielleicht hab ich mich auch verhört –, dass er vom Himmel gefallen sein soll.«

Apple verschluckte sich an einer Haselnuss. »Was? Ich meine«, fügte sie schnell hinzu, »entschuldigen Sie, Mylady, tut mir Leid, Mylady, bitte, Mylady. Nein. Wer immer Ihnen das erzählt hat, das stimmt nicht. Ich hab ihn gefunden, und er ist ganz sicher an Land gespült worden. Es war in einer Sternschnuppennacht, wissen Sie, Mylady, und ich bin losgezogen, um eins dieser Sternendinger zu finden, und sicher sind da auch Dinge vom Himmel gefallen, Sternstückchen, wissen Sie, Mylady, aber ganz sicher kein Eichhörnchen.«

»Natürlich nicht«, sagte Lady Aspen wohlwollend. »Was für eine alberne Idee!«

»Er ist einmal aus dem Fenster gefallen, wenn Ihnen das

etwas hilft«, sagte Apple eifrig. »An dem Abend, als Sie und Captain Husk geheiratet haben, Mylady, was für eine schöne Hochzeit, Mylady. Ich war also unten am Ufer, ich muss mich auf dem Nachhauseweg wohl ein bisschen verlaufen haben, aber der Schnee war auch wirklich zu schön, na ja, auf jeden Fall fällt da unser Urchin aus dem Fenster. Hat mich fast platt gewalzt. Gut, dass ich da war, ich und der ganze schöne weiche Schnee.«

»Wie kam es denn dazu?«, fragte Aspen.

»Weiß nicht, Mylady. Muss sich wohl verirrt haben, oder so.«

»An dem Tag wurde viel Wein ausgeschenkt«, sagte Aspen nachdenklich.

»Nein, nicht mein Urchin, der betrinkt sich nicht, und er hat auch nicht danach gerochen, Mylady«, sagte Apple. »Besonders gut hat er aber auch nicht gerochen, das kann ich Ihnen sagen, ich meine, Mylady, er roch ein wenig modrig, als wäre er an keinem sehr schönen Ort gewesen, aber getrunken hat er keinen Schluck, nein, Mylady, bestimmt nicht.«

»Meine Liebe, ich habe Ihre Gesellschaft so genossen!«, seufzte Aspen. »Aber ich habe Sie schon viel zu lange aufgehalten. Ihr Umhang ist noch nass. Nehmen Sie einen von mir.« Sie hob den Deckel von einer Truhe und nahm einen dunkelgrünen Wollumhang heraus. Apple schnappte nach Luft.

»Oh nein, Mylady …«

»Nehmen Sie ihn als Geschenk«, sagte Aspen. »Ich bestehe darauf. Ich habe unseren Nachmittag so genossen. Gleaner wird Ihnen den Weg hinaus zeigen.«

Als sich Apple Lady Aspens Umhang um die breiten

Schultern und den Hut über die Ohren gezogen hatte und hinausgeführt worden war, setzte sich Aspen auf eine Bank unter dem Fenster. Sie sah zum Ufer hinunter, spielte mit dem Silberarmband an ihrer Vorderpfote und versuchte, das Puzzle um Urchin zusammenzusetzen.

Man hätte Urchin ertrinken lassen sollen. Was immer er war, er war ein Fremder auf Mistmantle, und die Art, wie er aus der Menge herausstach, war beunruhigend. Was Apple betraf, sie hätte direkt nach ihrer Geburt zur Merz gebracht werden sollen.

Apple wusste nicht, dass Urchin vom Himmel gefallen war, aber Bruder Fir hatte es gesagt. Gleaner hatte ihn in der Nacht belauscht ..., in jener Nacht, der letzten Sternschnuppennacht. Sie hatte gehört, wie Fir und Crispin es Urchin erzählten. Aber warum hatten sie es Apple nicht erzählt? Und was war das mit Urchin, der aus dem Fenster gefallen war und ganz modrig roch? Wo war er gewesen, was hatte er getan? Es gab zu viele unbeantwortete Fragen über dieses absonderliche Eichhörnchen.

Sie drehte und drehte das Armband an ihrem Gelenk. Husk hatte gesagt, Urchin könnte ein guter Page sein, wäre er nicht Crispin und Padra so ungeheuer ergeben. Und der einzige Grund, warum Padra noch auf der Insel war, warum er noch lebte, noch Captain war, lag darin, dass die Insel ohne ihn auseinander brechen würde. Für den Moment brauchten sie Padra noch, aber seinen Pagen konnte sie nicht leiden.

Sie schickte ein Maulwurfmädchen mit einer Nachricht los, und kurz darauf kam Gloss, der Maulwurf, wie ein Schatten an ihre Tür geschlichen. Sie entließ die Mädchen und ging zur Tür, um mit ihm zu sprechen. Abgesehen von ein paar gut trainierten Weibchen, die ihre Stellung kannten, gehörten Maulwürfe eigentlich nicht in die Gemächer.

»Gloss«, sagte sie. »Ich habe genau den richtigen Auftrag für dich. Ich will, dass Urchin, der Page, beschattet wird.«

»Mir ist bereits von Captain Husk aufgetragen worden, eine andere Person zu beschatten, Mylady«, sagte der Maulwurf höflich.

»Du musst ihn ja nicht selber beschatten«, sagte sie. »Finde einfach jemanden, der es tut. Und dann erstatte mir Bericht.«

»Ja, Mylady.«

Nachdem er gegangen war, ließ sie sich erschöpft auf einen der bestickten Sessel nieder, seufzte und schloss die Augen. Von nun an sollte wirklich alles glatt laufen. Die Tiere würden per Gesetz des Königs zu viel arbeiten und zu wenig essen. Welcher König würde solche Gesetze verfügen? Ein König, der durch den Tod seiner Frau und seines Sohnes verrückt geworden war. Und der gute Captain Husk würde ihnen ein rauschendes Frühlingsfest bescheren. Wen würden sie wohl mehr lieben?

Es würde ein Kinderspiel sein, und trotzdem, Urchin beunruhigte sie. Er war gefährlich, zu fremd, zu unvorhersehbar. Immer tauchte er plötzlich auf, wenn man ihn nicht gebrauchen konnte, in der Lage, alles instinktsicher zu vermasseln, und Padra viel zu ergeben. Sie würde ihn beobachten lassen und Husk nicht damit behelligen, der in letzter Zeit keinen Schlaf mehr fand.

Sie ging zum Spiegel hinüber, strich sich das Fell glatt und bauschte sich die Flaumbüschel an ihren Ohren mit einer kleinen Bürste. Dann nahm sie sich das Armband vom Gelenk und legte es sich probeweise zwischen die Ohren auf ihr Haupt.

»Königin Aspen«, flüsterte sie ihrem Spiegelbild zu.

# KAPITEL 14

Urchin wärmte sich in Padras Zimmer am Feuer.

»Wir müssen den König alleine erwischen«, sagte Padra laut in Gedanken. »Am besten, wenn Husk ihn nicht gerade mit Wein abgefüllt hat und er nicht klar denken kann.«

Urchin zog sein eigenes Zimmer vor, aber er war gekommen, um Feuer zu machen, das jetzt hell im Kamin brannte. Padras Zimmer war schlicht und soldatenhaft eingerichtet und roch nach geräuchertem Fisch, und auf einem Kleiderdiener hing ein feuchter Umhang, aber Urchin mochte seine Gesellschaft. Zusammen rösteten sie an langen Gabeln ihr Abendessen über dem Feuer, Ahornbrot für Urchin und Fisch für Padra. Padra drehte die Röstgabel und sah nachdenklich in die Flammen. Sie redeten seit neuestem immer leise, da Padra sicher war, dass Husk überall seine Spione hatte. Und das Knistern und Funkenschlagen im Kamin übertönte zusätzlich ihr Gespräch.

»Ich glaube, Ihr's ist durch, Sir«, sagte Urchin.

»Mhm«, sagte Padra und nahm die Gabel aus dem Feuer. »Schön angekokelt. Du solltest einen Happen probieren, Urchin.«

»Nein, danke, Sir.«

»Wie kann man nur keinen Fisch mögen?« Padra blies zum Abkühlen sachte auf die silbergoldenen Schuppen. »Wenn es zur Rationierung kommt, wirst du über jeden Bissen froh sein, den du zwischen die Zähne bekommst. Na ja. Zumindest werden die Otter nicht leer ausgehen. Fisch gibt es immer reichlich. Aber keine Sorge, Urchin, zur Rationierung wird es nicht kommen.«

»Gut«, sagte Urchin und knabberte an seinem Ahornbrot.

»Abgesehen von allem anderen, woher bekämen wir das Essen für ...« Er ließ die Frage offen und leckte sich die Pfoten, aber Urchin wusste, dass er die Babykrippe meinte. »Wir müssen den König dazu bringen, eine gegenteilige Verfügung zu erlassen, die Husk nicht ändern kann. Nutze jede Möglichkeit, Urchin.«

Sie leckten sich noch die Pfoten, als es an der Tür klopfte.

»Maulwurf«, sagte Padra. »Man erkennt es an den Schritten. Die kleinen Burschen brauchen immer ziemlich lange für den Korridor.«

Urchin ging an die Tür. »Hallo, Lugg!«, sagte er.

Lugg marschierte ins Zimmer und salutierte. »Ham 'ne Kleine zur Merz gebracht, Sir. Otterbaby, Sir. Komischer Schwanz, Sir. Captain Husk nirgends zu finden.«

»Wirklich?«, sagte Padra tatenfroh und schnallte sich sein Schwert um. »Kein Grund, Captain Husk damit zu belästigen, oder? Wo ist die Kleine? Ich kümmer mich um sie. Danach werde ich noch eine Runde schwimmen gehen. Bleib nicht extra für mich auf, Urchin.«

Urchin wollte noch fragen, ob Padra irgendeinen Auftrag für ihn hatte, aber Padra war schon aus der Tür. Es war gut, dass das Baby in Husks Abwesenheit gebracht worden war …

*In Husks Abwesenheit.*

Er rannte zur Tür. »Lugg!«, rief er.

»Das bin ich«, sagte der Maulwurf.

»Wo ist Captain Husk?«

»Weiß nich.«

»Wann wird er zurück sein?«

»Weiß ich auch nich.«

»Und Captain Granite?«

»Waffenkammer. Betrunken.«

»Ist jemand beim König?«

»Weiß nich. Lady Asp' sitzt manchmal bei ihm.«

Eigentlich sollte sich Padra darum kümmern, aber er war nicht da. Urchin wusste, dass ihm erlaubt war, den König zu sehen – so wie jedem anderen Tier. Er wollte nur nicht riskieren, alles falsch zu machen. Er rieb sich eine Hinterpfote an der anderen und überlegte einen Moment. Dann sagte er: »Ich werde zum König gehen.«

»Schön für dich«, sagte Lugg.

»Vielleicht lassen sie mich nicht vor«, sagte er. »Husk hat überall Wachen aufgestellt.«

»Ich bin auch eine Wache«, sagte Lugg schnoddrig. »Wenn der König bewacht werden muss, übernehm ich gerne die Wache. Und wenn nicht, dann bewach ich eben dich. Komm jetzt, Kleiner.«

Urchin säuberte sich die Schnurrhaare, wusch sich an der Quelle kurz das Gesicht und sprang über die Korridore die Treppen hinauf, während Lugg ihm hinterhermarschierte. Die Treppen und Hallen wurden breiter, die Korridore waren hell erleuchtet und mit Tapisserien behangen, und Urchin spürte, dass seine Pfoten vor Nervosität kitzelten. Noch bevor sie den Thronsaal erreichten, sah er, wie die Tür aufging und die vertraute Gestalt des Priesters aus dem Saal humpelte.

»Hallo, Bruder Fir!«, rief Urchin mit wachsender Zuversicht. Aber dann sah er auf Firs weißer Tunika lauter nasse Streifen, als hätte ihn jemand bespritzt, und er wischte sich etwas aus dem Gesicht. Urchin sprang zu ihm hin.

»Bruder Fir!«, rief er aus. »Was ist mit Ihnen geschehen?« Fir humpelte auf ihn zu, sah aber nicht sehr besorgt aus und beschnüffelte seine nassen Pfoten.

»Hmh«, sagte er. »Das Leben ist voller neuer Erfahrungen, findest du nicht auch, Urchin? Niemand greift einen Priester an. Absolut verboten. Kein Geschöpf würde das jemals tun. Weiß der Himmel, was ihrer Meinung nach passieren würde – und niemand hat je versucht, es herauszufinden.«

»Sie wurden angegriffen?«, rief Urchin.

»Oh nein. Hab ich das nicht gerade gesagt? *Niemand* greift einen Priester an. Es war nur eine Tasse mit irgendeinem Gebräu, und ich will behaupten, der König hat daneben gezielt. Das meiste ging auch daneben. Er war immer ein guter Werfer, ich denke also, er wollte mich nicht treffen. Er hat allerdings ›Hinaus aus meinem Thronsaal, Priester‹ gebrüllt, als die Tasse gegen die Tür krachte.«

»Vielleicht ist es kein so guter Moment, um mit ihm zu sprechen«, sagte Urchin und senkte die Stimme. »Padra wollte mit ihm über die Rationierung reden, wenn Husk nicht dabei ist, aber Padra wurde weggerufen, also wollte ich es tun. Aber wenn der König verärgert ist, sollte ich ihn wohl besser alleine lassen.«

»Nein, nein, Urchin«, sagte Fir. »Er ist wütend auf *mich*. Wenn du dich vor ihn hinkniest und höflich mit ihm sprichst, wird er dir sicher gerne zuhören. Aber sag kein Wort über Husk. Erwähn ihn nicht einmal, und stell vor allem sein Urteil nicht in Frage. Das habe ich nämlich getan, und dann warf der König mit diesem ...« – er leckte sich eine Kralle und zog die Stirn tief in Falten – »... würzigen Getränk. Ja. Geh jetzt, Urchin. Herz bewahre dich. Ich werde für dich beten. Und mir die nasse Tunika ausziehen. Hhm.«

Erst als er vor dem Thronsaal auf Einlass wartete, wurde Urchin bewusst, dass er gar nicht wusste, was er sagen wollte. Er versuchte noch, sich etwas zurechtzulegen, als die Igelwächter ihn eintreten ließen. Beim Eintreten schlug ihm eine solche Hitzewand entgegen, dass es ihm den Atem nahm.

Ein Feuer loderte im Kamin, die Flammen schlugen prasselnd in die Höhe, alle Fenster waren geschlossen. Am hinteren Ende des Saals saß der König nach vorne gebeugt in seinem Thron und blickte, das Kinn auf die Pfoten gestützt, vor sich auf den Boden. Urchin verbeugte sich und kniete nieder.

»Ich bin Urchin, Padras Page, und ich würde gerne mit Euer Majestät sprechen, bitte«, sagte er.

Der König antwortete nicht. Er hob die Augen, sah Urchin kurz an, dann senkte er sie wieder.

»Darf ich sprechen, Euer Majestät?«, fragte Urchin. Der König sagte immer noch nichts, aber entzog ihm auch nicht das Wort. Also redete Urchin weiter, obwohl er nicht sicher war, ob der König ihn überhaupt hörte.

»Euer Majestät, ich weiß, dass dies eine schreckliche Zeit für Sie ist«, begann er. »Ich möchte Sie auch nicht weiter stören, aber meine Freunde im Wald sind sehr beunruhigt, und sie wollen, dass ich mit Ihnen rede.«

Der König sagte nichts, und Urchin fuhr fort:

»Euer Majestät, man erzählt sich, dass das Essen im Winter rationiert werden soll. Die Tiere von Anemone Wood sind sehr besorgt. Wir alle, denke ich.«

Der König schüttelte sich ein wenig. Es war lange her, seitdem ein einfaches Tier auf diese Weise zu ihm gekommen war, so ehrlich und voller Vertrauen. Er hatte vergessen, wie sehr er die Gesellschaft einfacher Tiere genoss. Es war gut, dass dieser junge Eichhörnchenpage das Vertrauen hatte, bei ihm vorzusprechen.

»Sie dürfen keinen Hunger leiden, Euer Majestät«, sagte Urchin und sprach eilig weiter, falls Husk zurückkommen sollte. »Die ganz Jungen können mit den gekürzten Rationen nicht auskommen, da sie noch wachsen müssen, die arbeitenden Tiere brauchen ihre ganze Kraft, und die Alten essen sowieso nicht viel, und es ist grausam, ihnen ihr Essen vorzuenthalten, wo sie doch ihr ganzes Leben hart gearbeitet haben. Wir brauchen keine Rationierung. Wir hatten dieses Jahr im Wald eine gute Nussernte, in den

Speichern gibt es reichlich Obst und Honig, und wir treiben viel Handel, also wird es uns an nichts fehlen. Wir lieben Euch alle, Euer Majestät, und wenn Sie Rationierungen anordnen, werden wir sie befolgen. Aber alle meine Freunde, mit denen ich aufgewachsen bin, meine Pflegemutter und all die anderen, bitte lassen Sie nicht zu, dass sie Hunger leiden. Ich weiß, dass Sie das nicht wollen.«

Es folgte eine lange Pause. Urchins Herz raste. Er fragte sich, ob der König wohl gleich die Wachen rufen und ihn hinauswerfen lassen würde. Aber der König beugte sich vor und sah mit Interesse zu Urchin hinunter.

»Ich erinnere mich an dich. Du bist das Findelkind«, sagte er und lächelte. »Und was, wenn wir noch vor dem Frühlingsfest alle Vorräte aufgebraucht haben?«

»Das werden wir nicht, Euer Majestät. Das haben wir nie«, sagte Urchin und hoffte, dass er Recht hatte.

»Captain Husk sagt, wir werden«, sagte der König.

Jetzt wurde es gefährlich. Kein Wort gegen Husk.

»Captain Husk ... ähm ...«, stotterte Urchin verzweifelt, doch dann kam ihm ein Gedanke. »Er ist so beschäftigt, Euer Majestät zu dienen, vielleicht hat er keine Zeit, sich um so einfache Dinge wie die Vorratshaltung zu kümmern. Er hat so viel anderes zu tun.«

»Da könntest du Recht haben«, sagte der König nachdenklich.

»Mein Captain könnte sich um die Essensvorräte kümmern«, erbot sich Urchin schnell. Dann fragte er sich, warum er das gesagt hatte und wie er es Padra erklären sollte.

Der König runzelte die Stirn. Urchin wurde ein wenig flau im Magen. Er hatte sich vielleicht zu weit vorgewagt, und gleich würde der König etwas nach ihm werfen. Ängstlich beobachtete er die Pfoten des Königs, aber sie blieben gefaltet.

»Padra?«, sagte der König nachdenklich. »Ich fand immer, dass er für einen Captain ein wenig bäurisch ist. Padra, der Ackersmann! Aber die Aufgabe verlangt einen Ackersmann. Dann werden wir es so machen.« Er sagte eine Weile nichts, und Urchin wartete, dass er ihn entließ, aber dann sagte der König: »Du hattest noch nichts zu trinken, Urchin. Und ich auch nicht. Husk lässt für gewöhnlich etwas Wein da.«

»Nicht für mich, danke, Euer Majestät«, sagte Urchin schnell. Er wollte den König nicht auch noch zum Trinken ermutigen.

»Was trinkst du denn gerne, Urchin?«, fragte der König.

»Ich wohne am Tor zur Quelle ...«, begann Urchin.

»Wasser direkt aus der Quelle!«, rief der König, und zum ersten Mal hellte sich sein Gesicht auf. »Du glückliches Eichhörnchen! Das Wasser, das ich bekomme, ist immer schon abgestanden, wenn es hier ankommt.« Er blickte an Urchin vorbei, und ein Schleier zog sich vor seine Augen. »Meine liebe Königin Spindle liebte das Wasser von der Quelle. Wir haben uns immer dort getroffen, vor langer Zeit, als sie nicht viel älter war als du.«

Der König bedeckte sein Gesicht, und Urchin wartete, unsicher, was er tun sollte. Doch plötzlich wusste er genau, was er tun sollte, und eilte vor die Tür, um mit Lugg zu sprechen, der immer noch auf ihn wartete.

»Bitte geh und hol Seiner Majestät etwas Wasser von der Quelle«, sagte er. »Und zwar frisch geschöpft.«

Lugg eilte geschäftig von dannen. Der König hob den Kopf.

»Wie aufmerksam von dir, Urchin«, sagte er. »Und während wir auf das Wasser warten, öffne doch bitte die Schachtel auf dem Bord über dem Kamin und nimm ein Blatt heraus.«

Die Schachtel war voller Buchenblätter, und Urchin gab Acht, dass sie nicht im heißen Luftzug über dem Kamin davonwehten. Dann brachte er dem König ein Blatt.

»Bring das zu Padra«, sagte er und zeichnete mit scharfer zitternder Kralle seinen Abdruck darauf. »Dies ist meine Verfügung zur Überwachung der Essensvorräte. Bring mir noch ein Blatt.«

Urchin holte ein weiteres Blatt, und der König zeichnete es.

»Dies hier ist für die Tiere von Anemone Wood«, sagte er. »Es ist mein Versprechen, dass es keine Rationierung geben wird. Ich gebe ihnen mein Ehrenwort.« Er seufzte tief. »Meine liebe Königin hätte keine Rationierung gewollt.«

Im gleichen Moment hörten sie Pfoten über den Gang eilen, und Lugg erschien mit einer schwappenden Schale voll Wasser. Der König nippte daran, schloss genüsslich die Augen, nahm einen kräftigen Schluck und verlangte nach mehr.

»Das erinnert mich an die Zeit, als ich noch ein junger Igel war«, sagte er. »Nimm auch einen Schluck, Urchin. Ich möchte, dass man mir jeden Tag von dem Wasser bringt. Mein Kopf war seit Monaten nicht mehr so klar. Warum ist es hier drinnen so heiß? Öffne ein Fenster! Und erzähl mir mehr von Anemone Wood!«

Es verging einige Zeit, bevor der König ihn entließ. Freudig und voller Unruhe, die gute Nachricht zu überbringen, eilte Urchin mit Lugg durch die Korridore zurück.

Unweit vom Thronsaal blieb er stehen. Etwas stach ihm in die Nase. Ein modriger Gestank lag in der Luft. Er konnte sich nicht entsinnen, woran es ihn erinnerte, auch war er sich nicht sicher, ob er sich erinnern wollte, aber es beunruhigte ihn.

»Komm schon, Kleiner!«, rief Lugg. Urchin sprang ihm hinterher und ließ den unangenehmen Geruch kriechenden Übels glücklich hinter sich. Er wollte so schnell wie möglich zu Padra und ihm erzählen, was passiert war, aber dann erinnerte er sich an Bruder Fir, der in seiner nassen Tunika davongehumpelt war. Vielleicht sollte er besser kurz bei ihm vorbeischauen und sehen, ob es ihm auch gut ging. Padra würde das sicher von ihm erwarten.

Als er das Turmzimmer betrat, kniete Fir vor dem Kamin. Er hatte die nasse Tunika mit einem Schwamm gesäubert und hängte sie gerade zum Trocknen neben das Feuer über einen Hocker.

»Sind Sie auch nicht verletzt, Bruder Fir?«, fragte Urchin ängstlich. Der Priester drehte sich mit einem Augenzwinkern um.

»Es braucht mehr als ein bisschen Nässe, um mich umzuhauen«, sagte er. »Die letzten Jahre habe ich ja auch ganz gut überlebt. Aber ich denke, ich könnte einen kleinen Tropfen heißen Beerenpunsch gebrauchen und jemanden, mit dem ich ihn trinken kann.« Er nahm den kleinen Topf, den er zum Heißwerden auf den Rand des Kamins gestellt hatte, und goss den dampfenden Punsch in zwei Holztassen. »Außerdem wollte ich gerne mit dir reden, Urchin.«

Er schob die nasse Tunika zur Seite, damit Urchin sich

setzen konnte. Fir hörte sich an, was sich im Thronsaal ereignet hatte, dann nippte er an seinem Punsch und begann:

»Padra hat mir von deinen, nun ja, außergewöhnlichen Erlebnissen erzählt ...« Dann senkte er die Stimme und flüsterte: »... in der Nacht, als die Königin starb. Aber ich würde das Ganze gerne von dir hören, vor allem von diesem Ort unter der Erde, zu dem du Husk gefolgt bist. Aber leise und schön der Reihe nach, Urchin.«

Urchin fing an zu erzählen. Es fiel ihm nicht leicht, darüber zu reden, und er konnte sich nicht an viel erinnern. Die Angst und das Gefühl drohenden Übels stiegen wie ein Albtraum in ihm auf, während er sprach. Aber er erzählte Fir alles, was er konnte, und am Ende sagte Fir nur: »Ich nehme an, dass du nicht vorhast, noch einmal dort hinzugehen?«

»Ganz gewiss nicht, Sir!«, sagte Urchin.

»Recht hast du«, sagte Fir. »Das solltest du auch nicht. Tja, ja. Lauf jetzt und erzähl Padra, was du getrieben hast. Und halte dich von Husk fern.«

Als Urchin gegangen war, kniete Fir eine Weile vor dem Kamin nieder und blickte gedankenversunken ins Feuer. Dort also war der Ort.

Es war eine Geschichte, die, soweit er wusste, nur er und der König kannten. Es war eine Geschichte aus uralter Zeit – einer Zeit, noch bevor die Maulwürfe die Insel regierten und ihren Palast gebaut hatten. Es war die Geschichte eines Eichhörnchenkönigs, der das Herz hasste und den Hass, das Verderben und die Macht liebte. Jedes Tier, das sich gegen ihn stellte, wurde in ein Verlies unter der Erde verschleppt, wo es tot oder lebendig in eine tiefe

Grube geworfen wurde. Es hieß, der Ort dieser Morde wäre durchtränkt von Angst und Schrecken. Nach dem Tod des Königs war der Ort verschlossen worden, und bald wusste niemand mehr, wo er sich befand. Aber Husk musste ihn gefunden haben.

»Wir haben ihn zu lange verschwiegen«, murmelte Fir vor sich hin. »Viel zu lange. Wenn Husk ihn gefunden hat, dann kann ich das auch. Und ich muss ihn finden. Und darin beten. Der Ort muss mit Licht gesegnet werden. Kerzen. Hmh. Ich brauche Kerzen.«

Er würde all seine Kraft brauchen. Er schloss die Augen und betete. Es würde einen harten Kampf um Mistmantle geben, und dies war sein Teil daran.

Als Urchin den Thronsaal verließ, erreichte Husk gerade das Ende des Korridors. Er stützte sich mit den Pfoten auf ein Fensterbrett und bemühte sich, nicht zu zittern.

Es war nur ein langer Tag gewesen, weiter nichts. Es gab einfach zu viel zu tun. Er hatte noch einmal in das dunkle Verlies zurückkehren müssen, um neue Kraft zu schöpfen, und jetzt waren seine Pfoten schmierig und voller Spinnweben. Er musste sich waschen gehen, bevor er den Thronsaal betrat.

Er hatte Pfoten auf dem Korridor gehört. Sicher irgendeiner dieser Quälgeister. Tiere mit wachen Augen und feinen Riechern, die ihre Nase überall hineinsteckten. Er drückte sich in einen Alkoven und verbarg sich im Schatten der Wand. Ein Maulwurfwächter kam aus dem königlichen Saal – einer von Padras Gefolgsmännern – und dann dieses absonderliche Eichhörnchen. Er begann den kleinen Pagen zu hassen.

Als Urchin Padras Zimmer erreichte, hatte er den Moment der Angst im Korridor so gut wie vergessen. Aber zu seiner großen Enttäuschung war Padra noch nicht zurück. Das Gemach war einsam und still. Urchin machte sich aus ein paar Umhängen und etwas Moos vor dem Kamin ein Nest, wickelte die kostbaren Blätter in seinen eigenen Umhang, faltete ihn zu einem Kissen und legte sich hin und wartete. Eine lange Zeit lag er wach, starrte ins Feuer und erinnerte sich an seine Begegnung mit dem König. Schließlich schlief er ein, doch schlummerte er nur leicht, und jedes Rauschen der Wellen weckte ihn wieder auf. Er war gerade wieder eingenickt, als er im Dunkeln ein Rascheln hörte.

Manchmal verirrten sich Krebse in die Gemächer, die nah am Wasser lagen. Oder auch Käfer. Das musste es sein. Und schließlich übermannte ihn der Schlaf. Und während Urchin am Tor zur Quelle in seine Träume sank, gellte hoch oben in den Korridoren, die über das Meer hinausblickten, im Dunkeln des Palasts ein Schrei.

Lady Aspen sprang von dem seidenverhangenen Bett auf und eilte an die Tür zu ihrem Schlafgemach. Wächter kamen durch die Korridore gerannt.

»Gebt mir eine Lampe und geht zurück auf eure Posten«, befahl sie. »Mylord hatte einen Albtraum, das ist alles.« Mit der Lampe in der Pfote glitt sie zurück ins Zimmer, in dem Husk mit struppig aufgestelltem Fell, die Augen weit aufgerissen, aufrecht im Bett saß.

»Er ist da!«, flüsterte er.

Aspen schüttelte ihn sanft, und er schauderte. Sein Fell war schweißnass.

Husk wusste, dass er in seinem eigenen Bett lag, und doch war der Albtraum noch nicht von ihm gewichen. Er spürte Todeskälte. Sobald er die Augen schloss, wenn auch nur für einen Wimpernschlag, sah er ihn vor sich. Den toten Prinz Tumble. Mit Staub und Spinnenweben bedeckt, kroch er aus der Dunkelheit auf ihn zu, robbte blutüberströmt durch die schwarzen Tunnel, die zu dem Verlies führten, drehte den Kopf, schnüffelte, spürte ihn auf …

Er wagte nicht, die Augen zu schließen.

# KAPITEL 15

Die Tür wurde kurz geöffnet, dann schnell wieder geschlossen. Urchin war plötzlich wach. Er saß aufrecht in seinem Nest, als Padra zitternd und mit sandig nassem Fell ins Zimmer kam.

»Immer noch hier, Urchin?«, sagte er. »Du hättest nicht warten sollen.«

»Ich muss Ihnen etwas erzählen«, sagte Urchin. Der Morgen war sehr kalt, also legte er ein paar Holzscheite auf das Feuer und stocherte mit einem Schüreisen in der letzten Glut. Während er Frühstück machte, erzählte er Padra alles, was er die Nacht zuvor erlebt hatte. Nur den Teil mit »Padra, der Ackermann« ließ er aus. Padra grinste und sagte manchmal: »Du hast *was* gemacht?« und »Was für ein gewitzter Bursche!«. Und hin und wieder legte er eine Kralle über die Lippen, damit Urchin leiser sprach.

Schließlich gab ihm Urchin die Blätter, und Padra wendete sie genüsslich in der Pfote.

»Gut gemacht, du schlauer Ohrenzucker!«, sagte er. »Es hätte auch furchtbar schief gehen können, und ich denke, ich sollte dich ermahnen, so etwas nie wieder zu tun, aber ich bin beeindruckt. Eigentlich sollte ich dir mein Schwert und meinen Reif übergeben, aber sie würden dir nicht passen. Du weißt, dass du mir mit der Überwachung der Vorräte eine Menge Arbeit aufgeladen hast.«

»Entschuldigung, Sir.«

»Das macht nichts! Husk wird denken, dass ich zu beschäftigt bin, um mich weiter einzumischen. Aber da täuscht er sich. Ich werde Arran bitten, mir zu helfen. Und du kannst ab und zu im Wald vorbeischauen, um die Speicherkammern zu prüfen. Bei der Gelegenheit kannst du auch Apple und deine Freunde besuchen. Aber wo immer du hingehst, halte Augen und Ohren offen.« Er senkte die Stimme. »Ist dir gestern Abend jemand gefolgt?«

»Ich glaube nicht, Sir.«

»Mir aber«, sagte Padra. »Ich glaube, es war dieser schmierige Maulwurf.«

»Gloss?«, fragte Urchin.

»Psst!«, ermahnte ihn Padra. »Ich hab ihn schön auf Trab gehalten und ihn dann im Wasser abgeschüttelt. Ich habe sogar die lange Route um die Insel genommen, bin länger geblieben und dann wieder durchs Wasser zurück. Deshalb bin ich so spät dran. Oder so früh.« Er gähnte. »Und so müde. Aber ich …«

»Gestern Nacht war jemand hier!«, sagte Urchin plötzlich, und ihm stellte sich bei der Vorstellung das Nackenfell auf. »Ich hab etwas gehört. Ein Rascheln. Ich bin kurz aufgewacht, aber ich dachte, es sei nur ein Krebs.«

Padra ließ sich auf alle viere nieder und schnüffelte mit bebenden Nasenflügeln und Schnurrhaaren auf dem Boden herum. Schließlich stand er auf und rief nach Lugg, den er, mit kurzem Blick in den Flur, eilig ins Zimmer zog.

»Lugg, warst du heute Nacht hier?«, fragte er.

»Nein, Sir.«

»Dann war es ein anderer Maulwurf«, sagte Padra. »Sieh nur. Maulwurfsspuren.« Er untersuchte sein Bett. »Auch hier waren Maulwürfe drin. Stell eine Wache für dieses Zimmer ab. Ich will, dass es Tag und Nacht bewacht wird.«

»Ja, Sir.«

»Urchin«, sagte Padra. »Wo hast du die Zeichen des Königs letzte Nacht aufgehoben?«

»In meinem Umhang, Sir«, sagte Urchin. »Ich hab auf ihnen geschlafen.«

»Guter Junge. Danach werden sie gesucht haben. Husk ist wahrscheinlich, von wo auch immer, in den Thronsaal zurückgekehrt – und ich würde den Fangfisch einer ganzen Nacht dafür hergeben, um zu wissen, wo er war –, hat den König mit klarem Kopf vorgefunden und wild entschlossen, keine Rationierung zu dulden, um seinen Entschluss dann auch noch mit seinen Zeichen zu bestätigen. Er hat wahrscheinlich einen Maulwurf beauftragt, das Zimmer zu durchsuchen, um die Zeichen zu stehlen, bevor wir die gute Nachricht verbreiten können – was wir sofort tun werden.«

Auch Urchin ließ sich auf alle viere nieder und untersuchte den Boden. Jetzt, da Padra sie ihm gezeigt hatte, konnte auch er, wenn auch undeutlich, die Pfotenabdrücke des Maulwurfs erkennen. Es war beunruhigend, nicht einmal in Padras eigenen Gemächern wirklich sicher zu sein.

»Kann ich auch in meinem Zimmer nachsehen, Sir?«, sagte er.

Ein paar Fetzen Moos waren aus seinem Nest gefallen, und der Beutel, den er manchmal bei sich trug, war ein bisschen zu sorgfältig verstaut worden. Er beugte sich nach unten, um den Boden zu untersuchen, wie Padra es ihm vorgemacht hatte.

»Das reicht«, sagte Padra freundlich. »Sie brauchen nicht zu wissen, dass wir ihnen …« Er hielt inne und lauschte, die Pfote auf das Schwert gelegt. Dann riss er mit breitem Lächeln die Tür auf. »Fir!«, rief er. »Bruder Fir, du hättest nach mir rufen sollen. Ich wäre zu dir in dein Turmzimmer hinaufgekommen – du solltest dich nicht so viele Treppen hoch- und runterquälen.«

»Hmh«, sagte Fir. »Sehr nett von dir, junger Freund, mich an mein hohes Alter zu erinnern. Eichhörnchen sind allerdings für gewöhnlich ganz gut im Klettern. Obwohl wir nicht erwarten, dass ein Otter das versteht, nicht wahr, Urchin? Na ja, Urchin ist vielleicht zu jung, um sich mit Treppen aufzuhalten. Er hüpft einfach aus einem Fenster und rennt die Mauern hinunter.«

»Und denkt, ich bemerke es nicht«, stimmte Padra zu. »Fir, hast du schon gefrühstückt? Wie ich höre, hat der König etwas nach dir geworfen. Auch solltest du wissen, was hier vorgefallen ist.« Er erzählte ihm in ruhigen Worten von der nächtlichen Durchsuchung.

»Hmh«, sagte Fir, als er alles gehört hatte. »Ich bin eigentlich ganz froh, dass der König mit diesem Gesöff nach mir geworfen hat. Das meiste ging an die Wand. Wo es auch hingehört. Schlafmittel. Und ein ziemlich starkes dazu.«

Padra verzog grimmig die Schnurrhaare. »Das hört sich gar nicht gut an«, sagte er. »Schlafmittel! Können wir denn gar nichts dagegen tun?«

Fir wärmte seine runzligen Pfoten am Feuer. »Nein, nichts«, sagte er. »Ich habe mit Lady Aspen gesprochen. Sie machte keinen Hehl daraus, dass sie selbst die Schlafmittel für den König anrührt. Seit dem Tod seiner Frau und seines Sohnes sei er sehr mitgenommen und schlafe daher schlecht. Also biete sie ihm natürlich abends ein Schlafmittel an. Er weiß, was es ist, und nimmt es gerne. Sie wollte mir sogar das Rezept geben. Ganz unnötigerweise, natürlich. Ich wusste schon, wie man das Zeug zusammenbraut, als Aspen noch ein kleiner Plüschwurm mit Kletten im Fell und klebrigen Pfoten war, aber ich wende es nicht an. Was auch besser ist. Wenn aber Husk dem König den ganzen Tag Wein nachschenkt und die gute Lady ihn abends mit Schlafmittel voll pumpt ... Hmh. Dann kann man das Gehirn seiner Majestät nicht mehr sein Eigen nennen.«

»Es ist schlimmer, als wir befürchtet haben«, sagte Padra.

Fir erhob sich. »Du musst bald etwas unternehmen, Padra«, sagte er, und seine Stimme war kaum mehr als ein Flüstern. »Urchin hat uns sehr geholfen. Mach weiter so. Sei aber auf der Hut.« Bevor er ging, gab er beiden seinen Segen.

»Mögen eure Herzen sich dem Herz öffnen, das euch erschuf«, sagte er, während sie vor ihm knieten. »Möge das Herz euch in allem, was gut ist, stärken.«

»Ihr werdet es brauchen«, fügte er hinzu, als sie sich erhoben. »Ihr werdet alle Kraft brauchen, die das Herz euch gibt.«

Arran wurde als Padras Stellvertreter mit der Überwachung der Essensvorräte betraut. In den ersten Tagen ereigneten sich ein paar merkwürdige Dinge – Beeren wurden verschüttet, Bucheckern feucht gelagert, und es verschwand ein ganzer Schub Mehl –, aber innerhalb einer Woche hatte sie die Speicher gut im Griff und jeden in ihrer Mannschaft selber ausgewählt. Es war nicht schwer gewesen. Viele der Tiere wussten, wer ihr Baby vor der Merz gerettet hatte und wem sie dafür danken durften. Padra und Arran konnten auf ihre Loyalität vertrauen, während die meisten Otter ihr schon deshalb treu ergeben dienen würden, weil sie eine von ihnen war. Alle waren sich einig. Falls es je zu einem Kampf kommen sollte, würden sie lieber an Arrans Seite kämpfen als gegen sie.

Aspen war besorgt. Husk hatte immer noch Albträume. Als er erfuhr, dass Urchin ihn überlistet hatte, hielt sich seine Wut über Tage. Und jetzt hatte sich auch noch eine unermüdliche Kette aus Eichhörnchen zusammengetan, die nichts Besseres zu tun hatten, als den ganzen Tag zum Thronsaal hinaufzurennen und dem König frisches Quellwasser zu bringen.

Eines Morgens, als Granite den König zum Grab von seiner Frau und seinem Sohn begleitete, trafen sich Husk und Aspen mit Gloss im Thronsaal. Natürlich setzte sich Husk nicht auf den Thron. Er stand aufrecht davor, die Pfote auf dem Schwert, Aspen an seiner Seite. Gloss glitt geräuschlos ins Zimmer. Husks Blick war eisig wie der Winterhimmel.

»Dir wurde aufgetragen, Urchin zu überwachen«, sagte er. Seine Stimme klang ruhig und gefährlich.

»Entschuldigen Sie, mein Captain«, sagte Gloss mit aalglatter Stimme. »Mylady sagte nur, ich solle jemanden beauftragen, der das Findeleichhörnchen beobachtet. Ich selbst habe, wie befohlen, Captain Padra beschattet und ihre beiden Zimmer durchsuchen lassen.«

»Und nichts gefunden!«, wütete Husk. »Was hast du zu sagen?«

»Nur«, sagte Gloss einschmeichelnd, »dass ich Ihnen in der Vergangenheit immer gut gedient habe.«

Husk wusste das. Gloss hatte ihm immer gut gedient, fast zu gut. Er wusste zu viel.

»Du hast mir ausgezeichnet gedient«, sagte Husk. »Und bist gut dafür belohnt worden, und nicht zum letzten Mal. Hast du irgendetwas über Padra herausgefunden?«

»Otter haben die unnatürlichsten Gewohnheiten«, sagte Gloss mit Abscheu. »Ich kann ihm ganz gut folgen – er scheint immer zur anderen Seite des Waldes unterwegs zu sein, oder vielleicht zur Westküste –, aber früher oder später gleitet er dann ins Wasser, und ich verliere ihn aus den Augen.«

»Wir brauchen einen Otter, um einen Otter zu verfolgen«, sagte Husk. »Also gut, Gloss. Überlass Padra mir. Behalte du Urchin im Auge. Und wenn du sie schließt, sieh zu, dass jemand anderes ihn überwacht. Geh jetzt.«

Der Maulwurf verbeugte sich höflich und schlüpfte aus dem Saal.

»Schmierig wie ein Otter«, sagte Husk. »Widerlich kriecherische Kreatur. Aber wir brauchen ihn. Seine Augen sind nicht die besten, aber er hat das Gehör einer Fledermaus und kann einen Wurm noch aus hundert Schritt Entfernung riechen. Ich brauche einen Otter, um Padra hinterherzuspionieren, aber es gibt sicherlich nicht viele, denen wir vertrauen können. Diese hirnlosen Viecher denken, er sei ein Held.«

»Die liebe Tay würde es tun«, sagte Aspen.

»Sie ist um einiges älter als Padra«, sagte Husk. »Und sie interessiert sich mehr für Gesetze und alte Geschichte, als für diesen ganzen Otterkram wie in Flüssen herumzuplantschen. Aber wir werden sehen.« Er öffnete die Tür und rief eine Wache. »Schickt Tay zu mir«, befahl er.

Aspen nahm sich aus einer Schale eine Nuss und knabberte gedankenverloren darauf herum. »Wir können die Rationierung momentan kaum erzwingen«, sagte sie.

»Nein«, sagte Husk und lächelte angespannt. »Wir müssen aus der Situation das Beste machen. Wenn jeder genug zu essen hat, wem werden sie es wohl danken?«

Sie lächelte ihm zu. »Dir!«, sagte sie.

»Und wenn es nicht genug zu essen gibt, ist es die Schuld des Königs«, sagte er. »Oder wir können es dem lächerlichen Padra anlasten.« Er brach in ein so wildes, hohes Gelächter aus, dass Aspen sich auf die Lippen biss. »Beim Frühlingsfest werden sie schon begreifen, dass sie alles Gute auf der Insel mir verdanken und alles Schlechte vom König kommt.«

»Eine Kleinigkeit!«, sagte Aspen, um ihn zu bestärken.

»Das Frühlingsfest wird der Wendepunkt sein«, sagte er. »Es gibt nur zwei Dinge. Erstens, der König muss so gebrochen wirken, als hätte ihn die Trauer um den Verstand gebracht, so dass er abdanken muss.«

»Und zweitens?«, fragte sie.

»Zweitens«, sagte er, »Padra muss öffentlich des Hochverrats beschuldigt und verhaftet werden.«

Es klopfte an der Tür. »Mistress Tay«, sagte der Wächter. Tay schritt aufrecht in den Raum und strich sich die dunklen Schnurrhaare glatt.

»Ich brauche einen Otter, dem ich trauen kann«, sagte Husk brüsk. »Jemand muss Captain Padra überwachen.«

»Das wird schwer«, sagte sie. »Nicht unbedingt die Art von Aufgabe, an die ich gewöhnt bin. Aber es ist fraglich, ob Sie irgendeinen anderen Otter damit betrauen können.«

»Wirst du es tun?«, forderte Husk.

Aspen schob sich sachte vor ihn und sprach mit sanfter, eindringlicher Stimme auf sie ein.

»Captain Husk macht sich große Sorgen«, sagte sie. »Wir haben Kunde, dass sich Padra jede Nacht zur Westküste auf die andere Seite des Waldes aufmacht, aber ohne jemanden, der gut schwimmen kann, verliert sich seine Spur. Vielleicht plant er etwas Schändliches gegen den König. Wer weiß? Vielleicht sogar eine Rebellion? War er nicht der beste Freund eines uns gut bekannten Eichhörnchens, dessen Namen ich hier nicht nennen will?«

»Westlich der Wälder?«, sagte Tay. »Das ist interessant.«

»Ja«, sagte Husk ungehalten. »Du kennst die alten Geschichten am besten. Glaubst du an den Alten Palast? Glaubst du, dass es ihn gibt?«

»Ich halte es für möglich, Captain«, sagte sie.

»Er weiß, wo er ist«, murmelte Husk. »Padra, Crispin. Ich bin mir sicher, sie wissen es. Und sicher geht Padra immer dorthin. Weil er etwas plant. Etwas, von dem er nicht will, dass ich es weiß.«

»Ich verstehe, Sir«, sagte Tay. »Wenn Sie mich mit der Aufgabe betrauen wollen, so werde ich sie übernehmen und, so es in meiner Macht steht, alles über Padra herausfinden.«

»Ich brauche Beweise, die ihn des Hochverrats überführen«, knurrte Husk. »Beweise, die auf dem Frühlingsfest bekannt gemacht werden können. Beweise, die seine Verhaftung nach sich ziehen.«

»Es wird mir eine Freude sein, sie zu erbringen«, sagte Tay würdevoll. »Und eine Ehre.«

»Und«, schnurrte Aspen, »falls es sich fügen sollte, dass Padra nicht länger Captain sein kann, werden wir einen neuen brauchen.« Sie legte den Kopf auf die Seite und betrachtete Tays Haupt, als messe sie bereits einen Reif für sie ab. »Wir verstehen uns, Tay?«

Zurück in ihren eigenen dunklen Gemächern, versuchte sich Tay an alles zu erinnern, was sie jemals über den Alten Palast gehört hatte, der, wie man sagte, im Wurzelwerk eines Baums gebaut worden war. Dann ging sie los, um sich ein paar Wandteppiche anzusehen – alte und verblichene Gobelins, die vor langer, langer Zeit geknüpft worden waren, als es noch Tiere gab, die behaupteten, ihre Großeltern hätten ihnen von dem Palast erzählt und ihn mit eigenen Augen gesehen.

Die Sache konnte aufregend werden. Vielleicht kannte Padra wirklich den Ort. Und wenn, warum ging er dorthin?

Weiß der Himmel, warum er Captain war. Freundlich sein und sich mit allem, was schwamm oder auf Pfoten ging, gut verstehen, ein wenig Organisieren und Herumstolzieren – das konnte schließlich jeder. Sie war übergangen worden.

*Captain Tay*. *Lady Tay*. Ja. Lady Tay wäre schön. Wenn sie nur den Alten Palast finden und Padra in Ungnade bringen könnte, würde sie jeden Titel bekommen, den sie wollte.

# KAPITEL 16

Den Winter hindurch verbrachte Urchin mehr Zeit in Anemone Wood als bei Hofe. Seit Padra die Essensvorräte überwachte, gab es viele Gründe, dorthin zu gehen. Nüsse mussten aus dem Wald geholt und Butter, Käse, Trockenobst und Fisch geliefert werden. Manchmal begleitete ihn Needle, auf dem Kopf einen blauen Hut, den sie eigentlich nicht mochte, aber es war ein Geschenk ihrer Mutter. Außerdem hielt er sie warm. Sie wusste, dass Scufflen sicher untergebracht war und dass Padra damit zu tun hatte, und das genügte ihr.

Je öfter Urchin und Needle zu den Tieren in den Wald gingen, desto mehr wurde auf der Insel geredet. Die Tiere erzählten sich, dass die Merz und auch die Arbeitstrupps mehr mit Captain Husk zu tun hatten als mit dem König, und dass es Captain Padra war, der sich für die Interessen der einfachen Tiere einsetzte. Und je mehr Familien von der Merz betroffen waren, desto mehr Eltern wurden mit verbundenen Augen heimlich zur Babykrippe im Alten Palast gebracht, wo sich Mutter Huggen und Moth, das Maulwurfmädchen, um die geretteten Babys kümmerten. Hin und wieder tauchte im Wald oder an der Küste plötzlich ein neues Jungtier auf, das mit den anderen spielte. Keiner fragte, wo es herkam oder ob es das Bein leicht nachzog. Alle wussten Bescheid.

Im Dunkel von Höhlen und Tunneln flüsterte man sich zu, dass es bei Crispins Prozess nicht mit rechten Dingen zugegangen war. Und wenn Crispin den Prinzen nicht getötet hatte, wer dann?

Urchin ging zum Thronsaal, wann immer er konnte, aber gewöhnlich waren Husk, Aspen oder Granite bei ihm. Die beste Zeit, um mit dem König zu sprechen, war früh am Morgen, wenn die Wirkung des Schlafmittels nachließ und noch kein Wein gebracht worden war. Ab dem Vormittag standen immer eine Karaffe Wein und ein Becher an der Seite des Königs, und wenn die erste Flasche leer war, stand die nächste schon bereit. Also holte Urchin jeden Morgen zur Frühstückszeit einen Krug mit sprudelndem Wasser von der Quelle und rannte die Treppe hinauf, damit der König es trinken konnte, solange es frisch war.

Normalerweise kam er allerdings nicht an den Wachen vorbei. Sie fragten ihn höflich nach dem Wasser und versprachen ihm, es dem König zu geben, aber Urchin bezweifelte, dass er es je bekam. Der Palast ließ bekannt geben, Captain Padra organisiere die Vorräte so gut, dass die Tiere für die kalte Jahreszeit außergewöhnlich gesund seien. Das hieß, dass sie mehr arbeiten könnten, was gut war, zumal es sie warm hielt. Sie sollten am Morgen eine Stunde früher mit der Arbeit beginnen und am Abend eine Stunde später aufhören. Sie sollten schneller arbeiten und schwerere Lasten tragen. Es hieß, der König überlege sich, nicht nur die Jungen zur Merz zu schicken, sondern auch die Alten. Arme gebrechliche Tiere, denen die Knochen wehtaten und die ein trauriges Leben führten. Es wäre grausam, von ihnen zu erwarten, die kalten dunklen Winter zu ertragen oder die stürmischen Winde vom Meer und die glühende Hitze im Sommer. Und die jüngeren Tiere wären von der Last befreit, sich um sie zu kümmern.

Es war eine raue stürmische Nacht. Im Palast, an der Küste und im Wald saßen die Tiere dicht zusammengedrängt in ihren Nestern und Tunnelbauten. Sie tranken heißen Beerenpunsch und erzählten sich alte Geschichten. Manche beschwerten sich über Captain Husk, andere über Padra, und manche sagten sogar, die Entscheidungen des Königs seien falsch. Er wäre ein guter König, aber der Kummer hätte seinen Verstand getrübt. Niemand machte Aspen für irgendetwas verantwortlich. Sie war freundlich und gut zu den einfachen Tieren, und sie hatte sich so liebevoll um die Königin gekümmert. Allein sie zu sehen und ihre bezaubernde Stimme zu hören, war eine Freude für ihre müden Herzen und verzagten Gemüter.

In der Babykrippe schüttelte Moth die Decken aus und löffelte Haselnussbrei in milchig verschmierte Münder. Huggen strickte und stopfte und machte kleine Pfotenschuhe, die zum Verwechseln wie echte Pfoten aussahen, um verkrümmte Gliedmaßen zu verbergen. Hope, der kurzsichtige kleine Igel, wurde von einer Gruppe freundlicher Maulwürfe auf einen Ausflug durch die Tunnel mitgenommen. Abends besuchte sie Arran und fand, er sei nun alt genug, die Krippe zu verlassen. Aber er war irgendwie zu aller Liebling geworden, und Mutter Huggen und Moth ließen ihn nur ungern ziehen.

»Er liebt seine Mutter sehr«, sagte Huggen und beugte sich über ihr Strickzeug. »Ihr Name ist Thripple. Sie kommt nicht oft hierher, aber sie kann nichts dafür. Sie muss im Palast immer Überstunden machen. Sie ist begabt und sehr fleißig. Sie arbeitet an den Tapisserien. Er vermisst sie so.«

»Armer Kleiner«, sagte Arran. »Wie geht es dem neuen Otter?«

Das neue Otterbaby war neben dem Kamin eingeschlafen. »Sie entwickelt sich prächtig«, sagte Huggen. »Nichts, was wir nicht mit Liebe, Wärme und gutem Essen wieder hinbekämen.«

»Padra bringt ihre Mutter heute Nacht hierher«, sagte Arran. »Ich muss jetzt wieder zurück. Es ist nicht gut, wenn Padra und ich zur gleichen Zeit nicht im Palast sind.«

»Warum bittest du ihn nicht, dich zu heiraten?«, sagte Moth.

»Er würde nur lachen«, sagte Arran.

Der Wind heulte und stürmte um den Palast. Husk schreckte vom Bett auf und griff nach seinem Schwert. Der Igel verfolgte ihn wieder, Prinz Tumble, der nicht tot bleiben wollte, er kam immer näher …

»Zurück mit dir!«, brüllte er heiser. »Zurück, zurück, zurück!« Aspen versuchte, ihm etwas zu sagen, aber er stieß sie weg. »Er ist hier!«, krächzte er. »Er ist hier! Weg mit dir, weg!«

»Hier ist niemand«, sagte sie ruhig. »Leg dich wieder schlafen.«

Es brauchte einige Zeit, bevor er merkte, dass er wach war. Es war nur ein Albtraum, aber so real, dass die Angst ihn lähmte. Aspen nahm ihm das Schwert aus den Pfoten.

Er zitterte am ganzen Körper. Er wickelte sich in einen Umhang, der neben ihm lag. Dann kniete er sich vor den dunkel glimmenden Kamin, in dem die letzte Glut noch ein wenig Wärme spendete.

»Soll ich dir etwas zum Einschlafen geben?«, fragte Aspen.

»Nein«, sagte er. »Ich will nichts.«

»Ich meine nicht das Mittel, das ich dem König gebe«, sagte sie sanft. »Ein anderes.«

»Ich will es nicht«, sagte er wieder und blieb vor dem Feuer kauern. Seine Spione erzählten ihm, das einfache Volk halte Crispin für unschuldig. Wenn sie nicht alle so dumm und minderwertig wären, hätten sie das schon vor langer Zeit herausbekommen. Aber niemand würde *ihn* beschuldigen. Er hatte den Stich so gekonnt und sauber gesetzt, dass es keine Blutspuren gab. Er hatte genügend Merztiere getötet, um zu wissen, wie man das macht. Er hatte seine Pfoten und das Schwert an einem Stück Moos abgewischt und dieses dann verbrannt. Er hatte alle Zeichen von Crispins Pfotenabdruck vernichtet.

Hatte er das *wirklich*?

Natürlich hatte er. Er musste sie vernichtet haben.

Der Wind heulte wimmernd wie ein Baby, wie eine trauernde Königin. Er wollte nicht schlafen. Wenn Aspen seine Albträume kennen würde, hätte sie nicht versucht, ihn zum Schlaf zu überreden. Zweifel nagte an ihm. Er würde keine Ruhe finden, bis er ins Vestibül gegangen war und in der Robentruhe nachgesehen hatte.

Es gab nicht die Spur von einem Blatt. Er schüttelte zur Sicherheit die Roben aus, untersuchte seine eigene sorgfältig, stülpte die Manschetten nach außen. Er drehte den Samtbeutel um. Nicht ein gefälschtes Zeichen war übrig geblieben. Er war in Sicherheit.

Es war Ebbe. Padra schwamm im Mondlicht weit draußen entlang der Küste, bis er wieder an Land musste. Dann rannte er schnell und in gebückter Haltung zu einer trockenen Höhle. Er schüttelte sich noch das Fell, als er im Höhleninnern Pfoten scharren hörte und leise zischende Otterstimmen.

»Kein Grund zur Sorge«, flüsterte er. »Ich bin es nur, Captain Padra. Ich bin hier, um dich zu deiner kleinen Tochter zu bringen. Bist du fertig? Wir werden ein Stück weit gehen, dann müssen wir durchs Wasser. Und ich muss dir die Augen verbinden. Vertrau mir. Und keinen Laut.«

In ihren dunklen Umhang gehüllt, wartete Tay im Schatten eines gefallenen Baums. Ein- oder zweimal hatte sie die beiden aus den Augen verloren, dann aber sah sie wieder eine geschmeidig schnelle Bewegung, während Padra und eine junge Otterfrau durch den Fluss glitten. An der Stelle, von der aus der Strom unterirdisch weiterlief, verlor sie sie schließlich. Wenn ihre Theorie stimmte, waren sie nicht einmal in der Nähe des Alten Palasts. Aber ein Stück weit stromaufwärts begann ein ganzes Netzwerk aus Tunneln. Wenn das, was sie gelernt hatte, stimmte, waren die meisten dieser Tunnel zu schmal für einen ausgewachsenen Otter. Es gab nur einen, der groß genug war, und dieser verlief unter Wasser in nordwestlicher Richtung.

Sie konnte sie nicht weiter verfolgen. Sie bezweifelte, dass sie die Kraft zum Schwimmen hatte. Auch war das Risiko zu groß, von Padra entdeckt zu werden. Aber sie hatte genug gesehen. Die Winternacht war eisig, doch sie wärmte sich an ihrem Triumph. Sie hatte den Standort des Alten Palasts herausgefunden. Man würde sich an ihren Namen erinnern. Tapisserien würden sie als Heldin zeigen. Lady Tay, die Otterdame, die den Alten Palast wiederentdeckte.

Und wer war die Otterfrau bei Padra? Irgendein gewöhnliches Otterweibchen von der Küste, die dort nichts zu suchen hatte. Wenn Padra Kenntnis vom Alten Palast erhalten hatte, hätte er es geheim halten sollen. Er hatte das in ihn gesetzte Vertrauen missbraucht. Und was trieb er dort, wenn er sich im Schutz der Nacht davonstehlen musste?

Er könnte einen Aufstand planen. Hochverrat! Und diese Otterfrau war nicht seine Freundin. Aber dann erinnerte sich Tay. Es war ein weiteres Teil des Puzzles. Das letzte Baby, das zur Merz gebracht wurde, war ein Otter gewesen. Ein kleines Ottermädchen. Sie erinnerte sich so gut daran, weil Husk nicht zugegen war und Granite schrecklich wütete, als er erfuhr, dass sich Padra um die Merz gekümmert hatte. Je länger sie überlegte, desto mehr verstand sie.

Eigentlich hätte sie sofort zu Captain Husk gehen müssen, aber Husk strich für gewöhnlich allen Ruhm für sich selber ein. Das hier war ihr Triumph. Fürs Erste würde sie also sehr vorsichtig sein, wie viel sie ihm erzählte. Husk würde seine Beweise wie gewünscht beim Frühlingsfest erhalten. Vorher nicht.

Auch Fir war lange aufgeblieben. Er lag ausgestreckt auf dem Boden seines Turmzimmers und betete. Sollte sich das Schlimmste bewahrheiten, brauchte Mistmantle die Hilfe des Herzens, und er brauchte mehr Mut denn je. Dann, als ganz Mistmantle in Schlaf gehüllt war, nahm er eine Lampe und einen Korb mit Kerzen und humpelte langsam die Wendeltreppe hinunter. Er musste dem Schlimmsten entgegentreten und den Ort des Bösen segnen.

Urchin wachte früh am Morgen auf, räkelte sich aus seinem Nest und sah zu Padra hinein, der gerade erschöpft auf sein Bett fiel und sofort einschlief. Er deckte den Captain mit einem warmen Umhang zu und schlüpfte aus dem Zimmer, um am Tor zur Quelle einen Krug Wasser zu schöpfen und die Treppen hinauf zum Thronsaal zu eilen, aber Captain Granite hielt vor der Tür Wache.

»Quellwasser für den König, Sir«, sagte Urchin.

»Gib es mir«, befahl Granite, aber da hörte er die Stimme des Königs.

»Es ist Urchin! Lass ihn eintreten! Urchin, blühen in Anemone Wood schon die Frühlingsblumen? Hol noch etwas Wasser für Captain Husk!«

Urchin konnte hinter Granite einen kurzen Blick auf den König werfen. Sein Blick war trübe. Husk stand vor ihm und drehte sich scharf zu ihm um.

»Oh, danke!«, sagte Husk, nahm ihm den Krug aus der Hand, und Urchin hastete zur Quelle. Er kam mit dem neuen Wasser so schnell er konnte zurück. Aber die Tür zum Thronsaal war geschlossen, und Granite blickte düster auf ihn herab.

»Nimm das wieder mit«, knurrte Granite. »Es wird nicht mehr gebraucht.«

Es war sinnlos, sich zu streiten. Urchin lief den Korridor hinunter, fand ein Fenster und wollte den Krug entleeren, dachte aber gerade noch rechtzeitig daran, vorher hinunterzusehen.

»Huch«, sagte er. Um ein Haar hätte er Bruder Fir, Needle und ein kleines Eichhörnchen mit Frühlingsblumen in der Pfote getroffen.

»Komm runter!«, rief Fir. »Es ist so ein schöner Morgen! Endlich ist der Frühling da!«

Urchin hatte das andere Eichhörnchen gleich erkannt. Es war Crackle aus Anemone Wood, die gerne im Palast arbeiten wollte.

»Hmh!«, sagte Fir, als Urchin zu ihnen kam. »Ist das Wasser da für uns? Sehr gut. Needle und ich sind gerade lange spazieren gewesen und hatten eine sehr interessante Unterhaltung über Tapisserien. Und unsere kleine Freundin hier haben wir im Wald getroffen.«

»Urchin, du siehst so erwachsen aus«, sagte Crackle schüchtern. »Ganz fein und gestriegelt und so. Und du gehst auch anders.«

»Tu ich das?«, sagte er.

»Du entwickelst dich zu einem richtigen Palasteichhörnchen«, sagte Fir. »Dieses entzückende kleine Eichhörnchen hat dem König Blumen aus dem Wald mitgebracht.«

»Oh!«, sagte Urchin. »Er hat mich gerade erst danach gefragt. Er wollte wissen, ob sie schon blühen.«

Crackle schnappte nach Luft. »Er hat *dich* gefragt? Du hast ihn gesehen?«

»Also«, sagte Fir. »Wenn der König schon nach Frühlingsblumen fragt, müssen wir sie ihm auch bringen, bevor sie verwelken. Wenn ich dich begleite, wirst du sicher vorgelassen.« Und er humpelte neben Crackle, die ihre Blumen mit beiden Pfoten fest umklammerte, die Treppe hinauf.

»Was hat Crackle eigentlich vor?«, fragte Urchin.

»Sie hat gar nichts vor«, sagte Needle schnippisch. »Ich bin Bruder Fir heute Morgen auf dem Flur begegnet – er sah sich ein paar Wandteppiche an, und ich wollte gerne mit ihm reden, weil ich sehr besorgt bin. Husk will, dass die neuen Wandteppiche bis zum Frühlingsfest fertig sind, und wir arbeiten alle so hart, dass wir nicht genügend Schlaf bekommen und daher Fehler machen. Weißt du, es sind diese ganzen neuen Wandteppiche mit den Königen und Königinnen, die alle wie Husk und Aspen aussehen. Bruder Fir und ich haben einen langen Spaziergang gemacht und haben Crackle im Wald gesehen, und sie weinte. Seit Gleaner hier im Palast ist, hat sie keine Freundin mehr.«

»Das wundert mich nicht«, sagte Urchin.

»Sei nicht so!«, zischte Needle. »Sie war nur so garstig, weil sie mit Gleaner befreundet sein wollte. Und wenn Gleaner den Wald mit ihrem Besuch beehrt, prahlt sie immer nur mit Lady Aspen. Crackle gibt sich große Mühe, sich mit mir anzufreunden – sie ist viel netter als früher. Und wir versuchen alles, damit die Wandteppiche fertig werden. Vielleicht bekommt sie ja Arbeit in der Werkstatt. Ich sollte schon längst dort sein. Wenn ich zu spät komme, krieg ich Ärger. Mach's gut, Urchin.«

»Ich gehe morgen in den Wald und besuche Apple«, sagte er. »Willst du nicht mitkommen?«

»Was hab ich dir denn eben gesagt?«, sagte sie. »Ich habe keine Zeit!« Und sie zog geschäftig ab.

Urchin ging zurück zum Tor an der Quelle. Padra war bereits wach und aß Fisch zum Frühstück. Als er ihm die Tür öffnete, sah Padra an ihm vorbei den Flur hinunter.

»Hast du etwa deinen Schatten verloren?«, bemerkte er.

»Schatten?«, sagte Urchin.

»Gloss«, sagte Padra. »Er ist nie weit von dir entfernt. Und so hinterhältig, der würde noch sich selbst betrügen. Also, solange wir noch alleine sind …«

Er öffnete die Tür, sah nochmals in beide Richtungen, legte ein Ohr auf den Boden, um nach Maulwürfen zu horchen, und kniete sich schließlich, eine Kralle über die Lippen gelegt, vor den Kamin. Die Asche war kaum noch warm, und er verstrich sie über der Feuerstelle zu einer hellen Staubschicht.

»Ich wollte dich eigentlich selbst durch die Tunnel führen«, flüsterte er. »Aber vielleicht bekommen wir keine Gelegenheit. Nicht wenn wir beide beschattet werden. Also. Ich zeig dir jetzt den Plan.« Er zeichnete ein paar Linien und Kreise in den Staub. »Hier ist der besagte Ort«, sagte er, und Urchin, der wusste, dass er den Alten Palast meinte, spürte sein Herz vor Aufregung schneller schlagen. »Hier ist der Palast. Ich kann nicht jeden einzelnen Tunnel einzeichnen, aber das hier sind die Hauptgänge.«

Padra fuhr flüsternd fort, bis er alle wichtigen Tunnel eingezeichnet hatte. Urchin sah konzentriert zu. Es gab einen Eingang am Hollbank Hügel und einen an der Ostküste unter der Uferböschung, der unter Wasser lag und daher für Eichhörnchen nicht zugänglich war. Er hoffte, er würde sich alles merken, aber es war kompliziert.

»Und hier«, sagte Padra, »wenn du diesen Tunnel bis ganz nach hinten durchläufst, solltest du unter dem Palast herauskommen, aber wo genau, weiß ich nicht. Ich bin nie bis zum Ende gelaufen. Sieh es dir gut an.«

Als Urchin sich alles genau angesehen hatte, stellte sich Padra vor den Kamin. »Also dann«, sagte er. »Ohne hinzusehen. Nenn mir den nächsten Eingang von den Nordfelsen bei Ebbe.«

»Sandstone Ufer«, sagte Urchin direkt. »Aber, Sir, warum muss ich das denn alles wissen?«

Padra kniete sich vor ihn hin und sah Urchin ernst ins Gesicht.

»Wir wissen nicht, was in Zukunft noch alles passieren wird, Urchin«, sagte er. »Wenn sie mich noch strenger überwachen, oder wenn ich verhaftet werde – ja, ich weiß, dass es kein schöner Gedanke ist, aber es könnte passieren –, werde ich nicht mehr in den Alten Palast gehen können, und dann müsstest du vielleicht für mich einspringen. Aber mehr noch als das, brauchst du vielleicht selbst einmal einen Zufluchtsort, für dich oder deine Freunde. Deshalb musst du das alles wissen.«

»Ja, Sir«, sagte Urchin. Plötzlich schien die Gefahr sehr real, und das Fell stellte sich ihm auf. Er wollte sagen: Passen Sie auf, dass Sie nicht verhaftet werden, Sir, aber es schien ihm albern. Also blieb er still.

Padra stellte ihm so lange Fragen, bis er überzeugt war, dass Urchin sich an alles erinnerte. Schließlich sagte er: »Präg dir alles gut ein. Als sei es in dein Herz gebrannt und in deinen Geist. Halte es geheim und vergiss es nie.« Dann wischte er mit dem Schwanz über die Feuerstelle, und der einzige Wegeplan zum Alten Palast war nichts als ein Häufchen Asche.

# KAPITEL 17

Husk war allein in seinem Gemach. Er bebte vor Zorn. Als sich die Tür öffnete, fuhr er zusammen. Aspen glitt ins Zimmer.

»Du hast den König allein gelassen«, sagte sie. »Er ist ganz verstört.«

»Ich musste mich beruhigen«, sagte Husk. Er spuckte die Worte geradezu aus dem Mund. »Bruder Fir hat irgend so ein einfaches Waldeichhörnchen mit einer Pfote voll Unkraut hereingebracht. Wir hatten wichtige Staatsdinge zu besprechen, und jetzt will der König nur noch über Feigwurzeln und Frühlingsknospen reden. Fir denkt, er kann sich alles erlauben, nur weil er der Priester ist. Padras niederträchtiger Page hat ihn dazu angestiftet. Dieser kleine Wurm ist gefährlich.«

Aspen betrachtete ihr Bild im Spiegel. »Er könnte einen Unfall haben«, sagte sie. »Er könnte über irgendetwas stolpern oder irgendwo hineinfallen oder von irgendwo herunterstürzen ... Ja!« Sie drehte sich inspiriert lächelnd um. »Er stürzt gerne mal von wo herunter. Wie ich gehört habe, hat er die Gewohnheit, vom Himmel zu fallen.«

Husk erstarrte. Es lief ihm eisig den Rücken hinunter. Seine Nerven zuckten. Binnen einer Sekunde war er durchs Zimmer gestürmt und hatte sie bei den Schultern gepackt. Aspen stolperte gegen die Wand.

»*Was meinst du damit?*«, keuchte er.

»Mylord!«, rief Aspen.

Er riss sich zusammen. »Meine Liebe«, sagte er. »Entschuldige bitte. Es tut mir Leid, wirklich sehr Leid. Bitte – bist du verletzt? Bitte sage mir genau, was du mit ›vom Himmel fallen‹ meinst?«

»Wenn du sicher bist, dass du es hören willst«, sagte sie vorwurfsvoll. »Nur etwas, was mir Gleaner gesagt hat. Sie hat mit angehört, als Bruder Fir ihm von dem Tag erzählte, als er gefunden wurde.«

»Dieses stupide Eichhörnchen hat ihn gefunden«, sagte Husk, aber er zitterte dabei.

»Scheinbar nicht«, fuhr sie fort. »Apple *glaubt*, sie habe ihn gefunden, aber Bruder Fir und Crispin ...«

»*Crispin?*«

Sie sah ihn mit stechendem Blick an und fuhr fort: »Sie haben ihn zuerst gefunden. Und sie haben ihn vom Himmel ins Meer fallen gesehen. Ich habe Apple danach gefragt, aber sie streitet es ab. Ich denke aber, auf Bruder Firs und Crispins Gedächtnis ist mehr Verlass. Auf jeden Fall hat sie aber erzählt, dass Urchin am Abend unserer Hochzeit aus einem Palastfenster gefallen sei.«

»Er ist *was*?«

»Ich weiß auch nicht, wie er das geschafft hat«, sagte sie. »Vielleicht hatte er die Orientierung verloren.«

Husk drehte sich um, damit sie sein Gesicht nicht sah. Er ging zurück ans Fenster, legte die Pfoten auf das Fensterbrett und versuchte, tief und ruhig zu atmen.

»Lass Gloss kommen«, sagte er. Als der Maulwurf ins Zimmer glitt, hatte er sich wieder gefasst.

»Ich habe das Eichhörnchen beobachtet«, sagte Gloss. »Ich weiß mehr über ihn als er selbst.«

»Das bezweifle ich nicht«, sagte Husk düster. »Ich will, dass er stirbt. Sofort. Es muss wie ein Unfall aussehen.«

»Ist das alles?«, sagte Gloss. »Betrachten Sie es als erledigt. Er will morgen seine Pflegemutter im Wald besuchen, und ich kenne genau seinen Weg. Es gibt dort eine Menge Erdlöcher. Es ist erstaunlich, dass noch niemand hineingefallen ist.« Er verbeugte sich und verließ das Zimmer.

Aspen nahm Husks Pfoten. »Halte durch«, sagte sie. »Wir haben es beinahe geschafft. Überlass den König mir. Urchin wird bald tot sein, und Tay wird dafür sorgen, dass Padra verhaftet wird. Wir werden ein wunderbares Frühlingsfest erleben.«

Sie rief nach Gleaner, die erstaunlich schnell zur Stelle war. »Ich will heute Morgen von niemandem gestört werden«, befahl sie. »Ich muss die Schlafmittel des Königs zubereiten.«

Gleaner verbeugte sich und tippelte wichtigtuerisch den Flur hinunter. »Lady Aspen will von niemandem gestört werden«, sagte sie zu jedem Tier, dem sie begegnete. Sie wollte gerade wieder ihren Platz am Schlüsselloch einnehmen, als sie Crackle sah.

»Was machst du denn hier?«

»Ich besuche Needle«, sagte Crackle. Sie hatte sich verlaufen und suchte den Weg hinaus, wollte es aber nicht zugeben.

»Ach die«, sagte Gleaner und konnte sich ein Grinsen nicht verkneifen. »Also, ich kenne da ein gewisses Eichhörnchen, mit dem sie befreundet ist, das sich lieber vorsehen sollte.«

»Ich will nichts davon hören«, sagte Crackle, aber Gleaner brannte darauf, es jemandem zu erzählen. Sie rückte Crackle vertraulich nahe, wie früher, als sie noch beste Freundinnen waren.

»Unter uns«, sagte sie, »und ich würde nicht im Traum daran denken, es irgendjemand sonst zu erzählen, und du musst es auch für dich behalten, aber Urchin wird endlich bekommen, was er verdient. Wurde aber auch langsam mal Zeit. Ich bin immer mit Lady Aspen zusammen und bekomme natürlich mit, was sie und Captain Husk zu bereden haben. Urchin könnte einmal zu oft irgendwo runterfallen!« Und mit wissendem Augenzwinkern und gespitzten Lippen rannte sie davon.

# KAPITEL 18

Früh am nächsten Morgen wurde Urchin durch ein Hämmern und Klopfen in der Nähe des Palasts geweckt. Was immer es war, es hatte keinen Sinn, weiter schlafen zu wollen. Er packte seinen Beutel für den Besuch bei Apple, schlüpfte aus seiner Kammer und sah sich nach allen Seiten um, ob ihm jemand folgte. Als er sich bei Padra meldete, versuchte der Captain, mit beiden Pfoten über den Ohren, noch etwas zu schlafen. Er grummelte vor sich hin und zog sich das Moos über den Kopf, aber schließlich gab er es auf.

»Nicht mal ein tauber Maulwurf könnte bei dem Krach schlafen«, sagte er. »Komm, lass uns nachsehen, was da los ist. Verdammt, ich bin mit meinem Schwert eingeschlafen.«

Der Lärm kam von der Seite des Palasts, die zum Wald hin lag. Auf ebener Erde unter den Felsen waren Tiere mit einem Gerüstbau beschäftigt. Sie sägten und hämmerten an Pfählen, Pfosten und Planken. Eichhörnchen kletterten hoch und runter, Igel schlugen Nägel ein, Otter besorgten Nachschub und Maulwürfe tapsten geschäftig durch die Gegend.

»Was soll das werden?«, sagte Padra.

»Für das Frühlingsfest, Sir«, sagte ein Eichhörnchen außer Atem. »Um die Wandteppiche aufzuhängen und das Sonnendach und so. Sehen Sie, Sir! Der große Tisch wird dort oben in der Mitte auf den Felsvorsprung gestellt, und die Wandteppiche hängen dahinter und rundherum, so dass jeder sie sehen kann, und darüber wird ein Sonnendach gespannt, Sir.«

»Ich dachte immer, Wandteppiche gehören an Wände, nicht an Felsen«, bemerkte Padra. »Na ja. Schaden tun sie ja nicht. Ich wäre nur gerne vorher informiert worden.« Ein Schatten fiel auf sie. Sie drehten sich um und sahen Captain Granite.

»Ich wurde informiert«, knurrte er.

»Oh, dann ist ja alles in Ordnung«, sagte Padra gut gelaunt und klopfte ihm auf die Schulter. »Urchin, wir frühstücken noch zusammen, bevor du zu Apple gehst. Granite, würdest du gerne mit uns ein wenig frischen Fisch essen?«

»Nein, danke«, sagte Granite grimmig.

»Nein. Das dachte ich mir«, lächelte Padra. »Ah! Da kommt Captain Husk, um die Arbeiten zu inspizieren.«

Husk kam mit einem schweren Umhang um die Schultern vom Palast heruntergeschritten. Als ein Igel zu ihm hinlief, um mit ihm zu sprechen, drehte er sich scharf herum. Er schien gereizt. Aber dann lächelte er, wirkte interessiert, sprach mit den Arbeitern und ermunterte sie. Urchin war froh, Padra zurück zum Palast zu begleiten.

Husk ging nicht oft so früh am Morgen hinaus, aber er wollte sich nicht wieder schlafen legen. Der König machte Schwierigkeiten. Er verlangte nach Quellwasser und wollte nach draußen, um mit den Tieren zu sprechen. Es hatte eine halbe Flasche Schnaps und einen von Aspens Schlaftrunks gebraucht, um ihn ruhig zu stellen.

Husk sah immer noch Prinz Tumble in seinen Albträumen, aber seit kurzem sah er auch Crispin. Die Verbannung war ein Fehler gewesen. Crispin hätte einen Unfall haben sollen, so wie er Urchin bevorstand.

»Dein Schatten ist heute Morgen ja gar nicht da«, sagte Padra zu Urchin, als sie zurück in seinen Gemächern waren. »Ich sag dir, was auf dem Frühlingsfest passieren wird.«

Pfoten trappelten auf sie zu. »Nein. Doch nicht«, seufzte Padra und riss die Tür auf.

»Hallo, Needle!«, sagte Urchin und sprang auf die Beine. Seine Stimme war leicht gereizt. Padra hatte ihm etwas Wichtiges sagen wollen. »Oh, und Crackle.«

Needle huschte ins Zimmer. Sie wirkte ängstlich und besorgt. Crackle drückte sich verzagt an sie.

»Tut uns Leid, so reinzuplatzen, aber wir haben euch etwas Wichtiges zu sagen«, sagte Needle. »Crackle zumindest.«

»Sag du es ihnen«, sagte Crackle und sah Padra schüchtern von unten an. Urchin hoffte, sie würden endlich fertig werden und verschwinden.

»Gleaner hat sich vor Crackle wichtig getan«, sagte Needle schnell. »Sie hat ein paar Bemerkungen fallen gelassen und gesagt, Urchin würde bald bekommen, was er verdient. ›Er könnte einmal zu oft irgendwo runterfallen!‹, hat sie gesagt.«

Urchin merkte, wie ihm die Beine weich wurden. Gefahr hatte immer bestanden, aber jetzt war sie greifbar nah und richtete sich gegen ihn. Padra setzte sich auf den Boden und nahm Crackles Pfote.

»Stimmt das?«, sagte er. »Ist das genau, was Gleaner gesagt hat?«

»Ja, Sir«, sagte sie schüchtern.

»Gutes Eichhörnchen«, sagte Padra. »Das war richtig, zu mir zu kommen. Hab keine Angst. Geh jetzt zu Bruder Fir und sag ihm genau, was du uns erzählt hast. Ich werde eine Wache rufen, die dich begleitet.«

Als sie gegangen war, sah er den Flur hinunter, schloss die Tür und lehnte sich dagegen.

»Einmal zu oft wo runterfallen«, wiederholte er leise. »Gleaner ist Aspens Zofe. Ich frage mich, ob Husk und Aspen wissen, dass du vom Himmel gefallen bist. Das würde dich noch fremder erscheinen lassen, und sie können auf der Insel nichts und niemand Ungewöhnliches gebrauchen. Das wäre viel zu gefährlich. Die Sache ist ernst, Urchin.«

»Vom Himmel gefallen?«, sagte Needle.

»Bruder Fir hat es klugerweise geheim gehalten, und genau das werden wir auch tun«, sagte Padra mit fester Stimme.

»Mir wird schon nichts passieren«, sagte Urchin und versuchte, tapfer zu sein.

»Wenn du hier bleibst, schon«, sagte Padra. Er hielt inne und sah Urchin eine lange Weile an, bevor er weitersprach. »Urchin, du hast ihnen zu viel Ärger gemacht. Du hast dich zwischen Husk und den König gestellt. Du bist mein

Page. Du siehst anders aus, und du hast eine rätselhafte Vergangenheit. Sie wollen dich aus dem Weg schaffen. Es tut mir Leid. Du musst fort von hier.«

»Wohin, Sir?«, fragte Urchin. Er hoffte, er hätte falsch verstanden.

»So weit weg wie möglich«, sagte Padra.

»Soll ich mich verstecken?«, sagte Urchin. »Vielleicht im Alten Palast?«

»Zu riskant«, sagte Padra und sah so unglücklich aus, dass Urchin fast Mitleid hatte. »Wenn sie dich wirklich finden wollen, werden sie das auch.«

»Und wenn ich im Alten Palast bleibe, würden sie auch die Kleinen entdecken«, gab Urchin zu.

»Es gibt nur eine Möglichkeit, und ich mag sie gar nicht aussprechen«, sagte Padra. »Du warst ein ausgezeichneter Page. Und ein großartiger Freund. Aber wenn du auf der Insel bleibst, wird Husk dich finden.«

Urchin hatte geahnt, dass das kommen würde. Alles in seinem Innern war eisig und grau wie ein verhangener Winterhimmel.

Er erinnerte sich an den Tag, als Crispin fortgegangen war und er mit ihm hatte gehen wollen, obwohl er alles, was er liebte, zurückgelassen hätte. Jetzt aber würde er alleine fortgehen. Stärker denn je zuvor wurde ihm bewusst, wie viel er Padra verdankte. Er war ihm Captain, Vater, älterer Bruder, Freund, Lehrer und Beschützer gewesen. Und jetzt würde er ihn verlassen.

»Muss ich denn wirklich?«, sagte er.

»Vielleicht kannst du eines Tages zurückkehren«, sagte Padra. »Wir waren uns nie sicher, ob du wirklich hierher gehörst.«

»Doch, das tue ich!«, rief Urchin verletzt.

»Ja, ja«, sagte Padra hastig. »Du bist einer von uns, natürlich bist du das. Was ich meine, ist, deine Eltern stammen nicht von hier. Daher müsste es dir möglich sein, durch den Nebel zurückzufinden.«

»Ich gehöre nirgendwo anders hin«, sagte Urchin. »Ich bin hier geboren, zumindest glaub ich das. Sir, ich glaube nicht, dass ich es ertragen könnte, nicht mehr nach Hause zurückzukehren.«

Padra fasste ihn bei den Schultern. »Es gibt Tunnel unter dem Meer«, sagte er. »Zumindest behaupten das die Maulwürfe. Sie sind lang und dunkel, aber man kann, ohne über das Wasser zu müssen, durch sie zurückkommen. Vielleicht gelingt es dir so. Wenn ein Schiff im Hafen läge, würde ich dich an Bord schmuggeln, aber wir müssen dir wohl wie damals für Crispin ein Boot zurechtmachen. Du wirst aber keinen Hunger leiden.«

»Soll ich warten, bis es dunkel wird?«, fragte Urchin hoffnungsvoll.

»Dann könnte es schon zu spät sein«, sagte Padra. Wir werden dich von der Nordküste zu Wasser lassen. Dort wird dich niemand bemerken. Alle sind zu beschäftigt.«

»Aber ich wollte heute Apple besuchen!«, brachte Urchin vor. »Sie erwartet mich. Ich kann sie doch nicht enttäuschen!«

»Ich werde gehen«, sagte Needle. »Ich sag ihr ... Was soll ich ihr sagen, Captain Padra?«

»Sag ihr die Wahrheit und lass sie schwören, es für sich zu behalten«, sagte Padra. »Es mag ein Risiko sein, aber wir können sie nicht im Glauben lassen, dass du einfach so verschwunden bist.«

»Ich habe Geschenke für sie«, grummelte Urchin und hoffte, seine letzten Stunden auf der Insel irgendwie verlängern zu können.

»Ich nehm sie«, sagte Needle sofort, und Urchin sah sie wütend an.

»Du müsstest dir extra freinehmen«, wandte er ein.

»Captain Padra kann das veranlassen«, sagte Needle.

Urchin drehte sich zu Padra. »Sie werden merken, dass ich nicht mehr da bin«, sagte er. »Und was sagen Sie dann?«

»Keine Sorge«, sagte Padra. »Wenn stimmt, was Gleaner zu Crackle gesagt hat, dann hat Husk den Befehl erteilt, dich zu töten. Wenn du verschwunden bist, wird er denken, der Befehl wurde ausgeführt. Wenn die Inselbewohner es bemerken, werden sie Husk verdächtigen, und das ist gut. Urchin, ich bin auch nicht glücklich darüber, und wenn man mich hier nicht brauchte, würde ich mit dir kommen. Ich werde dich aber bis zu den Nebelschwaden begleiten und dir dann die Ruder überlassen und zurückschwimmen. Ich weiß nicht viel über die Länder hinter dem Nebel, aber was ich weiß, werde ich dir sagen.«

Urchin dachte an Crispin. Es war beruhigend zu wissen, dass er irgendwo dort draußen war.

»Wenn Crispin noch lebt, werde ich ihn finden«, sagte er, und der Gedanke an Crispin machte ihm Mut. »Ich werde mich nicht einfach nur in Sicherheit bringen, Sir. Ich werde Crispin finden. Und wenn ich ihn gefunden habe, werde ich einen Weg finden, ihn hierher zurückzubringen. Es muss einen Weg geben.« Aber dann dachte er an die Weite des Meeres und die Stürme und an die kleinen Boote, die die Otter benutzten. Er krümmte die Krallen und fühlte sich plötzlich sehr klein neben Padra. Er sah zu ihm hinauf und sagte, was er keinem anderen Tier gesagt und vor Needle lieber verschwiegen hätte.

»Ich habe Angst, Sir.«

»Das hätte ich auch!«, sagte Padra. »Aber es geht nicht anders. Jetzt werde ich dich erst mal zu Fir bringen. Willst du die Abkürzung durchs Fenster nehmen?«

»Nein, ich gehe lieber«, sagte Urchin, der sich nicht danach fühlte, irgendwelche Mauern hochzuklettern.

Der Aufstieg zu Firs Turmzimmer mit Needle, die hinter ihm hertapste, war ihm noch nie so lang erschienen. Als sie die Werkstätten erreichten, blieb Needle stehen.

»Ich muss jetzt zur Arbeit«, sagte sie.

»Ich komm dich dann gleich holen«, sagte Padra.

Sie druckste ein wenig. »Pass auf dich auf, Urchin«, sagte sie unbeholfen.

»Danke, dass du meine Freundin bist. Danke. Du bist eine wirkliche Freundin«, sagte Urchin. Danach blieb nicht mehr viel zu sagen.

Firs Turmzimmer schien von Gebeten erfüllt. Eine gewisse Stille lag in der Luft. Aber Fir schien verändert. Sein Gesicht war tiefer zerfurcht denn je. Er erhob sich mit steifen Gliedern, als trüge er eine traurige Last, die alles beschwerlich machte. Padra streckte die Pfote aus, um ihm zu helfen. In Firs Augen lag eine Tiefe, als wären sie älter als das Gestein der Insel, als wüsste er mehr, als irgendeine Legende erzählen konnte.

»Urchin, sieh unter den Blumenkästen nach, ob uns jemand belauscht«, sagte Padra. Urchin schien es ein wenig übertrieben, aber er gehorchte seinem Captain, während Padra Fir erzählte, was geschehen war.

»Ja«, sagte Fir traurig, als er die Geschichte gehört hatte. »Ja, er muss fort. Hmh! Ich denke, wir sollten ihm aber erst mal etwas zu essen geben.« Er schüttete Wasser und Punsch in einen Topf. »Hör zu, Urchin von den Sternschnuppen. Es gibt ein paar Dinge, die du wissen musst.«

Urchin setzte sich vor ihn hin, und Fir gab ihm einen Apfel.

»Zuerst erzähle ich dir, was ich auch Crispin vor seiner Reise erzählt habe. Ich weiß wenig über die Inseln jenseits des Nebels. Die meisten Handelsschiffe kommen aus dem Nordwesten, und große, dicht besiedelte Inseln liegen in dieser Richtung, aber sie sind sehr weit entfernt. Die nächstgelegenen Inseln sind im Südosten. Du musst also um die Insel rudern, dann den Palast im Rücken behalten und immer geradeaus rudern. Gib ihm ein Segel mit, Padra. Er schafft es vielleicht nicht, die ganze Zeit zu rudern. Wenn dir ein Schiff begegnet oder wenn du auf Otter triffst oder irgendwo an Land gehst, frage nach Crispin. Suche, bis du ihn findest. Und das andere ist, und merk es dir gut –«

»Ja, Sir.«

Bruder Fir nahm Urchins Pfoten in die seinen. In seinem alten Gesicht lag eine Wärme, ein so tiefes, so weises und sanftes Lächeln, dass Urchin ganz darin versank. In der Schlichtheit des Zimmers, durch das vom Fenster her eine leichte Brise ging, spürte Urchin, wie die Heiligkeit des Ortes ihn durchströmte.

»Du wirst wiederkommen, Urchin von den Sternschnuppen. In einer bedeutsamen Nacht wurdest du zu uns gesandt, Mistmantle ist dein Schicksal. Du wirst zu uns zurückkommen. Ich kann dir nicht sagen, wie. Aber wir werden uns wiedersehen.« Und Urchin vergaß, dass er ein Palasteichhörnchen war, und warf die Arme um Bruder Fir und drückte seine Wange an die raue weiße Tunika.

»Ach, mein junger Held«, besänftigte ihn Fir. »Alle Helden fühlen so wie du – wirklich, glaube mir.« Er blickte über Urchins Ohren zu Padra. »Padra, ich würde vorschlagen, dass du die junge Arran suchst und sie bittest, sich um den Proviant für das Boot zu kümmern. Und keine Sparrationen. Honigplätzchen. Gewürzkuchen. Walnuss- und Kräuterbrot. Butter. Haferplätzchen und Käse. Äpfel ..., ach, was immer dieser tapfere Abenteurer eben mag. Und wenn dir einfällt, was dem jungen Crispin schmeckt, verstau es ebenfalls. Ich habe keinen Zweifel, dass Urchin ihn finden wird. Und wenn du schon dabei bist, frag sie doch, ob sie dich heiraten möchte.«

»Sie würde mich nur schlagen«, grummelte Padra wie üblich und eilte die Treppen hinunter. Als er aus der Tür war, strich Fir Urchins Ohren glatt, dann setzte er ihn auf einen Stuhl und gab ihm eine Tasse Punsch in die Pfoten. Urchin wollte eigentlich gar nichts, aber das Getränk war heiß und stark, und als Padra zurückkam, fühlte er sich schon besser.

»Lasst es uns hinter uns bringen«, sagte Padra. »Gib ihm bitte deinen Segen, Bruder Fir.«

Urchin kniete nieder. Jetzt, da es Zeit war zu gehen, war er sehr ruhig geworden. Firs Stimme war so dünn wie ein verschlissener Umhang, aber sie erhob sich kraftvoll, als er seine Pfote über Urchins Kopf hielt und den Segen über ihn sprach.

»Möge das Herz dich bewahren, Urchin von den Sternschnuppen«, sagte er. »Möge das Herz dich führen und über dich wachen, dich stärken und erhellen. Und möge die Liebe des Herzens dich sicher zurück nach Mistmantle führen.«

Das Boot war hergerichtet, ausgerüstet mit Rudern und Segel, obwohl Urchin nie geübt hatte, ein Segel zu benutzen, und hoffte, er würde es nicht brauchen. Essen, Wasser, Punsch und warme Umhänge waren ordentlich verstaut.

»Kümmere dich um Apple für mich«, sagte Urchin zu Padra.

»Vergiss nicht, was ich dir gesagt habe«, sagte Fir.

»Und trage das hier«, sagte Padra. Er zog unter seinem Umhang das kleine Schwert hervor, das Urchin zum Üben benutzt hatte, mit dazugehörigem Gürtel und Scheide. »Benutze es nur, wenn du musst, und erinnere dich an alles, was du gelernt hast. Wenn du einen Hieb setzt, dann schnell und sauber.«

»Danke, Sir«, sagte Urchin. »Danke für alles.« Es war besser, jetzt schnell zu gehen und es hinter sich zu bringen, aber Padra hielt ihn plötzlich an den Schultern fest.

»Du kannst nicht alleine gehen«, entschied er. »Das kann ich nicht zulassen, Urchin. Hinter den Nebeln darfst du nicht auf dich alleine gestellt sein. Jemand muss dich begleiten.«

»Nein, Sir!«, sagte Urchin, obwohl er über einen Freund sehr froh gewesen wäre. »Das hieße, ein anderes Tier ins Exil zu schicken!«

»Ich werde Lugg suchen gehen«, sagte Padra. »Er kann auf sich selber aufpassen.« Er sprang ins Wasser und schwamm behände davon. Urchin blickte ihm nach, bis er außer Sichtweite war, dann drehte er sich zu Fir um.

»Würdest du bitte das Boot für mich vom Ufer stoßen? *Jetzt?*«, fragte er.

Bruder Firs Nase zuckte.

»Bitte, Bruder Fir«, sagte Urchin. »Padra wollte mich bis zu den Nebelschwaden hinausrudern. Ich habe mich also noch nicht richtig von ihm verabschiedet. Würdest du das bitte für mich tun? Sag ihm, es täte mir Leid, dem Wunsch meines Captains nicht Folge zu leisten, aber er darf Lugg nicht fortschicken. Lugg ist für die Insel unverzichtbar. Und er hat Familie. Er muss hier bleiben.« Er sprang ins Boot. »Bitte, Bruder Fir. Tu es, bevor ich es mir anders überlege.«

Urchin würde sich den Rest seines Lebens an diese Augenblicke erinnern. Das Schaukeln des Bootes, als es ins Wasser glitt. Der Schrei einer Möwe. Bruder Firs freundliche weise Augen, in denen eine Träne glänzte. Ein Seestern auf dem Sand. Ein Seeigel. Der glatte Ruderschlag, das Knarren der Ruder, das Tropfen. Die glitzernde Sonne auf dem Wasser, als er über die Schulter blickte, um den Kurs zu halten. Der Salzgeschmack in der Luft. Ein Fisch, der unter ihm durchs Wasser glitt. Und Schlag um Schlag näherte er sich stetig dem Nebel.

Er versuchte, sich daran zu erinnern, dass er nicht von Mistmantle stammte. Fir hatte gesagt, er werde wiederkommen. Er zog gleichmäßig an den Riemen, doch bald verschleierten die Nebelschwaden seine Sicht, bis auch die blassgoldenen Spitzen des Palasts von Mistmantle verschwunden waren. Er schloss die Augen und ruderte weiter.

Er hoffte, er steuerte nach Südosten, doch sah er nichts als Nebel. Soweit er beurteilen konnte, zog das Kielwasser eine gerade Spur, aber bald waren die Schwaden so dicht, dass er nicht einmal das erkennen konnte. Wenn die Nacht hereinbrach, würde er sich nach den Sternen richten können, und der Gedanke daran gab ihm ein wenig Mut – Padra hatte ihn gelehrt, das Sternbild zu lesen –, aber er hatte jegliches Zeitgefühl verloren. Er zog sich seinen Umhang um die Schultern und fragte sich, was seine Freunde auf der Insel wohl gerade taten. Needle, Padra … Nein, er sollte nicht an sie denken. Seine Augen fingen nur an zu brennen.

Er versuchte, sich mit Singen aufzumuntern, aber in den weißen Nebelschleiern hörte sich seine Stimme dünn und verloren an. Er betete stattdessen im Stillen. Der Dunst legte sich in winzigen Diamanttropfen auf sein Fell und seine Schnurrhaare. Er fragte sich, wer seine Eltern waren und was sie tun würden, könnten sie ihn jetzt sehen, und er hoffte, sie wären stolz auf ihn. Er durfte nicht in Selbstmitleid verfallen, er durfte sich nicht wünschen, er hätte auf Lugg gewartet.

Der Nebel schien wie ein Gewicht. Das Rudern fiel ihm immer schwerer und schwerer. Die Augen fielen ihm zu. Vor seinen halb geschlossenen Lidern sah er ein weibliches Eichhörnchen, das genauso bleich war wie er …

… er merkte, dass er einschlief. Er musste unendlich lange gerudert sein. Er holte die Ruder ein und legte sich hin, um sich ein paar Minuten auszuruhen, aber bald war er fest eingeschlafen. Die Nacht brach herein, es wurde kalt, und das Boot trieb über das Meer. Und so schlief Urchin in dem dahintreibenden Boot, als Gloss hinter dem verstauten Proviant hervorkroch und sich ihm schleichend näherte.

# KAPITEL 19

Für Eichhörnchen mochte das ja schön und gut sein. Urchin konnte durch den Wald springen, an Mauern hoch- und runterrennen, über Bäche springen, und das alles mit einem Beutel über den Schultern, den er gar nicht spürte. Needle nahm den Beutel mit Apples Kuchen, Keksen und Käse, machte ihn an ihren Stacheln fest und trudelte durch den Wald.

Sie liebte ihre Arbeit, und doch war sie über den freien Morgen sehr froh. Sie arbeiteten jeden Tag länger, und ihre Pfoten waren schon ganz wund. Thripple, die freundliche, wenn auch ziemlich hässliche Igelfrau, die am Platz neben ihr arbeitete, hatte ihr ein paar Salben gegeben, damit ihre Pfoten besser heilten. Sie halfen zwar, aber in letzter Zeit hatte die Arbeit so überhand genommen, dass sogar mit Thripples Tinkturen die Schnitte und Kratzer nicht ganz abheilen konnten. In der frischen Frühlingsluft taten ihr die Tiere in der Werkstatt Leid. Die Knospen waren saftig und grün. Schöllkraut und Narzissen schossen aus dem Boden. Sie lief weiter durch den Wald, roch die aufblühenden Hyazinthen, hörte das Rauschen des Baches, schnappte ein paar Melodien der Singvögel auf, beobachtete eine Amsel, die Zweige für ihr Nest sammelte. Am Fuß der großen Buche stöberte sie nach ein paar Eckern, die Apple so gerne mochte, und grub dabei auch ein paar Würmer und Käfer aus, die sie selber aß. Der Wildbach plätscherte verlockend, und das Wasser war kühl und frisch, als sie davon trank und mit den Pfoten darin plantschte.

Auf der anderen Seite des Baches lagen weiche Mooskissen. Sie waren grün wie Raupen. Wenn sie mit Urchin hier entlangging, sprang er einfach hinüber, während sie ein Stück weiter oben zum seichten Wasser tapste und hindurchwatete. Manchmal sprang auch sie hinüber, aber im Vergleich zu Urchin war ihr Sprung mehr ein unbeholfenes Plumpsen.

Heute konnte sie sich nicht mit ihm messen. Urchin war nicht da. Wehmütig dachte sie an ihn, wie er ganz allein in einem kleinen Boot auf dem großen unfreundlichen Meer herumschipperte. Er hätte gewollt, dass sie für ihn sprang. Sie rückte den Beutel auf dem Rücken zurecht, trat ein paar Schritte zurück, nahm Anlauf und sprang über den Bach. Das trockene Moos gab unter ihren Pfoten nach. Angst packte sie im Magen. Sie stürzte in die Tiefe. Schneller und schneller, viel zu schnell, um sich irgendwo festhalten zu können. Sie hörte sich selber schreien – aber der Schrei verhallte in der Tiefe des Schachts, während sie mit scharrenden Pfoten hilflos an der Erdwand kratzte.

Und doch verlangsamten ihre scharfen Stacheln, die an den Wänden des Erdlochs entlangschabten, ihren Fall, und schließlich gelang es ihr, mit scharrenden Pfoten die Krallen in den Lehm zu schlagen. Sie hielt sich mit aller Kraft fest, drückte sich, die Zähne zusammengebissen, mit dem Rücken hinten gegen die Wand, aber sie rutschte dennoch ab. Sie versuchte zu klettern – doch sobald sie auch nur eine Kralle bewegte, schlitterte sie weiter hinunter. Sie nahm all ihren Mut zusammen, versuchte es wieder, aber sie fiel weiter in die Tiefe, bis der Himmel über ihr nur noch ein weißer Punkt war.

Diesmal war sie bis zu einer Baumwurzel gestürzt, die in das Erdloch gewachsen war. Es war nicht viel, aber so lange sie nicht in Panik geriet, konnte sie sich auf dem schmalen Vorsprung halten, ohne weiterzurutschen. Sie versuchte abermals zu klettern, aber es nützte nichts. Sie fragte sich, ob sie versuchen sollte, nach unten zu klettern, um nach einem Tunneleingang zu suchen, aber wenn sie wieder den Halt verlor, wie weit würde sie dann wohl fallen? Und was lag unter ihr? Felsen? Tiefes Wasser? Was, wenn sie immer weiter ins Schwarze fiel und sich kein Maulwurftunnel fand? Sie würde vielleicht nie wieder herauskommen.

»Ich werde auf diesem Vorsprung bleiben«, sprach sie sich selber Mut zu. »Jemand wird mich schon finden.«

Sie holte tief Luft und rief um Hilfe, aber ihre Stimme klang blass und ängstlich, und sie wusste nicht, wie weit sie tragen würde. Ihre Pfoten krampften sich zu Fäusten. Es könnten Stunden vergehen, bevor jemand sie fand. Vielleicht sogar Tage. *Unsinn*, versuchte sie sich einzureden. *Reiß dich zusammen, Igel.* Jemand würde ihr Fehlen bemerken. Padra sicherlich. Die Igelaufsicht in der Werkstatt würde zu ihm gehen und fragen, warum sie nicht zurückgekommen war, und er würde einen Suchtrupp losschicken, und die würden sie finden. Er würde selber nach ihr suchen. So war Padra. Sie hatte Angst zu fallen und ruckelte ein wenig auf der Wurzel hin und her, um besseren Halt zu finden. Sie betete, dass Padra bald kommen würde. Bald wäre er da. Er würde sie hören, er würde sehen, wo das Moos eingebrochen war.

Wenn Urchin über den Bach sprang, gab das Moos nie nach. Ja, Urchin war leicht, aber wenn ein Tunnel darunter lag, war doch sicher schon einmal jemand hier heruntergestürzt?

Doch dann wurde ihr plötzlich flau, und sie konnte sich nur mit Mühe zusammenreißen. Das hier war kein alter Maulwurfstunnel. Tunnel gingen nicht gerade nach unten. Diese Falle war für Urchin gebaut worden. Hier stecken zu bleiben, wäre schrecklich, und von Husks üblen Schlägertypen gefunden zu werden, könnte noch schlimmer sein. Ihr wurde schlecht.

War da ein Geräusch? Sie strengte ihre Ohren an. Ja, sie konnte ein Rascheln hören. Dann Pfoten, viele Pfoten. Sie hallten von der Erdwand herüber. Sie hatte schon den Mund geöffnet, wollte nach Hilfe rufen, doch dann überlegte sie, dass es besser wäre, zu warten und herauszufinden, wer es war.

Sie hörte einen Schwanz über den Boden streifen und ruhiges Tapsen. Ein Otter! *Bitte, liebes Herz, lass es Padra sein!* Dann hörte sie kleine emsige Pfoten – Maulwurfspfoten. Aber als der Otter die Stimme erhob, sank Needles Hoffnung.

»Hört mir gut zu«, sagte eine strenge Otterstimme.

Es war Tay. Gelähmt vor Angst und Enttäuschung, klammerte sich Needle so still wie möglich an der Wurzel fest.

Vom langen Warten hinter den Vorräten ganz steif geworden, streckte Gloss seine Glieder. Dann hob er eine Kralle über die schlafende Gestalt in dem vom Mond beschienenen Boot. Er hatte ein Schwert dabei, das er kaum sichtbar an einem schwarzen Gurt in einer schwarzen Scheide trug, aber eine Kralle würde es auch tun. Er könnte Urchin jetzt töten und mit einem seiner Ohren als Beweis durch die Tunnel unter dem Meer zurückkehren. Aber es wäre besser, noch zu warten, damit Urchin ihn zu Crispin führte. Dann konnte er beide töten und mit einem Ohr von jedem der beiden zurückkommen.

Aber er könnte auch ganz fortbleiben. Warum sollte er sich mit einem Leben als Husks Mordgeselle zufrieden geben, wenn er eine eigene Insel finden und selber König werden konnte? Eichhörnchen hielten sich ja für so überlegen. Vielleicht hielt sich Crispin auf einer Insel auf, die einen König brauchte. Und falls es einen Weg zurück gab, könnte er mit einer ganzen Maulwurfarmee durch die Tunnel nach Mistmantle zurückkehren und die Insel für sich erobern. Dann müsste Husk für ihn Befehle ausführen, und Aspen würde ihm zu Pfoten um ihr Leben betteln.

Noch würde er Urchin verschonen.

Es nieselte, als Urchin erwachte. Der Himmel lag grau über der grauen See. Kein Land war in Sicht, und er wusste nicht, ob er vom Kurs abgekommen war. Anders als am Tag zuvor, als er sich nicht danach fühlte, etwas zu sich zu nehmen, war er hungrig, und nachdem er sich mit etwas Walnussbrot, Bucheckern und einem Trunk aus schwarzen Johannisbeeren gestärkt hatte, brach die Sonne durch die Wolken. Eine leichte Brise kam auf, und Urchin hielt die Nase in den Wind. Er fragte sich, in welcher Richtung Südosten lag. Mit einiger Mühe setzte er das Segel, dann ließ er sich vom Wind treiben. Es fühlte sich gut an. Er war Urchin von den Sternschnuppen, Urchin von Mistmantle, Urchin der Abenteurer, der sich mit dem Schwert an der Hüfte allein auf die Suche nach seinem Helden machte. Er hoffte nur, dass er in die richtige Richtung fuhr.

Als sich der Himmel dunkel färbte, dachte er zuerst, die Nacht breche herein. Aber die Abenddämmerung sah anders aus. Sie kam nicht in Wolkentürmen tief über das Wasser gerollt. Als der Wind an ihm zu zerren begann, sich gegen ihn stemmte und die ersten großen Regentropfen ihm ins Gesicht klatschten, zog er sich den Umhang um die Schultern. Er schob den Proviant weit nach hinten unter die Bank, kauerte sich ins Boot und wartete, dass der Sturm vorüberzöge.

Aber er zog nicht vorüber. Der Wind schlug ihm mit peitschendem Regen ins Gesicht, riss an dem krängenden Boot und schleuderte Wellen über den Bug, die ihn vollkommen durchnässten. Arran hatte zum Wasserschöpfen eine Schüssel ins Boot gelegt, und er schöpfte wie wild gegen den Sturm an. Eine Böe erfasste das Segel, warf das Boot herum, schüttelte es, schaukelte es auf und nieder, riss an dem Segel. Er versuchte, es einzuholen, doch eine zweite Böe warf ihn auf die Bodenbretter. Er versuchte, sich aufzurichten, und wurde wieder von den Pfoten gerissen. Er musste sich am Mast festhalten, um nicht von Bord geschleudert zu werden. Mit eingezogenem Kopf kauerte er tief am Boden, wartete, dass das Tosen vorüberzog, denn es musste vorüberziehen, aber ob er und sein Boot es überleben würden, konnte er nicht sagen. Der Regen peitschte ihm ins Gesicht, sein durchnässter Umhang schlug schwer im Wind. Er wollte nach Land Ausschau halten, aber durch die Regenwand konnte er nichts sehen. Er war hilflos.

»Ratten, Pest und Würmer!«, schrie Urchin, an den Mast geklammert. Das Boot war nicht mehr zu halten, ein Spielzeug des entfesselten Windes, der lachend an ihm zerrte. Eiswasser hing in seinem Fell, den Pfoten, seinen Augen und platschte im Innern des Bootes. Er musste es ausschöpfen, aber seine Pfoten rutschten unter ihm weg, und er fiel in die eisige Lache. Er versuchte, sich an alles zu erinnern, was er je über Boote gelernt hatte, aber nichts, was Padra ihm gesagt hatte oder auch irgendjemand sonst, hatte ihn auf diese wilde See vorbereiten können, die ihn für immer verschlingen wollte.

Niemand würde erfahren, was passiert war. Crispin, Padra, Apple – nie würden sie Kunde von ihm erhalten ... Hin und her geworfen, fiel Urchin mit klappernden Zähnen auf die Knie und lehnte den Kopf in den Nacken, während der Regen ihm ins Gesicht prasselte.

»Herz!«, schrie er. »Kannst du mich sehen? So hilf mir doch! So tu doch etwas!«

Er würde sich nicht geschlagen geben. Er schöpfte mit einer Inbrunst und Entschlossenheit, dass er gar nicht bemerkte, wie der Wind sich langsam legte. Der Regen ließ nach. Schließlich wurde ihm bewusst, dass das wilde

Schaukeln aufgehört hatte. Er konnte das Gesicht heben, ohne dass ihm der Regen die Sicht nahm, und die Dunkelheit um ihn herum war nicht mehr dem Sturm geschuldet. Die Nacht war hereingebrochen.

Er kämpfte sich auf die Pfoten, ließ den Umhang in die Pfütze im Bootsinnern fallen und wühlte in den Vorräten nach einem anderen, mit dem er sich abtrocknen konnte. Dann setzte er sich zitternd auf die Ruderbank und blickte in den Himmel. Die Wolken hatten sich verzogen. Er konnte ein paar Sterne sehen. Er lenkte das Boot in südöstliche Richtung und hielt den Kurs, bis er einschlief. Während er schlief, schwamm ein Otterpärchen am Boot vorbei und tauchte beidseits am Boot im Wasser auf und ab.

»Hübsches Bötchen«, sagte das Männchen. »So eins hab ich schon mal gesehen.«

»Auf der Schwaneninsel«, sagte das Weibchen. »Ja. Ganz ähnlich sah das aus.« Neugierig hielt sie sich an der Bootskante fest, um über Bord zu sehen. »Und auch die gleiche Art von Tier. Eins von diesen Baumviechern.«

»Ja«, sagte ihr Gefährte. »Einer dieser, wie heißen die noch gleich? Eichkorn oder Ichkorn oder so. Komische Farbe, soweit ich sehe. Was macht es hier?«

»Vielleicht fährt es auch zur Schwaneninsel«, sagte die Otterfrau. »Aber es hat noch einen weiten Weg vor sich. Außerdem treibt es ab.«

»Sollen wir ihn anschieben?«, sagte der Otter. »Dieses Eichkorn-Ding auf der Schwaneninsel ist ein netter Bursche. Ich hab mal mit ihm geredet. Als er morgens in seinem Boot herumgepaddelt ist. Er sagte, sein bester Freund sei ein Otter.«

»Wirklich?«

»Ja. Anscheinend auf Mistmantle. Hat mich gebeten – falls ich je nach Mistmantle käme –, einem Captain Padra eine Nachricht auszurichten. Aber es ist verdammt schwer, dorthin zu kommen.«

Urchin drehte sich im Schlaf. »Captain Padra, Sir«, murmelte er, öffnete halb die Lider, dann schloss er sie wieder. Die Otter sahen einander an und nickten.

»Komm hinten ans Heck«, sagte das Ottermännchen, und zusammen schoben sie das Boot stetig und sanft durch die nächtliche See, bis es mit einem letzten Schubs vor der Schwaneninsel auf Grund lief. Die Otter lächelten, nickten einander zu und schwammen fort.

Noch im Schatten der Nacht verließ Gloss das Boot. Er schwamm zur Insel und begann mit der Suche.

Urchin wurde von der Dämmerung geweckt. Seine Glieder waren steif und schmerzten vor Kälte. »Autsch«, sagte er und setzte sich auf, um etwas Leben in seinen Eiskörper zu reiben.

»Land!«, rief er aus, und mit erleichtertem Herzen flüsterte er seinen Dank zum Himmel. Er begutachtete die Insel, sah niemanden in der Nähe, sprang ins seichte Wasser und zog das Boot ans Ufer. Er griff nach dem trockensten Umhang, den er finden konnte, schlug ihn sich um den Leib, als er hinter sich ein Rascheln hörte und sich scharf umdrehte.

Er starrte, musste blinzeln, sah wieder hin und schüttelte die Ohren, falls dies ein Traum sein sollte. Aber es war kein Traum, es war Wirklichkeit, und die war wunderbar.

»Captain Crispin!«, rief er.

Needle ermahnte sich, keine Angst zu haben. Tiere, die Angst hatten, zitterten, und wenn sie zitterte, würde sie mit ziemlicher Sicherheit von dem Wurzelvorsprung fallen. Sie musste sich klein machen, still sein und horchen. Das Pfotengetrappel hatte aufgehört, aber jetzt hörte sie Waffenklirren, was noch schlimmer war. Sie spitzte die Ohren, um zu verstehen, was Tay sagte.

»Hört mir gut zu, Maulwürfe«, befahl Tay. »Es reicht, wenn ihr wisst, dass ich einen Ort entdeckt habe, an dem eine gewisse Person, eine gewisse Person hohen Ranges, die es besser wissen sollte – oder sollte ich sagen, ein gewisser Otter –, höchst ungesetzliche und unpassende Dinge treibt.«

Needle konnte die nächsten Worte nicht richtig verstehen. Zwei Maulwürfe murmelten dazwischen. Der eine fragte: »Wovon redet sie eigentlich?« – »Sie meint, dass Captain Padra irgendetwas plant«, antwortete der andere. Aber Tays nächste Worte waren deutlich zu hören und gingen Needle durch Mark und Bein.

»Es gibt verschiedene Wege zu diesem Ort«, sagte Tay. »Ich werde euch die entsprechenden Maulwurfstunnel zeigen. Ich selber nehme die Otterroute. Verhaltet euch ruhig, bis ihr mein Zeichen hört. Ich werde zweimal husten. Dann stürmen wir den Ort und verhaften jeden, den wir dort finden. Egal, wie jung, egal, wie unschuldig er aussieht. Verhaftet alle und bringt sie zum Palast.«

*Nein – nein*, dachte Needle. *Sie meint bestimmt den Ort, wo Scufflen versteckt ist. Nein, nein.*

Sie hörte weiteres Waffenklirren, dann wurde das Pfotengetrappel leiser, bis es in der Ferne verhallt war. Needle ballte die Pfoten. Sie war in Gefahr, das Versteck war in

Gefahr, und es gab nichts, was sie tun konnte. Als die Maulwürfe eine Weile nicht mehr zu hören waren und sie es schon wagen wollte, nach Hilfe zu rufen, hörte sie, wie sich etwas in ihrer Nähe bewegte.

Dieses Mal waren es junge Stimmen. Die meisten davon Maulwürfe. Einer von ihnen kicherte.

»Jetzt komm schon«, sagte eine freundliche Stimme. »Das machst du prima. Nur weiter so.«

»Entschlossen wie ein Maulwurf«, sagte eine andere Stimme, und dann: »Ich rieche Igel!«

»Das bin ich«, sagte eine sehr junge Igelstimme.

»Nein!«, rief Needle. »Das bin ich! Needle! Ich sitze hier unten fest!«

Es folgte Stille, dann hörte sie die Jungtiere miteinander flüstern. Sie schnappte ihren eigenen Namen auf und Urchins, und jemand sagte: »Scufflens Schwester.« Dann rief ein Maulwurfmädchen mit einer angenehmen freundlichen Stimme zu ihr nach unten:

»Bleib, wo du bist. Wir buddeln uns zu dir durch.« Sie hörte viel Schaben und Kratzen, dann ein lautes: »Autsch!«

»Tut mir Leid«, sagte Needle. »Meine Stacheln stecken in der Erde fest. Sie sind ein bisschen scharf.«

Kurz darauf sah sie eine Pfote, die sich durch die Erdwand buddelte. Bald war das Loch so groß, dass sich Needle hindurchquetschen konnte. Vorsichtig und mit vielen »Autschs!« von Seiten der Maulwürfe und vielen »'tschuldigungs!« von Needle kroch sie von ihrem Vorsprung in den frisch gegrabenen Tunnel und sah einem kleinen Maulwurfmädchen ins Gesicht.

»Ich bin Moth«, sagte das Maulwurfmädchen und nickte mit dem Kopf zu zwei weiteren Maulwürfen neben ihr hinüber. »Das sind Jig und Fig. Sie sind Schwestern. Und das ist Hope.«

Ein sehr kleiner Igel schnüffelte Needle kurzsichtig ins Gesicht.

»Einen schönen guten Morgen, Mistress Needle«, sagte er höflich.

»Der Morgen wird alles andere als schön, wenn wir uns nicht beeilen«, sagte Needle und erzählte ihnen sturzbachartig, was sie gehört hatte. Moth nickte den anderen Maulwürfen zu.

»Ihr beiden bringt Hope in einen sicheren Bau«, sagte sie. »Wenn wir einen Geheimweg nehmen, können wir noch vor Tay in der Babykrippe ankommen. Needle, komm du mit mir.«

Im Nu war sie verschwunden, und Needle musste sich nach dem Geräusch ihrer rennenden Pfoten richten, um ihr hinterherzukommen. Hinter sich hörte sie den kleinen Igel noch hoffnungsfroh erklären, dass seine Mama im Palast arbeite und er zu ihr gehen könne, während die Maulwürfe ihm freundlich klar machten, dass der Palast momentan kein so sicherer Ort für ihn sei. Dann gab es nur noch den langen Galopp durch die Tunnel. Sie rannte und rannte, ihr Herz klopfte schneller und schneller, die Beine taten ihr weh, ihre Brust begann zu schmerzen und Stiche fuhren ihr in die Seite. Auf und ab folgte sie Moth durch die Tunnel, kraxelte Steigungen hinauf, holte sie tunnelabwärts wieder ein, wand sich um Kurven, quetschte sich durch winzige Öffnungen, immer dem pfeilschnellen Maulwurfmädchen hinterher, bis sie schließlich in einen hell erleuchteten Raum kam. Nach der Dunkelheit im Tunnel konnte sie zuerst nichts sehen und wandte sich blinzelnd ab, bis sich ihre Augen an das Licht gewöhnt hatten, aber Moth sprudelte bereits los und erzählte alles Arran, die sich auf die Hinterpfoten stellte und in die Pfoten klatschte.

»Wir werden gleich überfallen«, verkündete sie kurz und bündig. »Sie dürfen uns nicht finden. Nicht eine Spur von uns. Wir nehmen die Wasserroute. Keine Diskussion und keine Tränen. Ihr kriegt davon nur nasse Pfoten. Lasst nichts zurück, verbrennt, was wir nicht mehr brauchen. Und teilt die Babys auf. Wer laufen kann, wird an die Hand genommen, die anderen werden getragen. Und haltet die Augen offen!«

Alles rannte los und gehorchte. Mutter Huggen rollte die Decken zusammen und packte das Essen ein. Arran zerstieß die Nester zu unordentlichen Mooshäufchen. Das Feuer wurde gelöscht.

»Wir können die Wasserkrüge nicht mitnehmen«, sagte Arran und runzelte die Stirn.

»Entschuldigung«, sagte Needle, »aber macht es etwas aus, wenn sie wissen, dass Padra hier war? Das wär doch nicht so schlimm. Es ist doch nur verboten, die Babys zu verstecken.«

»Gut überlegt!«, sagte Arran. »Das heißt, wir müssen nicht alles mitnehmen. Lasst nur nichts von den Babys hier. Wie heißt du?«

»Needle«, sagte sie.

»Oh!« Arran nickte zu einem Nest. »Der da gehört dir.«

Needle war zu sehr mit der Flucht beschäftigt gewesen, um an ihren Bruder zu denken. Doch da war er, und er war wach! Er lugte mit leuchtenden Augen aus seinem Nest und kräuselte die Nase. Needle nahm ihn hoch.

»Und wenn wir im Tunnel sind, verwischen die Letzten die Spuren«, befahl Arran. »Sie dürfen keine Pfotenspuren finden!«

Padra stand am Ufer auf einem Bootsrücken und blickte über das Meer hinaus. Urchin hätte nicht alleine fahren dürfen, und er machte sich bittere Vorwürfe, aber jetzt war es zu spät. Er glitt ins Wasser und dachte an seine Pläne für das Frühlingsfest. Bis dahin waren es nur noch zwei Tage. Es war seine Chance, Husk herauszufordern, und alles hing davon ab, ob sich die Tiere von Mistmantle auf seine Seite schlagen würden. Er musste sie überzeugen. Mit Hilfe von Lugg und Arran, ein paar sehr jungen Tieren und einer Pfote voll trockener Blätter musste er die ganze Insel retten. Die Zukunft von Mistmantle hing allein an ihm, und er fühlte sich entsetzlich einsam.

Er drehte sich im Wasser und wollte nicht zurück in seine Zimmer. Ohne Urchin waren sie leer wie ein hungriger Magen.

Tay hustete laut und marschierte in den Alten Palast. Gleichzeitig stürmte ihre Maulwurfkolonne mit gezogenen Schwertern den Raum – und blieb stehen.

»Alles leer«, sagte einer.

Ein anderer stocherte im Kamin. »Aber jemand war hier.«

»In den Krügen ist Wasser«, sagte ein Dritter. »Nur ein weiterer Beweis, dass jemand hier war. Vielleicht Captain Padra. Und was, wenn?«

Tay ließ sich auf alle viere nieder. Sie untersuchte den Boden und die Decke, schnüffelte, kratzte, sah in alle

Ecken. Die Maulwürfe hingegen schienen mehr an den Wurzelbögen interessiert und traten einen Schritt zurück, um sie zu bestaunen.

»Babys«, murmelte Tay. »Hier waren Babys. Ich kann sie riechen. Ihr könnt jetzt gehen. Und dass keiner den Ort erwähnt. Zu niemandem. Ihr seid bei Strafe zur Geheimhaltung verpflichtet.«

Die Maulwürfe trotteten grummelnd davon. Tay setzte sich und stützte den Kopf auf die Pfoten. Jahrelang hatte sie davon geträumt, den Alten Palast zu finden. Konnte das etwa alles sein? Ein großer leerer Raum mit nichts als ein paar alten Baumwurzeln? Und jetzt teilte sie das Geheimnis auch noch mit ein paar schwachsinnigen glotzäugigen Maulwürfen.

Padra hatte auf jeden Fall Jungtiere versteckt, da war sie sich sicher. Irgendjemand musste sie gewarnt haben, und sie waren geflohen. Aber es musste Beweise geben. Sie lief schnüffelnd herum und suchte.

# KAPITEL 20

Crispin fasste Urchin bei den Schultern, dann trat er einen Schritt zurück, um ihn sich anzusehen, während Urchin versuchte herauszufinden, was an Crispin so anders war. Er trug keinen Goldreif mehr, und sein Umhang war nicht so gepflegt wie früher. Aber das war nicht alles. Das Strahlende war aus seinem Gesicht gewichen. Der hellwache Ausdruck in seinen Augen und die Bedingungslosigkeit, für alles bereit zu sein, die einen Captain auszeichneten, waren verschwunden. Er hoffte, nicht allzu enttäuscht zu wirken. Nach der ersten Willkommensfreude verzog sich Crispins Miene.

»Warum bist du hier?«, wollte er wissen. »Sie haben dich doch nicht auch verbannt, oder? Was ist passiert?«

»Ich bin Ihretwegen hier, Sir«, sagte Urchin. »Und weil ich wegmusste, aber …« Ihm wurde plötzlich klar, wie viel geschehen war, seit Crispin Mistmantle verlassen hatte, und wie lange es dauern würde, ihm alles zu erzählen. »Es gibt einiges zu erklären«, sagte er. »Und ich habe Ihnen Ihr Frühstück mitgebracht, Sir.«

Er packte das Walnussbrot und die Honigkuchen aus und erzählte ihm, was sich auf Mistmantle zugetragen hatte. Crispin probierte das Brot und schloss die Augen. Er wurde so still, dass Urchin schon glaubte, er sei in eine Art Trance gefallen, aber dann öffnete er die Lider wieder, seufzte tief und sagte: »Ich hatte vergessen, wie gut das Brot schmeckt. Es schmeckt nach Heimat. Ich frage mich, wohin Whisper verschwunden ist? Aber erzähl weiter, Urchin, ich höre zu.«

Urchin fuhr fort, und sie wurden nur kurz unterbrochen, als sich ein Eichhörnchen mit strahlenden Augen zu ihnen gesellte und Crispin aufsprang und ihr die Pfote reichte, damit sie sich zu ihnen setzte, und ihr ein Stück Walnussbrot anbot. Urchin fiel als Erstes auf, wie hübsch sie war, und dass sie Crispins Reif trug. Und er bemerkte auch, dass Crispin in ihrer Gegenwart wieder mehr seinem alten Selbst glich.

»Das ist Whisper«, sagte er und zog sie nach vorne. »Ohne Whisper hätte ich vergessen, wer ich bin. Whisper, das ist Urchin.«

»Der Urchin, den Crispin im Meer gefunden hat?«, sagte Whisper. Ihre Stimme war sanft, und sie lächelte warmherzig. »Ich habe schon viel von dir gehört.«

»Komm und frühstücke mit uns, Whisper – dann weißt du, wie richtiges Essen schmeckt«, sagte Crispin. »Urchin. Ohne Whisper wäre ich in einem zugefrorenen Teich ertrunken.«

Whisper zuckte mit den Achseln. »Lord Arcneck hat ihn herausgefischt«, sagte sie. »Crispin hatte gerade Lady Arcneck gerettet, die sich in den Wasseralgen verfangen hatte und fast ertrunken wäre.«

»Und Whisper hat mich wiederbelebt und sich um mich gekümmert, als ich mehr tot als lebendig war«, beharrte Crispin. »Aber erzähle weiter, Urchin.«

Urchin beendete seine Geschichte. »Padra plant für das Frühlingsfest einen Streich gegen Husk«, sagte er. »Aber wir brauchen Ihre Hilfe. Als ich mich auf die Suche nach Ihnen machte, wollte ich nicht einfach nur fliehen, Sir. Wir müssen einen Weg finden, um zurückzukehren. Ich weiß, dass es unmöglich ist. Aber wir müssen es eben möglich *machen*.«

Crispin sah über das Meer. »Wäre ich ein besserer Captain gewesen, wäre das vielleicht alles nicht passiert«, sagte er. »Ich hätte sehen müssen, was Husk im Schilde führt – und es verhindern. Ich dachte, ich hätte gelernt, ohne Mistmantle zu leben. Mistmantle!«

Er blickte über das Meer hinaus, als müsste er die Insel sehen können, wenn er nur lang und scharf genug hinsah. »Ich fing an, mich an die Verbannung zu gewöhnen«, sagte er. »Aber wenn ich dich sehe und dir zuhöre und das Essen schmecke – ich würde sogar Apples grauslichen Apfel-Minz-Punsch trinken, nur um nach Hause zu kommen. Oh, entschuldige bitte, Urchin. Ich vergaß, dass sie deine Pflegemutter ist.«

»Das ist schon in Ordnung«, sagte Urchin. »Ich hab das Zeug auch nie getrunken, sofern ich es verhindern konnte. Hab es in irgendeinen Maulwurfstunnel gegossen, wenn sie nicht hingesehen hat. Aber die Maulwürfe mochten ihn auch nicht besonders, Sir.«

Whisper lachte. Crispin drehte den Kopf und sah sie an. »Würdest du mit nach Mistmantle kommen?«, fragte er.

»Aber natürlich!«, sagte sie, als wäre es eine wirklich alberne Frage.

»Es gibt Tunnel, soviel ich weiß«, sagte Crispin. »Aber die sind für Eichhörnchen nicht immer groß genug, und sie liegen tief unter dem Meer. Ich kenne mich in dem Netzwerk nicht aus, und ich weiß auch nicht, wie man dort unten atmet. Es würde wahrscheinlich zu lange dauern. Ich wünschte, es gäbe hier einen Priester. Wenn wir gemeinsam beteten, würde das Herz uns vielleicht einen Weg durch den Nebel zeigen.«

»Ich werde beten, Sir«, sagte Urchin eifrig.

»Wir alle werden beten«, lächelte Crispin. »Und derweil können wir zu den Nebeln segeln und sehen, wie weit wir kommen. Vielleicht lassen sie uns ja durch. *Jene, die hierher gehören, können die Insel über das Wasser verlassen, aber nie über das Wasser zurückkehren.* Vielleicht gehöre ich ja nicht mehr nach Mistmantle, dann könnte ich doch zurück! Einen Versuch ist es wert!«

»Aber Sie gehören dorthin, Sir!«, sagte Urchin.

»Bevor wir irgendetwas entscheiden, sollte ich dich auf jeden Fall Lord Arcneck vorstellen«, sagte Crispin. »Er ist der Schwanenlord. Ich stehe in seinen Diensten. Wenn ich also fortgehe, brauche ich seine Erlaubnis.«

»Aber Sie sind ein Captain von Mistmantle, Sir!«, sagte Urchin.

»Wir sind hier nicht auf Mistmantle«, sagte Crispin.

»Ich bleibe bei deinem Boot«, sagte Whisper und sprang auf den Steven, wo sie sich wie eine Galionsfigur aufsetzte.

»Ein paar der Waldeichhörnchen würden es ansonsten sicher plündern.«

»Danke, Wh…«, begann Urchin, erinnerte sich dann aber, wie er die Gefährtin eines Captains anzusprechen hatte, und korrigierte sich. »Lady Whisper.«

»Ja«, sagte Crispin mit strahlendem Lächeln. »Das hatte ich ganz vergessen! Du bist jetzt Lady Whisper! Komm, Urchin!«

Urchin ging neben Crispin zum Teich. Er lächelte, da er immer noch Whispers Lachen hören konnte. Wahrscheinlich lachte sie bei dem Gedanken, dass sie jetzt »Lady Whisper« sei. Er merkte, dass er an seine Mutter dachte und sich vorstellte, dass sie vielleicht wie Whisper gewesen war. Er hoffte es.

Crispin stellte ihm unentwegt Fragen. Wie viele Tiere sich auf Husks Seite schlagen würden, über den Bestand der Waffenkammer und wer die Wachen postierte. Urchin antwortete ihm nach Kräften und gab offen zu, wenn er etwas nicht wusste. Ihm fiel auf, wie viel er in den wenigen Monaten als Page gelernt hatte. Plötzlich hörten sie über sich ein gleichmäßig tiefes Schlagen, dann kam ein kräftiger Windstoß. Urchin sah nach oben und duckte sich unwillkürlich.

»Lord Arcneck«, sagte Crispin. »Der Schwanenlord. Er umkreist die Insel. Die Schwäne haben eine sehr hohe Meinung von sich und ihrer eigenen Bedeutung, und da sie die Herren über die Insel sind, gehen sie davon aus …«

Vom Strand hinter ihnen ertönte ein Schrei.

Mit gezogenen Schwertern stürzten Crispin und Urchin den Hügel hinunter zum Ufer. Whisper lag reglos mit ausgestreckter Pfote am Boden, als hätte sie versucht, sich zu wehren. Der Reif war noch auf ihrem Haupt. Crispin warf sich neben sie auf den Boden. Er hob ihren Kopf, um ihren Puls zu fühlen und zu sehen, ob sie noch atmete, aber sie lag leblos in seinem Arm. Urchin ergriff mit beiden Pfoten sein Schwert, dann sah er einen geschmeidigen dunklen Schatten aus dem Boot hervorschießen.

»Crispin!«, schrie Urchin und sprang vor. Gloss fletschte die Zähne, Crispins Schwert blitzte auf, überall war Blut – dann wurde es dunkel, und alles ging durcheinander, als riesige weiße Flügelschwingen auf sie niederfuhren, Urchin auf den Rücken warfen und Crispin und Gloss unter sich begruben.

Die Schwingen hoben sich wieder, und Urchin sprang auf die Pfoten. Über ihm stand ein riesiger weißer, furchteinflößender Schwan, den hilflosen Maulwurf im Schnabel, und schüttelte ihn wie einen alten Lumpen. Schließlich ließ der Schwan Gloss' Körper in den Sand fallen und stieß ihn mit dem Schnabel herum.

Urchin konnte nur noch starren. Der orange Schnabel war so lang wie sein ganzer Arm, von Schulter bis Pfote. Der Hals war so dick und kräftig wie eine Schlange, und die Federn waren eine einzige Pracht. Als sich der stolze Kopf ihm zuwandte, verneigte er sich, ohne nachzudenken.

Crispin sah mit blutverschmiertem Fell und gebleckten Zähnen auf Gloss' leblosen Körper. Urchin wusste nicht genau, ob der Maulwurf bereits durch Crispins Klinge tödlich verletzt worden war, oder ob der Schwan ihm den Hals gebrochen hatte.

»Sir«, sagte Urchin nervös, »sind Sie …« Er hielt inne. Er konnte ihn nicht fragen, ob er verletzt war. Natürlich war er das. Die Wunde brannte in seinen Augen, wütete in seinen zitternden Pfoten. Sie war so real und tief, dass sogar Urchin sie fühlen konnte.

»Sind Sie verwundet?«, fragte er, aber Crispin nahm ihn gar nicht wahr. Der Schwan sah ihn mit scharfen Augen an.

»Baumratte!«, sagte er. »Was für eine Baumratte bist du denn?«

»Ich bin Urchin, Sir«, sagte er. »Crispins Page.«

»Page? Page? Was ist ein Page?«

»Sein Diener, Sir.«

»Dann diene ihm!«, schnappte der Schwan. Urchin holte ein wenig Wasser vom Meer und wusch Whisper und Crispin das Blut ab. Dann holte er einen trockenen Umhang aus dem Boot, da er dachte, Crispin könnte einen benötigen, auch wenn er Urchin kaum zu bemerken schien, als er ihn ihm um die Schulter legte. Und obgleich er wusste, dass Whisper tot war und nichts mehr spüren konnte, dachte er, sie sähe aus, als wäre ihr kalt, und er holte eine Decke. In ihrem Fell waren Krumen von Honigkuchen, und er beugte sich zu ihr hinunter, um sie fortzustreichen.

»Nein, lass«, sagte Crispin. Aber er nahm die Decke und deckte sie damit zu.

Der Schwan nahm Gloss' Körper vom Boden auf und schleuderte ihn fort. »Wie ist dieses widerliche Getier hierher gekommen?«, fragte er.

Urchin musste schlucken.

»Ich befürchte, er war in meinem Boot, Mylord«, sagte er unglücklich. »Ich wusste es aber nicht.« Und er fragte sich, wie Crispin ihm je würde vergeben können, dass er Whispers Tod auf die Insel gebracht hatte.

Der Schwan reckte den Hals und breitete drohend die Flügel aus.

»*Du* hast diesen abscheulichen Mörder hergebracht?«, schnarrte er.

Urchin senkte den Kopf und wünschte sich, auf der Stelle an seiner Nichtswürdigkeit sterben zu können. Wenn der Schwan ihn jetzt tötete, hätte er es verdient. »Ja, Sir«, flüsterte er. »Es tut mir Leid. Das habe ich nicht gewollt.«

Crispin sah von Whispers leblosem Körper auf. »Nein, Lord Arcneck«, sagte er. »Urchin hat den Maulwurf nicht hierher gebracht. Er kam, um für seine Insel meine Hilfe zu holen, und der Maulwurf kam mit List und böser Absicht. Es ist nicht deine Schuld, Urchin. Nicht im Mindesten. Gloss hat nach mir Ausschau gehalten, und alles, was er sah, war ein Eichhörnchen mit einem Goldreif ...« Seine Stimme versagte, und Urchin wartete, bis er weitersprechen konnte. »Erzähl ihm, was bei uns zu Hause vor sich geht, Urchin.«

Urchin erzählte dem Schwan alles, was er kurz zuvor Crispin erzählt hatte. Crispin hörte nicht zu. Er kniete am Ufer und wiegte Whispers Körper. »Ungeziefer«, sagte der Schwan, als Urchin zu Ende gesprochen hatte. »Crispin, du warst mir ein guter Untertan. Wenn deine Insel mit Ungeziefer übersät ist, erlaube ich dir, zu ihr zurückzukehren und es zu vernichten.« Dann breitete er die Flügel aus, und mit einer Kraft, die Urchin den Atem verschlug, erhob er sich in die Lüfte.

Urchin war sich nicht sicher, ob Crispin Lord Arcneck überhaupt gehört hatte. Er blieb auf den Knien, als hätte ihn der Schmerz versteinert, und Urchin fragte sich, was er tun sollte.

Whisper hatte Blumen verdient. Er konnte in der Nähe rosa Grasnelken und großstängelige Tausendschön sehen und hüpfte davon, um ein paar zu pflücken. Crispin hatte sich noch immer nicht bewegt, als er zurückkam.

»Blumen für sie, Sir«, sagte er unbeholfen.

Crispin antwortete mit einem leichten Nicken, und Urchin kniete sich schüchtern neben ihn und legte die Blumen in Whispers schlaffe Pfoten. Crispin faltete sie darum.

»Lass uns jetzt allein«, sagte er. »Ich werde den Rest erledigen.«

»Ja, Sir«, sagte Urchin, und obwohl er nicht sicher war, ob es das Richtige war, musste er es sagen: »Sir, ich hoffe, meine Mutter war wie sie.«

Crispin nickte abermals. »Geh jetzt, Urchin«, sagte er heiser, und Urchin rannte eilig fort. Er verstand, dass Crispin nicht wollte, dass jemand seine Tränen sah. Er fand einen hohlen Baumstamm und kauerte sich darin zusammen. Dann und wann rieb er sich mit der Pfote die Augen, wenn ihm die Sicht verschwamm. Vielleicht war dies das Schlimmste, was ihm je passieren würde. Etwas Schlimmeres konnte es hiernach nicht mehr geben.

Als er glaubte, Crispin lange genug alleine gelassen zu haben, eilte er auf leisen Pfoten zurück zum Ufer, um ihn zu suchen. Etwas bewegte sich zwischen den Buchen, und Urchin griff schon nach seinem Schwert, als er merkte, dass es Crispin war.

Crispin hatte auf einer Lichtung einen Hügel errichtet, mit glatten, vom Meer gerundeten Steinen – grau und grün, anthrazit und mattrosa. Obenauf lag der Goldreif.

»Sie musste einen Grabhügel bekommen«, sagte Crispin und legte einen Bund Grasnelken davor. »Um ihre

Ruhestatt zu kennzeichnen. Und der Reif – er gehört ihr, und jeder soll ihn sehen, aber ich kann die Vorstellung nicht ertragen, dass ihn jemand wegnimmt.«

»Ich finde, Sie sollten ihn behalten, Sir«, sagte Urchin. »Bewahren Sie ihn für sie auf. Und, Sir, Sie sollten ihn bei sich haben, wenn Sie nach Mistmantle zurückkehren. Es wäre dann so, als nähmen Sie sie mit.«

»Nein, Urchin, das stimmt nicht«, sagte Crispin.

»Ich meine, nun ja, im Geiste, Sir«, sagte Urchin und wünschte, er hätte gar nicht erst den Mund aufgemacht. Er tapste unglücklich zurück zur Bucht. Ein Schwan trieb über dem Meer, schaukelte auf den Wellen, zwei weitere flogen darüber, ließen sich sanft wie Blütenblätter auf das Wasser nieder und umkreisten sich stolz und anmutig wie Schiffe unter Segel. Und Urchin, der sich auf einen Felsen gesetzt hatte, den Schwänen zusah und ihre Größe und Kraft bestaunte, sah mit einem Mal Hoffnung aufkeimen.

Es gab einen Weg nach Hause.

# KAPITEL 21

Wer brauchte schon Schlaf? Husk eilte an den Gemächern der Palasteichhörnchen vorbei, die eingerollt in ihren Nestern und Betten lagen. Nur Dummköpfe und Kinder brauchten Schlaf. Dies würde sein Tag sein, und er sah ihm ungeduldig entgegen. Es würde sonnig und schön werden. Ein großer Tag. Sein Frühlingsfest.

Auf den Felsen unter dem Palast war ein Podium errichtet worden, dahinter und darüber waren Markisen gespannt. Der Platz davor war für die Darbietungen frei gelassen worden, und die Festtische sollten in einem Halbkreis darum gestellt werden. Auf dem Podium würde der Thron für den König stehen und etwas bescheidenere Stühle für ihn selbst, Aspen, Granite und Padra sowie eine erhöhte Festtafel. Es war eine Schande, dass Padra dabei sein musste, aber es wäre ja nicht für lange. Die Festreden würde Granite eröffnen, dann folgten Tay, Padra und schließlich er selbst – und nach Tays Rede wäre Padra Vergangenheit.

Überfluss war das, was zählte. Er hatte dafür gesorgt, dass die Tapisserien reich mit Gold bestickt und kostbar waren. Die Festtafel würde mit leuchtendem Goldbrokat verhangen, überall stünden Blumengestecke, und sie würden Roben tragen. Und Schwerter, zur Dekoration. Der Thron sollte mit Purpursamt ausgelegt werden. All die Pracht musste die Tiere einfach blenden, der König aber würde daneben lächerlich wirken.

Das Befinden des Königs stimmte Husk äußerst zufrieden. In letzter Zeit waren ihm kein neugieriger Priester oder irgendwelche hilfsbereiten dummen Eichhörnchen in die Quere gekommen, und jetzt war der große König Brushen nichts weiter als ein Häufchen Elend. Er konnte kaum einen Satz sprechen, ohne zu weinen, oder einem Chor zuhören, ohne einzuschlafen. Und wenn er getrunken hatte, konnte er kaum noch gerade gehen. Die meisten Tiere hatten ihn seit dem Tod der Königin nicht mehr gesehen. Was sie heute zu Gesicht bekämen, würde ihnen nicht gefallen.

Husk hatte seine Hochzeitsrobe über der Truhe in seinem Schlafgemach ausgebreitet. Es war noch zu früh, um sich anzukleiden, aber er musste die Robe noch einmal berühren und die Juwelen an die Wange drücken. Er hatte mittlerweile eine ganze Schatzkammer voller Juwelen. Als Tauschware und Zahlungsmittel, als Bestechungsgeld und für sich selbst. Mit Juwelen bekam man alles.

Er warf einen schnellen Blick über die Schulter. Wurde er beobachtet? Verfolgt? Er konnte nicht vorsichtig genug sein. Er nahm an, dass Aspen noch schlief, und schlüpfte leise ins Schlafgemach. Aspen aber war bereits wach, saß auf der Bettkante und kämmte sich die flauschigen Flaumbüschel an ihren Ohren mit einer kleinen Elfenbeinbürste.

»Der König hat die Nacht kaum geschlafen«, bemerkte sie nachdenklich. »Er hat nach mir geschickt. Ich habe ihm ein wenig von dem Quellwasser gebracht, das er so mag, und ein Beruhigungsmittel beigefügt.«

»Hat er gestern Abend kein Schlafmittel bekommen?«, fragte Husk.

»Oh nein!« Sie schlug entsetzt die dunklen Augen zu ihm auf. »Bruder Fir war wegen der Schlafmittel sehr beunruhigt. Bruder Fir ist immerhin der Priester. Also habe ich dem König gestern Abend zum Einschlafen nichts gegeben. Und daher ist er heute Morgen leider in einem schrecklichen Zustand.« Sie sah ihn mit großen braunen Augen an. »Er sieht einfach jämmerlich aus.«

Husk schüttelte voller Bewunderung langsam den Kopf. »Du denkst aber auch an alles«, sagte er. »Was würde ich ohne dich nur tun? Soll ich eine Flasche Wein auf die Tafel stellen lassen? Er möchte vielleicht während der Festlichkeiten etwas trinken.«

»Er braucht auch noch eine Flasche an seinem Gürtel«, sagte Aspen. »Ich werde dafür sorgen, dass sie immer gefüllt ist. Und was ist mit Ihnen, Mylord? Haben Sie heute Nacht geschlafen?«

»Ich brauche keinen Schaf«, sagte er und wandte sich von ihr ab. Urchin, der auf so beruhigende Weise plötzlich verschwunden war, erschien ihm jetzt in seinen Träumen. Und auch der blutverschmierte Prinz kroch weiter durch die modrige Dunkelheit auf ihn zu …

… Es war besser, nicht zu schlafen.

Padra war ebenfalls früh auf den Pfoten und machte sich auf den Weg in Firs Turmzimmer. Bruder Fir kniete auf dem Boden. Im Zimmer herrschte eine tiefe Stille, und Padra schloss leise die Tür und sog den Moment der Andacht in sich auf. Dann kniete er neben Fir nieder und merkte, dass Fir seine Anwesenheit bereits bemerkt hatte, denn er streckte eine Pfote aus und legte sie ihm zum Segen auf das Haupt. Padras Herz wandte sich dem Herzen zu, das für Mistmantle schlug, es bewahrte, liebte, umhüllte und am Leben hielt, und während er betete, stahlen sich die ersten Sonnenstrahlen durch das Fenster. Fir und Padra erhoben sich und sahen aus dem Turm zum Strand hinunter.

In einer halb durch die Uferbiegung versteckten Bucht war eine Reihe kleiner Boote an Land gezogen worden. Ein paar von ihnen waren herumgedreht, zum Trocknen oder Lackieren.

»Sie sind in dem grünen dort drüben«, flüsterte Padra. »Ich möchte ungern hingehen. Ich könnte beobachtet werden. Aber das ist es ganz bestimmt. Ein wenig zu nah am Palast für meinen Geschmack, aber es ist ja nur für kurze Zeit. Und außerdem kann ich so, wenn nötig, Huggen schneller eine Nachricht übermitteln.«

»Hmh«, sagte Fir. »Herz segne sie.« Er hob eine Pfote in Richtung des fernen Bootes.

»Unsere Tiere sind bereit und alle auf ihren Posten«, sagte Padra immer noch im Flüsterton. »Sie wissen, was zu tun ist. Wenn die Festlichkeiten beginnen, halten wir uns bereit. Dann muss ich nur noch bei den Ansprachen und Gaben die Nerven behalten. Lugg, Arran und einige andere

Getreue passen auf, falls Husk und seine Krallenmeute irgendetwas versuchen. Wenn ich meine Rede halte und Husks wahres Gesicht offenbare, müssen wir darauf hoffen, dass die Tiere sich auf unsere Seite schlagen. Davon hängt alles ab. Die Tiere aus Anemone Wood und die Otter werden zu mir halten. Aber wenn es zum Kampf kommt – und ich verabscheue den Gedanken, dass Tiere von Mistmantle gegenseitig ihr Blut vergießen –, werden Husks Leute besser bewaffnet sein.«

»Dazu wird es sicher nicht kommen«, sagte Fir. Er zuckte mit den Ohren. »Die tüchtige Otterdame, die sich um die Vorräte kümmert, ist die auch für Kerzen zuständig?«

»Kerzen?«, sagte Padra. »Keine Ahnung.« Aus Respekt zu Fir fragte er nicht, wozu er Kerzen brauchte, wenn die Zukunft der ganzen Insel auf dem Spiel stand, aber er war ein wenig irritiert. »Ich werde nach unten gehen und sehen, was Husk so treibt. Höre nicht auf zu beten, Fir. Und schließe Urchin in deine Gebete mit ein. Das Herz allein weiß, wo er ist und was mit ihm geschieht. Ich denke die ganze Zeit, er wäre nur zwei Schritt hinter mir und warte auf meine Order.«

Die Sonne stieg über dem klaren blauen Himmel auf. Auf der ganzen Insel kamen die Tiere aus ihren Kolonien, Familien mit kleinen Kindern im Arm oder an den Pfoten, Grüppchen junger Mädchen, die sich flüsternd über die Jungen ausließen, während die Jungen so taten, als bemerkten sie sie nicht. Ältere Tiere stützten sich auf die Schultern der jüngeren. Junge Palasteichhörnchen wie Needle, die den Tag freibekommen hatten, rannten ihren Freunden und Angehörigen entgegen. Selbst die Küchenarbeiter, die noch zu tun hatten, huschten in ihren Schürzen für einen Moment hinaus, um ihre Freunde zu begrüßen. Später würden auch sie sich die Festlichkeiten ansehen dürfen. An Festtagen arbeiteten nur die Erwachsenen in der Küche und nahmen abwechselnd an den Vergnügungen teil.

Den Tieren aus dem Wald verschlug es den Atem. Die Jungen bekamen vor Staunen den Mund nicht mehr zu. Die Alten hörten auf zu lamentieren, dass die Feste früher viel schöner gewesen seien, und schüttelten vor Verwunderung die Köpfe. Alle flüsterten und staunten über Husks enorme Großzügigkeit.

Von allen Palasttürmen wehten Fahnen. Banner hingen aus den Fenstern. Ein Tuch aus Purpur und Gold war über den Thron drapiert worden, mit einem Baldachin hoch darüber. Ringsum hingen die prachtvollen neuen Tapisserien. Das Festessen war noch nicht aufgetragen, aber blütenweiße Damasttücher lagen auf den Tischen, die mit Frühlingsblumen und grünen Zweigen geschmückt waren. Die meisten der jungen Eichhörnchen kletterten in die Baumkronen, um besser sehen zu können. Ein paar kletterten auch auf das Gerüst, wurden aber sogleich wieder zurückgerufen. Dann wurde es still.

Das Geplauder verstummte, keiner rührte sich mehr oder sah zu den Fahnen hinauf. Denn jetzt kamen die Trompeter. Zwei Igel, zwei Eichhörnchen und zwei Otter, alle in roten Tuniken, mit silbernen Trompeten, die in der Sonne blitzten. Sie formierten sich zu einer Ehrengarde und bliesen die Fanfare. Zwei Maulwurfwächter salutierten.

Vier Igel mit glänzendem Fell führten den Festzug an.

Dann erschienen, Seite an Seite, Captain Granite und Captain Padra, der eine in Grün und Gold, der andere in Meertürkis und Silber. Ihre Reifen strahlten in der Sonne. Und doch, einen Moment später beachtete sie niemand mehr. Die Menge hielt den Atem an.

Aspen trug einen blassgoldenen Umhang, der zart über den Boden glitt, und sah mit ihrem Reif aus Frühlingsblumen noch lieblicher aus als an ihrem Hochzeitstag, und Husk war einfach prachtvoll. Mit seinem glänzenden Reif und leuchtenden Umhang schritt er erhobenen Hauptes in den Frühlingsmorgen hinaus. Das Schwert auf der einen Seite, einen Dolch auf der anderen, sah er aus wie ein Lord. Er sah aus, flüsterten die Tiere untereinander, als müsste er König von Mistmantle sein.

Auf ein Zeichen von Husk drehten sich die Captains und Lady Aspen um und knieten nieder. Und mit ihnen alle Tiere. König Brushen erschien im Toreingang. Husk und Aspen erhoben sich sogleich, um seine Pfote zu nehmen, damit er nicht stürzte.

Die Menge bejubelte ihren König, aber der Jubel war gedämpft. Es war beschämend, ihn so zu sehen. Mit hängenden Schultern und kreuz und quer stehenden Stacheln schlurfte er müde nach vorne. Seine blutunterlaufenen Augen blickten trübe unter der Krone hervor, sein Gesicht war fahl, und seine Pfoten zitterten. Husk und Aspen bemühten sich um ihn, hielten seine Pfote und halfen ihm sachte auf den Thron. Dann erschienen Tay und Bruder Fir. Kaum jemand beachtete sie. Der König war direkt vor den Augen der Tiere in seinen Thron gesackt und sah schlechter aus denn je. Dann begannen, zur großen Erleichterung aller Tiere, die Lustbarkeiten.

Und die waren wundervoll. Igel trugen mit gestenreicher Dramatik ihre Gedichte vor. Igelclowns stolperten und fielen übereinander, bis die kleinen Otter vor Lachen nur so über den Rasen kullerten. Otter spielten auf Pfeifen und führten Saltos vor. Maulwürfe jonglierten mit Beeren und zeigten glänzende Fechtkämpfe. Aber die Eichhörnchen stellten alle anderen in den Schatten. Sie sangen und tanzten, sprangen und balancierten und schlugen mit atemberaubender Geschwindigkeit und wirbelnden Schweifen Saltos. Maulwurfmädchen gingen mit kleinen Bechern Wein und köstlichen Plätzchen durch die Menge, alles mit den besten Wünschen von Captain Husk und Lady Aspen, und alle stimmten überein, dass Husk und Aspen es wirklich verstanden, ein prachtvolles Fest auszurichten. Dann, auf ein Zeichen von Padra, nahm ein junges Eichhörnchen ihren Platz auf der Bühne ein und sang mit einer so lieblichen Stimme, dass die aufgeregte Menge sich beruhigte. Jedes Tier lauschte gebannt und manche wischten sich Tränen aus dem Gesicht.

»Bezaubernd!«, rief Aspen und beugte sich auf ihrem Stuhl vor. »Wer ist das?«

»Ihr Name ist Sepia, Mylady«, sagte Padra, »Ein außergewöhnliches Talent. Sie ist mir durch Zufall in die Hand gegeben worden.«

»Entzückend«, sagte Aspen. Dann sang ein Chor sehr junger Eichhörnchen, und zwei oder drei von ihnen tanzten.

»Zauberhaft, die Kleinen«, sagte Aspen und streckte die Pfote aus, um dem König zu helfen, der eingeschlafen war und im Begriff war, vom Thron zu fallen. Husk trat hinter ihn und hievte ihn wieder hoch. »Seine arme Majestät«, flüsterte Aspen zu Padra. »Er trinkt so viel, um seinen Kummer zu vergessen.«

Während die Tiere den Lustbarkeiten zusahen, beobachtete Husk die Tiere. Sie genossen das Fest. Das war gut. Der König nickte wieder ein. Sollte er nur.

Tays Aufmerksamkeit galt nicht den Darbietungen. Sie konnte derlei Unterhaltungen nichts abgewinnen, und vor allem hatte sie noch wichtige Dinge zu erledigen, bevor die Reden begannen. Sie brauchte lebende Beweise für Padras Treiben. Sie blickte über die Menge hinweg zum Ufer, an dem kleine Boote aufgereiht waren. Von ihrem erhöhten Sitz auf dem Podium aus konnte sie ganz hinten am Ende der Bucht ein kleines grünes Boot erkennen, das umgedreht am Strand lag.

Etwas bewegte sich. Weit hinten und kaum wahrnehmbar. Sie war sich nicht sicher, aber was es auch war, es gehörte nicht dorthin. Manchmal suchten Krebse oder Frösche unter den Booten Schutz, aber ein kurzer Blick genügte, um klarzustellen, dass es sich weder um einen Krebs noch um einen Frosch handeln konnte.

Sie kniff die Augen zusammen und sah genauer hin. Das Boot war auf einer Seite auf ein paar Steine gelegt worden, damit es nicht flach auf dem Boden lag. Wozu aber einen Spalt lassen?

Sie behielt es im Auge.

Die kleineren Tiere wurden langsam unruhig und sahen sehnsüchtig zu den Festtafeln hinüber. Die Sonne stand hoch am Himmel. Es war Zeit, dass der König das Festmahl eröffnete, aber er blieb in sich zusammengesackt mit glasigen Augen auf seinem Thron sitzen.

Padra trat zu Husk. »Einer von uns wird das Essen eröffnen müssen«, sagte er. »Der König kann es nicht.«

»Natürlich kann Seine Majestät!«, sagte Husk empört. Er erhob sich, streckte seine Pfote aus und führte den König auf zittrigen Beinen nach vorne an den Rand des Podiums. Wut stieg in Padra auf.

»Oh, dem König ist die Robe zu schwer!«, sagte Aspen besorgt. »Ich werde sie ihm abnehmen. Hilf mir, Granite.«

Vor den Augen der gaffenden Menge nahmen Aspen und Granite dem König den Mantel von den Schultern und begradigten seine Krone. Und dort stand er nun, ein verwirrter, zerzauster Igel ohne Mantel und mit einer Krone auf dem Kopf, und jeder konnte sehen, dass er kein Schwert mehr trug. Stattdessen prangte eine silberne Schnapsflasche an seiner Hüfte.

»Diere von Mismannel«, nuschelte der König. »Wir sinnir susammen gommen ... das Sommerfess su feien.«

»Frühlingsfest, Euer Majestät«, flüsterte Husk.

»... das Hers had un sicher durch'n Win... Winder gebrach. Gejobed seis Hers, wir dangen dir. Das Fessessen ... greif ssu!«

Er klatschte schwach in die Pfoten, Husk half ihm zurück auf den Thron, und das Festmahl begann.

Die Tiere drängten sich tuschelnd um die langen Tische, während eine lange Reihe von Dienern mit Schüsseln und Körben, Tellern und Platten aus dem Palast defilierten. Es gab Nusskuchen, Pasteten und Gebäck und jede Art von Brot, die auf der Insel gebacken wurde, Terrinen mit Suppe, Schüsseln mit Algen, Fische, Honigkuchen, Plätzchen, Käse aus fernen Ländern, Butter, Sahne und Beeren. Hoch aufgetürmt leuchtete das Obst in allen Farben. Krümel blieben an Schnurrhaaren hängen, Pfoten wurden klebrig, Saft tropfte auf Fell.

*Treu wie ein Igel, entschlossen wie ein Maulwurf, klug wie ein Eichhörnchen, mutig wie ein Otter ...* Padra wiederholte noch einmal im Stillen die alte Redensart. Dann entschuldigte er sich von der Tafel. Er ging zu Arran, die gerade ein paar Servier-Maulwürfen ihre Anweisungen gab.

»Sag ihnen, sie sollen den Igeln nicht so viel Wein geben«, erklärte er. »Wir brauchen später ihre Hilfe.«

Arran schnappte ein paar leere Karaffen vom Tisch, sah sich um und entdeckte Needle. »Needle!«, rief sie. »Hol dir ein paar Freunde, dann füllt diese hier mit frischem Quellwasser auf.« Sie wandte sich zu Padra. »Ich sag den anderen, sie sollen den Birnenwein mit etwas Wasser verdünnen.«

Needle wartete mit einer Karaffe in jeder Hand, bis Arran außer Hörweite war.

»Captain Padra, Sir«, sagte sie und sah ihn schüchtern von unten an. »Entschuldigen Sie bitte, aber darf ich Sie etwas über Arran fragen, Sir?«

»Ja, was ist mit ihr?«, sagte Padra und blickte in die Menge.

»Wenn sie Sie fragen würde, ob Sie sie heiraten wollen, würden Sie dann wirklich lachen?«

»*Was?*«, sagte Padra. Er lachte, dann hörte er abrupt auf. »Warum fragst du? Hat sie das etwa gesagt?«

»Mh ...«, begann Needle, aber dann fand sie, dass sie bereits genug gesagt hatte. Sie suchte Crackle – sie hatten sich mittlerweile gut angefreundet –, und zusammen machten sie sich auf den Weg zur Quelle. Padra rief Lugg zu sich, und Tay beobachtete das Boot.

Die Kleinen aus dem Alten Palast waren fürs Erste am Ufer sicher aufgehoben. Es war eng, aber sie vertrieben sich die Zeit mit Sandburgenbauen, und bald käme sie jemand holen. Moth und Mutter Huggen trugen ihre besten Rüschenschürzen und Blumenketten um den Hals. Arran hatte reichlich Essen und Trinken vom Fest zu ihnen an den Strand geschmuggelt, Pudding und zerdrücktes Obst für die ganz Kleinen und einen großen Vorrat an Würmern und Raupen, da viele der Kleinen reichhaltigere Nahrung nicht vertrugen. Moth, die genüsslich an einer Holunderbeer-Pastete knabberte, lag vor dem Spalt unter dem Boot im Sand. Sie wollte so viel wie möglich von dem Fest mitbekommen. Mutter Huggen, die einem kleinen Igelbaby Zitronencremepudding in den Mund löffelte, lächelte ihr freundlich zu. Ab und zu machte sich ein kleines und neugieriges Otterkind frei und steckte seine schwarz glänzende Nase unter dem Bootsrand hervor, wurde aber sogleich entschieden von Moth zurückgeschubst oder von Mutter Huggen zurückgezogen.

»Geh nur ein Weilchen auf das Fest, Moth, mein Mädchen«, sagte Mutter Huggen. »Die Kleinen werden nach dem Essen sowieso gleich alle schlafen. Geh nur und amüsier dich ein wenig.«

»Das wäre schön«, sagte Moth. »Ich geh, wenn ich die Pastete aufgegessen habe.«

Gleaner stand abrufbereit hinter Aspens Stuhl. Sie wurde nicht wirklich gebraucht, aber sie wollte mit Lady Aspen gesehen werden.

Als Aspen ihr die Flasche des Königs gab und ihr auftrug, sie mit Wein aus der Karaffe im Thronsaal zu füllen, lief sie sofort los. Plötzlich tauchte Lugg, der Maulwurf, vor ihr auf.

»Das mach ich, Miss, danke, Miss.«

»Aber das ist …«

»Die Flasche des Königs, Miss. Soll aufgefüllt werden. Überlassen Sie das mir, Miss. Befehl des Captains, Miss.«

Gleaner dachte, es wäre wohl in Ordnung. Sogar ohne Wein war die Flasche schwer. Jetzt konnte sie schnell in den Palast huschen und ihre Flaumbüschel an den Ohren genau so frisieren wie Lady Aspen.

Lugg hoppelte zielstrebig zur Quelle. Auf dem Weg begegnete er Needle und Crackle, die mit schwappenden Wasserkaraffen in den Pfoten zum Fest zurückwankten. »Ist das frisches Quellwasser?«, sagte er. »Kommt. Gebt mir etwas ab.«

Aspen achtete kaum auf den Maulwurfwächter, der die silberne Flasche zurückbrachte. Sie wischte dem König gerade etwas Johannesbeersaft von der Brust, da er sich bekleckert hatte.

»Junges Eichhörnchen bat mich, Ihnen das zu bringen«, sagte Lugg. »Zu schwer für sie.«

»Arme kleine Gleaner«, sagte Aspen. Sie befestigte die Flasche am Gürtel des Königs und wischte ihm weiter das Fell.

Bald war es Zeit für die Ansprachen. Tay verließ leise das Podium. Per Gesetz war es erlaubt, einen König zu ersetzen, wenn er nicht mehr regieren konnte. König Brushen konnte abgesetzt werden und Husk an seine Stelle treten. Aber Padra würde sich widersetzen. Also war es unbedingt notwendig, Beweise gegen ihn zu erbringen.

Schnell und leise huschte sie über die Felsen und kletterte zum Ufer hinunter. Das Boot war vollkommen unbewacht. Tay wühlte sich in den Sand, schob die Nase unter den Spalt und sah, was sie gehofft hatte.

Eine Igelfrau mit Schürze beugte sich über eine Reihe von Nestern. Schüsseln, Decken, Wollknäuel und Stricknadeln lagen ordentlich nebeneinander im Sand. Ein kleines Eichhörnchen mit Latz setzte sich in einem der Nester auf.

»Da ist Padra! Padra! Padra!«, quietschte es, und Mutter Huggen drehte sich mit einem Lächeln um; doch dann erstarrte sie.

»Oh Herz!«, kreischte sie und stammelte verzweifelt. »I-I-Ich hatte keinen Besuch erwartet, Mistress Tay!«

»Nein«, sagte Tay. »Sie haben Captain Padra erwartet.« Bevor Mutter Huggen sich regen konnte, streckte Tay schnell eine Pfote aus, griff sich das kleine Eichhörnchen aus dem Nest und hielt es fest. »Das ist also Padras Babykrippe!«

»Nein, Mistress, das ist meine Krippe«, sagte Huggen mit fester Stimme. »Und entschuldigen Sie bitte, Mistress, aber wenn Sie nicht sofort das Eichhörnchen loslassen, muss ich Sie leider beißen.«

»Sie wollen einen Otter der Hohen Runde beißen?«, sagte Tay. »Das Tier ist ein Beweisstück. Genauso wie dieses«, fügte sie hinzu und schnappte sich Hope, den Igel. »Das Boot wimmelt nur so von missgestalteten Kreaturen, die für die Merz bestimmt waren. Ihr seid alle verhaftet. Flucht wäre zwecklos. Meine Wächter werden in zwei Minuten hier sein. Die beiden hier nehme ich als Beweisstücke mit.«

Sie wollte gerade zurückrobben, doch zu ihrer großen

Verwunderung konnte sie sich kaum bewegen. Irgendetwas stimmte nicht mit ihren Hinterpfoten.

Sie wand und krümmte sich, drehte den Kopf nach hinten und versuchte – das Eichhörnchen in der einen Pfote, den Igel in der anderen –, unter dem Boot hervorzukriechen, und konnte gerade noch sehen, wie ein Maulwurfmädchen ihr mit einer Rüschenschürze die Hinterpfoten zusammenband. Dann biss das Baby-Eichhörnchen ihr in die Pfote, eine Decke wurde ihr in den Mund gestopft, eine andere flog ihr über den Kopf, und sie war gefangen.

# KAPITEL 22

Needle, die bis spät in die Nacht gearbeitet hatte, fiel es schwer, während der Reden wach zu bleiben. Die Gaben für den König waren erbracht worden, und jetzt leierte Captain Granite mit eintöniger Stimme seinen Beitrag herunter, gerade so, als hätte er die Rede auswendig gelernt, ohne sie zu verstehen. Einige Igel hielten zusammengerollt ein Nickerchen. Ein paar der Maulwürfe waren in ihren Tunnelbauten verschwunden. Otter aalten sich in der Sonne, und sogar die Eichhörnchen gähnten. So würde das nicht funktionieren. Padra brauchte hellwache Tiere als Beistand.

»König Brushen ist uns ein großer König gewesen …«, grummelte Captain Granite. Needle raffte sich auf und drängelte sich durch die Menge.

»Autsch!«, sagte ein Maulwurf.

»Ahh!«, sagte ein Igel.

»'tschuldigung«, sagte Needle, auch wenn es ihr nicht Leid tat. Es war schon praktisch, so stachelig zu sein. Sie schlängelte sich durch die Zuhörer und schubste und piekste jeden, den sie traf. Es war zwar nicht angenehm, aber zumindest hielt es sie wach. Und während ein Maulwurf murmelte: »Sag einer dieser Igelfrau, sie soll sich endlich hinsetzen«, fuhr Captain Granite mit monotoner Stimme fort:

»Sollte König Brushen die schwere Last, unser König zu sein, nicht länger tragen können, werden wir uns auf Captain Husk verlassen können. Leider ist dieser Tag recht nah.«

Needle starrte entsetzt zu dem Rednerpult, dann sah sie sich um, ob auch andere Tiere so schockiert waren wie sie. Ein paar der Tiere starrten mit offenem Mund zum Podium, als wollten sie protestieren, wüssten aber nicht, was sie sagen sollten. Andere nickten zustimmend. Sie hatten gesehen, wie krank der König war. Es wäre nur vernünftig, wenn er abdankte. Husk wäre ein guter König. Und wenn man darüber nachdachte, war König Brushen gar kein so guter König gewesen. Er hatte die Arbeitstrupps und die Merz eingeführt. Und auch das Essen wäre rationiert worden, hätte Husk es nicht verhindert. Und wäre Lady Aspen nicht eine zauberhafte Königin?

Andere Tiere wiederum schienen es nicht einmal gehört zu haben. Ihnen war zu langweilig, oder sie schnarchten auf den Tischen.

Granite setzte sich. Man hörte höfliches Pfotenklatschen und ein Otterbaby, das Schluckauf hatte. Ein Igel erhob sich und kündigte an: »Mistress Tay wird als Nächste sprechen.«

Es folgte eine lange Pause. »Mistress Tay?«, sagte er wieder.

Wächter liefen hin und her und versuchten Tay zu finden. Die Tiere merkten plötzlich, dass etwas Interessantes im Gange war, und setzten sich wieder auf. Jemand wurde zum Palast geschickt, um nach ihr zu suchen, aber Tay blieb verschwunden.

Needle stellte sich auf die Hinterpfoten, um das Podium besser zu sehen. Husk und Padra saßen ruhig nebeneinander, ihre Gesichter zeigten nichts als höfliches Interesse.

Im Innern tobte Husk vor Wut. So hatte er das nicht geplant. Tay hatte ihm Beweise versprochen, aufgrund derer er Padra sofort als Hochverräter verhaften lassen konnte. Der König würde sich erregen und behutsam in den Palast geführt werden, wo sich Bruder Fir um ihn kümmern würde. Und dann, wenn alle aus dem Weg waren, musste Husk nur noch die Krone für sich beanspruchen, und die Tiere würden sie ihm geben.

Padra hoffte, dass man ihm seine Nervosität nicht ansah. Er hatte keine Ahnung, was Tay zugestoßen war, und er vermutete, ihr Verschwinden sei Teil von Husks Plan. Wahrscheinlich würde Tay jeden Moment auf dem Podium auftauchen und behaupten, er hätte irgendjemanden ermordet oder versucht, den Palast niederzubrennen. Er erinnerte sich, dass er Crispin gemahnt hatte, die Nerven zu behalten. Jetzt ermahnte er sich selbst. Wächter kamen und erstatteten Husk Bericht, aber keiner von ihnen hatte Tay gesehen.

»Ich verstehe«, sagte Husk nachdenklich und beugte sich zu Padra, um mit ihm zu sprechen. Granite rückte näher. Auch Bruder Fir trat hinzu.

»Was können wir tun?«, sagte Husk. »Padra kann nicht sprechen, bis Tay an der Reihe war. Es tut mir Leid, Padra, aber ich glaube, deine Rede wird ausfallen müssen.«

»Aber Captain Husk«, sagte Fir freundlich. »Sie müssen ebenfalls warten, bis Captain Padra gesprochen hat. Wie es scheint, kann niemand seine Rede halten.«

»Vielleicht sollten wir die Tiere nach Hause schicken«, sagte Husk. Er hatte sich auf seinen Triumph gefreut, aber er konnte warten.

»Ohne Ihre Rede?«, sagte Fir. »Aber nicht doch! Wie könnten wir? Die Tiere freuen sich schon so darauf, Sie zu hören. Padra wird nicht lange brauchen, nicht wahr, Padra?«

Padra war von seinem Stuhl aufgestanden. Dann kniete er vor dem Thron nieder und sah in das traurige und verwirrte Gesicht des Königs, den er immer noch liebte und dem er weiterhin diente.

»Euer Majestät?«, sagte er.

»Seine Majestät fühlt sich nicht wohl«, sagte Aspen schnell. Sie bot ihm seine Flasche an, und er nahm einen kräftigen Schluck.

Der König blickte in Padras freundlich lächelndes Gesicht. Das frische Wasser hatte seinen Kopf etwas klarer gemacht. *Padra, der wackere Ackersmann. Guter Bursche.*

»Wünschen Sie, dass ich meine Rede jetzt halte, Euer Majestät?«, sagte Padra.

»Rede? Natürlich, Padra!«, sagte der König und erhob die Stimme. »Ich gebiete Captain Padra, nun zu sprechen!«

Husk knirschte leise mit den Zähnen. Padra trat an den Rand des Podiums. Needle, die vorne in der Menge stand, bemerkte, wie um sie herum Bewegung in die Menge kam. Die Tiere von Anemone Wood nahmen ihre Plätze ein.

»Ihr guten Tiere von Mistmantle«, sagte Padra. »Euer Majestät, Lady Aspen, Captain Husk, Captain Granite, Bruder Fir. Ich werde euch nicht lange aufhalten, und ich verspreche, euch nicht zu langweilen.«

Sich zu langweilen, war unmöglich geworden. Seit Tays Verschwinden waren die Tiere aufgewacht. Etwas war im Gange.

»Vor ein paar Jahren«, begann Padra, »– das Merzgesetz war gerade eingeführt – wurde ein Eichhörnchenbaby zum Palast gebracht. Es war sehr klein und aß sehr schlecht und konnte nur mit Mühe atmen, und es gab jene, die fanden, es solle zur Merz gebracht werden. Crispin, Fir und ich wandten ein, es sei einen Tag vor Inkrafttreten des Gesetzes geboren worden. Und der König stimmte zu, dass nur Tiere, die danach auf die Welt kamen, zur Merz gebracht werden könnten. Wäre sie einen Tag später geboren, hätte man sie getötet, aber so blieb sie am Leben. Heute hat sie für euch gesungen. Ihr Name ist Sepia.«

Ein Raunen ging durch die Menge. Husk knurrte.

»Seither«, sagte Padra, »musste ich mit Sorge beobachten, dass einige sehr edle Tiere die Merz allzu eifrig betrieben. Wenn aber die Merz ein Gesetz des Königs war, sollte kein Tier ohne seinen ausdrücklichen Befehl getötet werden.«

Husks Augen waren starr auf Padras Rücken gerichtet. Er stampfte einmal mit der Hinterpfote auf.

Padra nickte Arran zu, die vor dem Podium stand. In der einen Pfote hielt sie ein neugeborenes Otterbaby und in der anderen Needles Bruder Scufflen, der ein wenig herumzappelte und die Zunge herausstreckte. Needle war sehr angespannt, und ihre Stacheln stellten sich auf.

*Oh, Herz, Herz, Herz*, betete sie im Stillen. *Beschütze ihn, beschütze ihn.*

Sie wagte nicht zu atmen. Padra nahm Scufflen vorsichtig aus Arrans Pfoten und strich ihm die Stacheln glatt, die noch nicht wirklich scharf waren. Er kniete neben dem König nieder.

»Euer Majestät«, sagte er. »Dieses Tier wurde zum Tode verurteilt, nur weil es klein war und eine kaum sichtbar gekrümmte Hinterpfote hat. Und das Otterbaby hat gar keine Missbildung, und doch wurde ein Todesurteil verhängt.«

Der König beugte sich über Scufflen, nahm ihn hoch, setzte ihn auf seine Knie und lächelte zu ihm hinunter. Seine Augen waren feucht.

»Ach, Herz hab ihn lieb!«, hörte man Apples Stimme aus der Menge. Es folgte leises Gelächter und zustimmendes Murmeln von den Tieren um sie herum.

»Euer Majestät«, sagte Padra und hob die Stimme. »Haben Sie die Tötung dieser Tiere befohlen?«

»Natürlich nicht!«, knurrte der König.

»Der arme König kann sich nicht um jede kleine Merzangelegenheit kümmern!«, rief Aspen.

»Kleine Merzangelegenheit!«, rief Padra und gab Arran die Babys zurück. »Ist der Tod eines Tieres eine kleine Angelegenheit? Und wenn der König sie nicht anordnet, wer tut es dann?« Er blickte in die Runde. »Wisst ihr, wer? Soll ich euch sagen, wer? Das ganze Töten war Captain Husks Idee, nicht die des Königs! Und die grausamen Arbeitstrupps, glaubt ihr, das war eine Idee des Königs? Das alles sind Husks Befehle! Der König ist heute in einem bemitleidenswerten, jämmerlichen Zustand vor euch erschienen. Und auch das ist Husks Werk! Ihr glaubt, euch wurde ein wunderbares Festmahl bereitet, weil Husk so spendabel ist. Aber Husk wollte im Winter euer Essen rationieren. Arran, die Otterdame, hat sich um die Essensvorräte gekümmert – *ihr* solltet ihr für das Festmahl danken!«

Die Tiere waren alle auf den Hinterpfoten. Die Ohren gespitzt, die Augen hellwach. Eine Reihe von Igeln und Ottern hatte das Podium umstellt, und allmählich zog sich der Kreis um Husk und den König immer enger. Needle stellte sich näher zu Arran.

»Was hättet ihr gegessen, wäre das Essen rationiert worden?«, fuhr Padra fort. »Was hätte es gegeben? Buchenblätter?« Er drehte sich scharf herum und sah Husk ins Gesicht. »Hätten sie Buchenblätter gegessen, Captain Husk? Haben Sie deshalb Buchenblätter gehortet? Buchenblätter wie jene, die wir bei der Losziehung verwendet haben, als Crispin des Mordes für schuldig befunden wurde?«

Der König kämpfte sich von seinem Thron hoch. Lady Aspen sprang auf die Beine.

»Der König fühlt sich nicht wohl!«, rief sie.

»Der König ist wütend«, sagte Padra. »Arran, kümmere dich bitte um ihn.«

»Leichter gesagt als getan«, murmelte Arran. »Ich hab die Arme voller Babys. Needle, nimm du den hier.« Sie drückte ihr Scufflen in die Pfoten und gab das kleine Otterbaby seiner Mutter zurück. Gefolgt von zwei Igeln, erklomm sie das Podium und warf Aspen einen einschüchternden Blick zu. Padras Stimme erhob sich über das allgemeine Knurren.

»Ein Buchenblatt mit Crispins Abdruck wurde aus dem Beutel genommen«, sagte Padra. »Captain Husk hatte es eigens übernommen, die Lose zu ziehen. Ein paar Wochen später, es war der Abend von Husks Hochzeit, wurden in der Truhe, in der unsere Roben aufbewahrt werden, weitere Buchenblätter gefunden. Diese trugen ebenfalls Crispins Pfotenabdruck!«

Needle merkte, dass sie Scufflen etwas zu fest drückte. Auf dem Podium hatten die beiden Igel Husk unauffällig bei den Pfoten gegriffen und hielten ihn fest. Auch neben Aspen und Granite waren zu beiden Seiten Igel aufgetaucht, mit gebogenen Krallen, die Zähne gebleckt. Husks Gesicht war wie erstarrt, sein Zorn war furchteinflößend.

»Wie sind sie dort hingekommen?«, fuhr Padra fort. »Sind sie irgendwie hineingefallen? So etwas kann leicht passieren!« Er fuhr mit einer Pfote in den Manschettenaufschlag seiner Robe. »Es ist leicht, sich ein paar Blätter in die Manschette zu schieben – und wieder hervorzuzaubern, nicht wahr? Crispins Abdruck war nicht in dem Beutel, oder, Husk? Er war in einer deiner Manschetten!« Padra hielt die Blätter hoch, und die Tiere starrten darauf, als sähen sie einen Geist.

Das Knurren wurde lauter. Needle hingegen merkte, dass sie wieder freier atmen konnte. Padra hatte es geschafft. Alles würde gut.

Padra hob die Pfote, damit die Menge nicht das Podium stürmte, die andere lag auf dem Schaft seines Schwerts. Er kniete vor dem König nieder.

»Euer Majestät«, sagte er. »Ich bitte Sie um die Verhaftung von Captain Husk.«

»Verhaftet Husk!«, donnerte der König.

Husk stampfte erneut mit der Hinterpfote auf, und die Igel führten ihn ab. Plötzlich zog Granite sein Schwert – hinten aus der Menge ertönte ein Schrei, dann von woanders ein zweiter, das Podium erzitterte, und die Schlacht begann.

# KAPITEL 23

Woher kamen sie nur alle? Maulwürfe strömten aus Tunnelbauten, Eichhörnchen sprangen von Bäumen oder hasteten die Felsen hinauf, darunter auch Otter und Igel, die mit lautem Schlachtgebrüll zum Podium hinaufschwärmten. Scharfe Klingen schwirrten durch die Luft, Dolche blitzten auf, aber vor allem sah man überall Helme und Harnische, wie man sie auf Mistmantle nicht kannte. Die Angreifer sprengten durch das Waldvolk auf das Podium zu. Unter Luggs Kommando verteidigten Padras Igel mit aufgestellten Stacheln und gezückten Schwertern die Stellung. Needle drückte Scufflen an sich, schützte seinen Kopf und hielt ihm, so gut sie konnte, Augen und Ohren zu, damit er die Schlachtrufe nicht hörte. Durch das Gebrüll und Schwerterklirren hörte sie Fir »Verrat!« rufen und Padra »Schützt den König!«. Sie rannte los, erreichte den weichen Sandboden neben dem Podium, duckte sich hinter einen Felsen und legte Scufflen ab.

Sie hatten gewusst, dass Husk sich nicht kampflos ergeben würde. Deshalb hatten sie die Igel postiert. Aber es gab so viele, die sich auf Husks Seite schlugen. Sie waren gut bewaffnet und kamen von allen Seiten! Überall klirrte und blitzte der Stahl, Krallen fuhren aus, Zähne wurden gebleckt, es wurde gefaucht, geknurrt, gebrüllt und geschrien, Tiere stürzten zu Boden, Sand und Staub wirbelten auf. Von Husk fehlte jede Spur, aber Padra und Arran hielten die Stellung und kämpften Rücken an Rücken. Padras und Granites Schwerter schlugen klirrend aufeinander. Wo aber war der König?

Lugg und seine Igel kämpften erbittert gegen die Woge bewaffneter Maulwürfe, die immer näher rückte. Ein Otter, der Padra ein wenig ähnelte, schleuderte Steine auf sie. Doch als die Meute durch Padras Mitstreiter sprengte, musste er natürlich aufhören. Bald hatten die Maulwürfe das Podium erreicht, und all die scharfen Klingen würden sich gegen Padra richten. Verzweifelt blickte Needle hinauf zum Podium. Die prachtvollen Markisen und Tapisserien wogten in der Turbulenz des Gefechts. Die könnte sie sich zu Nutze machen. Sie blickte hektisch umher. Crackle und Sepia drückten sich verängstigt aneinander, auch ein paar der kleinen Chor-Eichhörnchen und Akrobaten kauerten am Boden und beobachteten das Geschehen.

»Crackle! Sepia!«, rief Needle. »Ich brauche euch hier! *Schnell!*« Sie stampfte ungeduldig mit der Hinterpfote auf, während die beiden zögerlich zu ihr herüberkrochen. »Hört zu! Wir müssen das Gerüst anknabbern. Vielleicht können wir es über den Maulwürfen zum Einsturz bringen, wenn sie das Podium erklimmen!«

»Aber was ist mit Captain Padra?«, sagte Sepia.

»Wir schaffen ihn vorher runter! Kommt jetzt!«

»Ich helf mit!«, sagte ein kleines Chor-Eichhörnchen, dann ein zweites und ein drittes. Crackle versuchte ihnen zu erklären, dass sie noch zu jung dafür seien, aber die kleinen Akrobaten turnten bereits das Gerüst hinauf. Ein großer rosengeschmückter Hut wogte durch die Menge, und nach kurzer Zeit war auch Apple zu ihnen gestoßen und schleuderte pfotenweise Kieselsteine auf die Angreifer. Als ihr die Munition ausging, biss und knabberte sie mit den anderen am Gerüst herum. Andere Jungtiere sahen, was sie taten, und kämpften sich durch die Menge, um zu helfen.

Padra und Arran waren bis an den Rand des Podiums gedrängt worden. Zweimal hatte Granite bereits versucht, Padra hinunterzustürzen, doch Padra hatte es beide Male geschafft, ihn zurückzustoßen. Dann sah Needle, wie Granite mit beiden Pfoten sein Schwert hob, um Padras Kopf zu spalten, aber Padra hielt mit aller Kraft dagegen. Er parierte den Schlag, stolperte einen Schritt zurück und fand wieder das Gleichgewicht. Ein Maulwurf stürzte sich auf ihn, aber er fegte ihn mit seinem Schwanz vom Podium. Bald würden die Tapisserien fallen, aber jeden Augenblick konnte es zu spät sein.

»Hilf jemand Captain Padra!«, schrie Needle. Doch wusste sie nicht, ob bei dem Tosen um sie herum jemand sie gehört hatte. »Warum bleibt nur immer alles an *mir* hängen?« Sie biss die Zähne zusammen und versuchte, das Podium zu erklimmen.

»Was machst du da?«, rief Apple.

»Schieb mal!«, sagte Needle, und mit einem kräftigen Stoß von Apple stolperte sie auf das Podium. Mit scharf aufgestellten Stacheln wehrte sie jeden Maulwurf ab, der ihr in die Quere kam, dann warf sie sich vor, packte Granite bei den Knöcheln und biss, so fest sie konnte, zu. Granite heulte auf, trat nach ihr, und Needle kugelte nach hinten. Doch schon sah sie, wie ein Eichhörnchen von den Tapisserien schwang und die Zähne in Granites Schulter schlug. Die ersten bewaffneten Maulwürfe hatten das Podium gestürmt, dann kamen mehr und mehr.

Die Markisen waren im Begriff zu fallen, und Needle sprang vom Podium.

»Rüttelt an dem Gerüst!«, rief sie atemlos.

»Rüttelt an dem Gerüst!«, rief Apple.

»Padra, Arran, Lugg, springt!«, schrie sie.

»Padra, Arran, Lugg, springt!«, polterte Apple. Das Gerüst wankte.

Mit dem Ruf »Mistmantle, springt!« hechteten Padra und Arran von dem Podium. Auch Lugg und seine Mitstreiter sprangen hastig auf sicheren Boden, als das Gerüst krängte und schließlich knarrend ineinander fiel. Markisen und Tapisserien schwangen durch die Luft und segelten auf die Angreifer nieder, die, unter dem wogenden schweren Stoff gefangen, mit den Pfoten ausschlugen und traten. Padra war schon wieder auf den Pfoten. »Der König!«, rief er.

»Im Palast!«, keuchte ein Igel. »Wir haben versucht, uns zu Seiner Majestät durchzukämpfen, aber Husk hat ihn mit Wachen umstellen lassen und in den Palast geschleppt. Ich weiß nicht, woher seine ganzen Truppen kommen, Sir!«

»Ich glaub, ich weiß es schon«, sagte Padra und kam langsam wieder zu Atem. »Wer ist im Palast?«

»Der König, Husk, Lady Aspen«, sagte der Igel. »Und Bruder Fir, glaub ich, aber ich weiß es nicht genau. Außerdem ein paar Diener und Husks Wächter.«

Padra sah zum Palast hinauf. Schön wie der Sonnenuntergang und hart wie Diamant, ragte er in den späten Nachmittagshimmel.

»Die Tunnel und Eingänge werden alle bewacht sein«, sagte er. »Aber im Sturm sollten wir ihn erobern können.«

Hinter ihm wurden Rufe und Fluche laut. Schwerter schnitten durch die schweren Tapisserien.

»Fesselt den Haufen dort und werft sie …, ach, verdammt, wir haben ja keinen Kerker …, dann eben in eine Höhle. Oder einen Bau. Und bewacht sie gut. Arran, Lugg, sucht euch ein paar zuverlässige Tiere, die sich darum kümmern«, sagte Padra.

Es wurde immer noch gekämpft, aber bald saßen die meisten von Husks Anhängern entweder auf dem Podium fest, oder sie hatten sich in den Palast zurückgezogen. Die zerstörten Tapisserien wogten auf und nieder, während sich die Maulwürfe bei dem Versuch, sich frei zu strampeln, immer mehr darin verfingen.

»Gut gemacht, alle miteinander«, sagte Padra. Er grinste auf die Schar junger Tiere herab, die sich um ihn versammelt hatten. »Mit dem Gerüsteinsturz habt ihr gerade die ganze Insel gerettet. Mich auf jeden Fall. Wessen Idee war das?«

»Die kam von ihr, Sir«, sagte Apple und nickte in Needles Richtung.

»Alle haben geholfen«, sagte Needle.

»Needle«, sagte Padra, »du bist eine Heldin von Mistmantle, und wir werden dich für immer ehren. Deine Tat wird in den Tapisserien festgehalten werden.«

»Wir brauchen neue Tapisserien«, bemerkte Apple.

Needle stiegen die Tränen in die Augen. Sie versuchte, sich zu fassen, und biss sich auf die Lippen. Aber sie konnte sich nicht zurückhalten. Die Tränen liefen ihr über das Gesicht, und sie schluchzte herzerweichend.

»Ich weiß, ich weiß«, sagte Padra verständnisvoll und nahm ihre Pfoten in die seinen. »Du warst noch nie in einer Schlacht. Das ist alles ein wenig viel. Weine ruhig, so viel du magst. Dafür musst du dich nicht schämen.«

»Darum geht es gar nicht«, rief Needle unter Tränen. »Es geht um die Wandteppiche! Wir haben so hart daran gearbeitet und waren so stolz auf sie!«

Padra richtete sich auf und rieb sich die Schulter. Sie war im Kampf mit Husk etwas ramponiert worden, und einer der Maulwürfe hatte ihm an der rechten Hinterpfote eine Schwertwunde zugefügt.

»Zeit, den Palast zu stürmen«, sagte er. Er kletterte auf einen Felsen und schlug mit dem Schwert gegen einen Helm, den er am Boden fand, um Gehör zu finden.

»Tiere von Mistmantle«, rief er. »Treu ergebene Igel, beherzte Eichhörnchen, tapfere Maulwürfe, furchtlose Otter, wollt ihr euren König retten? Kämpft ihr an meiner Seite? Auf meinen Befehl: Otter zum Tor an der Quelle! Igel und Eichhörnchen zur Haupttreppe! Maulwürfe zu den Tunneln! Seid ihr bereit? Für Mistmantle! Für den König! Für eure Familien! Stürmt den Palast!«

»Und das mit meinem guten Hut!«, grummelte Apple. Needle legte ihr Scufflen in den Arm.

»Bring ihn bitte zu meiner Mutter«, sagte sie. »Ich gehe mit Padra.«

Der von Padra geführte Angriff war wild und entschlossen, aber an allen Tunneln und Fenstern waren Wachen postiert. Von den Zinnen wurden Steine geschleudert und Pfeile abgeschossen.

»Mistmantle, zurück!«, rief Padra, der für eine aussichtslose Schlacht kein Leben riskieren wollte. »Alle zurück!« Doch während er noch rief und über die Felsen zurückrannte, öffnete sich über ihm ein Fenster.

»Captain Padra!«, rief Aspen, die Pfoten auf den Sims gestützt, mit erhobenem Haupt aus dem Fenster. »Gehen Sie zu den Fenstern des Versammlungssaals. Captain Husk wünscht Sie zu sprechen.«

»Es ist eine Falle, Sir«, sagte Needle.

»Du solltest gar nicht hier sein«, sagte Padra. »Du bist hierfür noch viel zu jung.«

»Ich bin eine Heldin von Mistmantle, Sir«, sagte sie. »Und *sie* lockt Sie in eine Falle.«

»Das Risiko muss ich eingehen«, sagte Padra. »Sollte Husk wirklich mit mir reden wollen, bedeutet das: er weiß, dass er verloren hat. Aber keine Bange. Hinter mir steht eine ganze Armee.«

Entschlossen, nicht zu humpeln, machte er sich auf den Weg zu den Felsen unter dem Versammlungssaal. Die bewaffneten Tiere folgten ihm.

»Husk!«, rief Padra, denn Captain würde er ihn nicht mehr nennen. »Komm zum Fenster!«

Ein weiteres Fenster wurde geöffnet, und den Tieren stockte der Atem. Husks Gesicht leuchtete wild und gefährlich, es lag eine Genugtuung darin, als würde er jeden

Moment genießen. Als könnte er es nicht erwarten zu töten. Auf jeden Fall wirkte er nicht bei Sinnen.

»Padra, der Otter«, sagte er und lachte. »Padra, der wackere Ackersmann, Padra, der wackere Otter. Bist du gekommen, mich um Erbarmen anzuflehen?«

Padra legte die Pfote auf den Schaft seines Schwerts. »Ich bin gekommen«, sagte er. »Und ich fordere die Herausgabe von König Brushen und Bruder Fir und die Übergabe des Palasts.«

»Und was, wenn nicht?«, zischte Husk. »Wirst du dann wieder Babys hüten?«

»Wenn nicht«, sagte Padra mit klarer Stimme, »kannst du dich gerne König von Mistmantle nennen. Aber wessen König? Deine Anhänger sind tot oder gefangen. Nicht einer von uns wird dich jemals König nennen. Wir können dich nur Mörder und Verräter nennen, und jeder Einzelne von uns würde sein Leben geben, um die Insel gegen dich zu verteidigen. Nur haben wir nicht vor zu sterben. Wir werden auf einer freien Insel leben, unter unserem wahren König.«

»Eurem wahren König?«, lächelte Husk, und sein Lächeln war furchterregend. »Wollt ihr euren wahren König sehen?«

Er verschwand vom Fenster. Needle versuchte, sich einzureden, dass alles gut werden würde, aber ihr Gefühl sagte etwas anderes. Und als Husk zurückkam, hätte sie am liebsten losgeweint.

Der König trug weder Krone noch Robe. Die Pfoten waren an seinen Körper gefesselt, sein Fell war struppig und die Augen blutunterlaufen. Husk und ein Wächter hievten ihn unsanft ans offene Fenster, und einen schrecklichen Moment lang glaubte Needle, er würde ihn hinausstoßen.

Als Husk sein Schwert klirrend aus der Scheide riss, schrien die Tiere vor Entsetzen auf. Hätte Padra sie nicht mit der Pfote zurückgehalten, wären sie wohl sofort in den Palast gestürmt und erbarmungslos niedergemetzelt worden. So blieben sie, wo sie waren, mit angespanntem flachem Atem, und sahen zu, wie Husk dem König die Klinge an die Kehle setzte.

»Kommt nur näher«, sagte er, »und der König stirbt. Dann bin ich rechtmäßiger König. Wer könnte mich herausfordern? Und denkt nicht einmal daran, durch einen Tunnel hereinzuschleichen. Sie werden alle bewacht. Sollte irgendjemand auch nur versuchen, einzudringen, ist der König tot. Und dann werden wir Bruder Fir aus seinem einsamen Turm herauslassen, damit er mich krönen kann.«

»Ist Bruder Fir ein Gefangener?«, fragte Padra.

»Nein, nicht im Geringsten«, sagte Husk über die Schulter des Königs hinweg. »Er liebt sein Turmzimmer. Und er darf herauskommen, sobald er gewillt ist, mich zu krönen. Ich werde mich nicht ergeben. Das musst du schon tun. Armer Padra. Ich gebe dir bis Sonnenaufgang, um mich als neuen König auszurufen. Ich weiß, dass du immer lange nachdenken musst, bevor du etwas begreifst. Bis zum Morgengrauen, Padra. Ich kann es kaum erwarten. Es wird eine lange Nacht.«

# KAPITEL 24

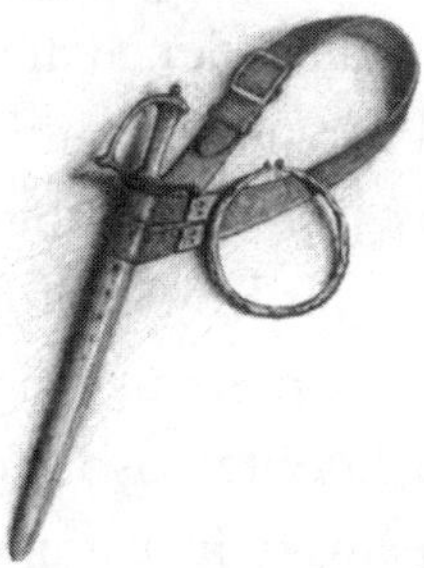

Padra sah sich auf dem Schlachtfeld um. Es gab Gefangene zu bewachen, die Toten mussten begraben werden, verwundete und trauernde Tiere brauchten Hilfe und Unterstützung, und Wachen mussten postiert werden. Needle, die sich nützlich machen wollte, brachte ihm eine Flasche Wasser.

Sie fand ihn bei den Trümmern neben dem Podium bei dem jungen Otter knien, den sie in der Schlacht gesehen hatte. Wer immer er war, er war ziemlich zugerichtet, voller Schrammen und blauer Flecke, aber er grinste.

»Keine Heldentaten mehr, Fingal«, sagte Padra. »Ich weiß, dass du tapfer warst, aber du hättest getötet werden können. Geh und lass dir deine Wunden auswaschen. Vergiss, dass ich dein Bruder bin – ich bin dein Captain, also tu, was ich dir sage.«

Needle gab Padra das Wasser, der es zuerst Fingal weiterreichte. Ein paar Eichhörnchen kauten immer noch an dem Gerüst herum, da es so gut schmecke, wie sie sagten. Ein paar Jungtiere machten sich aus den zerrissenen Tapisserien Nester, und Needles eigener Hände Arbeit wurde von einem Maulwurfbaby zerfleddert. Ein Igel knabberte an den Rändern. Needle versuchte, nicht hinzusehen.

»Entschuldigen Sie, Sir«, sagte sie, als Padra auch einen Schluck nahm, »aber woher kamen die ganzen Maulwürfe?«

»Söldner«, sagte Padra und bot ihr selbst das Wasser an. »Bei uns auf der Insel gibt es nicht so viele Maulwürfe. Husk muss das alles von langer Pfote geplant haben. Er wusste, dass er auf die Unterstützung der Tiere von Mistmantle nicht zählen konnte, also hat er Maulwürfe von den Handelsschiffen eingeschleust und sie mit Juwelen bestochen. Es fügt sich alles ins Bild. Deshalb haben wir so viel Handel getrieben, und er hat die ganze Zeit Schätze gehortet. Darum wollte er auch das Essen rationieren. Damit er seine Geheimarmee versorgen konnte. Sie standen alle in Tunneln bereit und warteten auf sein Zeichen. Hast du bemerkt, wie er mit der Hinterpfote aufstampfte? Das war das Zeichen. Das erste Mal, um sich bereitzuhalten, das zweite Mal für den Angriff. Jetzt wird alles klar.«

»Wie wenn man die Antwort auf ein Rätsel weiß«, sagte Needle. »Man denkt, es sei so offensichtlich, aber das ist es in Wirklichkeit nicht.«

»Crispin hätte das alles schon vor Wochen herausgefunden«, sagte Padra. »Ich wusste schon immer, dass ich dort, wo mein Gehirn sein sollte, nur Algen habe. Aber Husk hat nicht damit gerechnet, dass Mistmantle so leidenschaftlich kämpfen würde.« Er lächelte zu ihr hinunter, und sie strahlte vor Stolz. »Er hat vor allem nicht mit *dir* gerechnet, und er hat keine Belagerung erwartet. Es gibt also noch Hoffnung.« Er stand auf und verzog das Gesicht vor Schmerz, als er mit der verwundeten Pfote auftrat. »Da ist Moth!«

Das kleine Maulwurfmädchen tapste über den Felsen auf sie zu. Sie sah äußerst zufrieden mit sich aus.

»Moth«, rief er. »Sind die Kleinen in Sicherheit?«

»Oh ja!«, sagte sie fröhlich. »Aber sehr bequem haben wir es nicht unter dem Boot, besonders mit unserer Gefangenen. Sie nimmt sehr viel Platz in Anspruch.«

»Gefangene?«, sagte Padra.

»Ja, Sir. Würden Sie sie sich gerne mal ansehen? Und würden Sie uns bitte sagen, was wir mit ihr tun sollen?«

Ein paar kräftige Tiere halfen Padra, das Boot umzudrehen, und Mutter Huggen griff schnell nach den Pfoten der Kleinen, die ausbüchsen wollten. Schüsseln und Teller lagen quer über dem Boden verteilt, und jemand hatte Haselnussbrei verschüttet.

»Du liebes Herz«, sagte Padra. »Es ist Tay!«

Tay blickte ihn vom Sand aus mit all ihrer verbliebenen Würde feindselig an. Viel war nicht davon übrig. Mutter Huggen hatte sie mit allem, was sie finden konnte, gefesselt und verschnürt – Strickwolle, dicke Algenstränge und natürlich Moths Schürze. Eine flauschige rosa Decke war ihr in den Mund gestopft und zu einem Knebel geknotet worden, und ihr Fell war mit Haselnussbrei verschmiert.

»Sie hat eine Menge Ärger gemacht«, sagte Mutter Huggen streng, als wäre Tay ein sehr ungezogenes Kind. »Sie hat sich wie eine Verrückte gebärdet, alle Schüsseln umgeworfen und den Haselnussbrei verschüttet, deshalb mussten wir sie so gut verschnüren. Ich wäre Ihnen wirklich dankbar, wenn Sie sie mir abnehmen würden, Captain Padra.«

Padra drehte sich zu seinen Helfern um. »Mistress Tay«, sagte er, »ist eine hoch angesehene Otterdame, eine Gelehrte und Juristin, und wäre fast zum Captain ernannt worden. Behandelt sie mit Respekt. Löst ihr die Fesseln, nehmt sie in einem zweiten Boot in Gewahrsam und bewacht sie gut. Wenn wir den Palast einnehmen, wird sie dort in eine Zelle verbracht.«

Er verbeugte sich tief, vielleicht auch, um seine zuckenden Schnurrhaare zu verbergen. »Mistress Tay, ich entschuldige mich für die unwürdige Behandlung«, sagte er. »Aber ich vermute, Sie haben sich das selber zuzuschreiben«, fügte er hinzu. Dann verbeugte er sich kurz vor Huggen und Moth und schritt eilends davon, damit sie sein Lachen nicht sahen.

»Ich denke, die Kleinen können jetzt nach Hause gehen«, sagte Needle, die bei Mutter Huggen geblieben war. »Niemand wird ihnen jetzt mehr etwas antun.«

»Das war's also«, seufzte Huggen. »Keine heimliche Krippe, keine Babys. Es geht wieder heim. Und das mit Recht.«

»Ich habe Hope verloren«, sagte Moth plötzlich.

»Ach, Herz hab ihn lieb«, seufzte Huggen. »Was machen wir bloß mit ihm? Er ist sicher losgezogen, um Thripple zu suchen, seine wunderschöne Mama, wie er sie nennt.«

»Ich kenne sie!«, sagte Needle. »Aber ich weiß nicht, wo sie ist.«

»Das weiß Herz allein«, sagte Huggen. »Aber so ganz ohne Begleitung ist er dort draußen nicht wirklich sicher!«

»Er kennt sich in den Tunneln aus«, sagte Moth.

»Er läuft immer noch gegen die Wände«, grummelte Huggen. »Wir müssen ihn suchen gehen. Aber ihm wird schon nichts passiert sein. Er hat immer Glück, der Kleine. Das Herz beschützt wohl die Hilflosen. Ja. Das wird es sein.«

Der Abend brach herein, und im leeren Versammlungssaal wurde es langsam dunkel. Aspen schickte Gleaner los, um die Lampen anzuzünden.

»Und überbringe den Wachen eine Nachricht«, sagte sie. »Sag ihnen, Captain Husk und ich seien stolz auf sie. Wir sind jetzt weniger Leute, aber das bedeutet einen größeren Anteil an Juwelen für jeden. Lass ihnen Essen und Wein bringen.«

»Ja, Mylady«, sagte Gleaner. »Bitte, Mylady …«

»Ja, Gleaner?«, sagte Aspen.

»Es ist alles Padras Schuld, nicht wahr?«

»Ja, Gleaner.«

Gleaner trottete gewichtig aus dem Saal und versuchte, so anmutig zu schweben wie Aspen. Es war Padras Schuld. Hätte er Husk die Macht überlassen, wäre all das nicht passiert.

Aspen fuhr ungehalten herum, und ihre Robe fegte über den Boden.

»Warum töten wir ihn nicht jetzt gleich?«, fragte sie.

»Weil wir dann alles verlieren würden«, zischte Husk. »Padra würde den Palast stürmen.«

»Und wennschon«, sagte sie. »Wir würden gewinnen.«

»Vielleicht auch nicht«, sagte Husk. Der König sackte in seinem Arm zusammen, und er drückte ihn barsch gegen das Fenster. »Bleib gefälligst stehen. Unsere Verluste sind größer als erwartet. Granite hätte Padra erledigen sollen, dann hätten sie keinen Anführer mehr. Jeder hätte tun sollen, was ich gesagt habe. Das war immer meine Rede. Und zu Recht.«

Er starrte zum Ufer hinunter. Die Flut zog herein. Padras Anhänger kampierten hoch über dem Wasser auf den Felsen, dicht am Palast. Nichts von alldem wäre passiert, wenn jeder einfach das getan hätte, was er von ihm verlangt hatte. Er wusste es am besten.

Er war der erstgeborene Sohn seiner Familie, oder zumindest der erste Sohn, der zählte. Es gab da noch einen schwächlichen Bruder, der bei der Geburt gestorben war, und einen noch schwächlicheren, der zwar überlebt hatte, aber wofür? Er war eine Schande für seine Familie und die ganze Kolonie. Husk hatte versucht, seinen Eltern das klar zu machen, aber sie wollten nicht auf ihn hören. Also war es an ihm gewesen, den armen Krüppel von den Klippen zu stürzen.

Den Priester zu töten, wäre wunderbar, aber stünde doch unter keinem guten Stern. Außerdem wollte er, dass Bruder Fir ihn krönte. Der Priester würde sich schon besinnen.

Es klopfte an der Tür. Aspen zog den kleinen Dolch, den sie an der Taille trug.

»Kann ich hereinkommen?«, hörten sie Gleaners Stimme, und sie trat ein. Sie hatte einen Korb am Arm. »Ich habe Ihnen etwas zu essen gebracht«, sagte sie.

»Danke, Gleaner«, sagte Aspen und steckte den Dolch

zurück. »Und Gleaner, der König kann seine Flasche nicht fassen. Vielleicht möchte er hin und wieder einen Schluck trinken.«

»Ja, Mylady«, sagte Gleaner. Sie nahm die Flasche und hielt sie dem König an die Lippen. Was immer drin war, roch nicht so stark wie der Schnaps, den Aspen ihm sonst immer gab, aber sie wollte es nicht erwähnen. Sie hatte Angst vor Captain Husk.

»Schläft er denn nie?«, sagte Padra. Er blickte im Licht der aufsteigenden Dämmerung zum Palast hinauf und konnte Husk immer noch am offenen Fenster stehen sehen – den König im Arm, ein Messer an seiner Kehle. Er hatte die Tiere in kleinen Gruppen an verschiedenen Punkten um den Palast postiert. Er selbst war mit Arran und ein paar anderen vor den Fenstern des Versammlungssaals geblieben. Die Hitze des Lagerfeuers wärmte ihre entschlossenen Gesichter.

Padra zog den Umhang um sich und massierte seine schmerzende Schulter. Er wanderte um den Palast, bis er unter Firs Turmzimmer ankam. Die kleine gebeugte Gestalt stand umrahmt vom Licht in einem der Bogenfenster.

»Bruder Fir!«, rief Padra und sah, wie der Priester sich zu ihm herunterbeugte.

»Liebster Padra!«, rief Fir. Es war zu dunkel, um sein Gesicht zu sehen, aber Padra hörte sein Lächeln. »Ich habe für dich gebetet. Sei standhaft, mein lieber Sohn.«

»Haben Sie alles, was Sie brauchen?«, rief Padra. »Behandeln sie Sie auch gut?«

»Ich bin in Gesellschaft von vier vortrefflichen Maulwürfen«, erwiderte Fir. »Die sollen dafür sorgen, dass ich nicht aus dem Fenster hüpfe oder das Schwert gegen sie erhebe. Vier an der Zahl, Padra! Und bewaffnet! Zwei hier drin und zwei vor der Tür! Die müssen mich für einen ausgezeichneten Kämpfer halten. Ich fühle mich sehr geschmeichelt. Und ich habe Brot und Wasser, und das ist … Gütiger Himmel! Sieh nur! Eine Sternschnuppe!«

»Das kann nicht sein!« Padra wandte den Kopf und sah einen Silberstreif über den Himmel schießen. »Aber du sagst uns doch immer die Nächte der Sternschnuppen voraus!«

»Hmh«, sagte Fir. »Diesmal nicht. Ich wusste nichts davon. Wirklich außergewöhnlich!«

*Zum Guten oder zum Schlechten*, dachte Padra und erinnerte sich an Crispin und alles, was seit der letzten Sternschnuppennacht geschehen war. *Zum Guten oder zum Schlechten.* Er kniete sich auf den kalten Fels.

»Geben Sie mir Ihren Segen, Bruder Fir?«, fragte er.

Wie alt und müde er auch sein mochte, im Segen hob Fir seine Pfote mit Festigkeit und ohne Zittern. Er sah zum Himmel hinauf.

Die Nacht wurde kälter. Die Sterne tanzten und wirbelten durch die Dunkelheit, ruhten eine Weile und begannen wieder von neuem. Die Belagerer schliefen nur wenig. Padra ließ sich, um seine Wunden zu kühlen, in eine mit Meerwasser gefüllte Felsmulde sinken. Husk murmelte vor sich hin, mal zum König, mal zu Aspen. Und alle beobachteten die Sterne. Fir stand an seinem Turmfenster und blickte an dem Sternenregen vorbei zum östlichen Horizont, an dem das erste blassgoldene Licht des Morgens aufzog. Und sein Herz wurde leicht und sprang vor Freude, als er weit in der Ferne, klein wie Pünktchen, die Rettung von Mistmantle nahen sah.

# KAPITEL 25

Urchin kniete in Federn. Nach vorne gebeugt, hielt er sich mit aller Kraft an dem starken weißen Schwanenhals fest, der kalte Zugwind fuhr ihm durchs Fell, er fröstelte, aber seine Beine, die er gegen den Schwanenkörper drückte, waren warm. Er blickte an dem großen Kopf vorbei, nach vorne, nach oben in den Himmel. Nach unten zu sehen wagte er nicht.

Sie flogen höher. Mit kraftvollen Flügelschlägen, auf und nieder, auf und nieder, stiegen sie hinauf.

»Ich fliege!«, sagte er sich immer wieder, atemlos, mit weit aufgerissenen Augen. »Ich fliege wirklich!« Es war wundervoll und zugleich unmöglich, aber es geschah.

Sein Umhang und sein Beutel wirbelten hinter ihm durch die Luft. Er hatte es aufgegeben, den Umhang um sich zu ziehen, um sich gegen den Wind zu schützen. Crispin flog vor ihm, erhobenen Hauptes, die Pfoten fest zwischen den Schwanenflügeln verankert. Wenn es für Urchin irgendetwas Schöneres gab, als nach Mistmantle zurückzufliegen, dann war es, mit Crispin zurückzufliegen, und Crispin war wieder er selbst.

Er staunte über die Kraft und Ausdauer der Vögel. Die Schwäne hatten von ihrem edlen Geblüt erzählt und dass sie keine Lastvögel seien, die niedere Tiere auf dem Rücken trügen, aber dieses eine Mal wollten sie Crispin zuliebe eine Ausnahme machen. Sie waren bereits stundenlang geflogen, als sich der Nachthimmel mit einem Mal bewölkte. Die Luft um sie herum wurde feucht und schwer.

»Es ist der Nebel!«, rief Crispin. »Der Nebel von Mistmantle!«

»Ihr wunderbaren Schwäne!«, rief Urchin. »Ihr wunderbaren schönen Schwäne!«

Er wusste nicht, ob sie ihn hören konnten, und die Schwäne kümmerten sich auch nicht um die Komplimente einer gewöhnlichen Baumratte. Aber er musste es einfach sagen. Nebelschwaden umwirbelten sie. Und die weißen Flügel gingen auf und nieder und auf und nieder.

»Captain Crispin, Sir!«, rief Urchin. »Ich kann Sie nicht mehr sehen!« Doch dann hörte er ihn durch den Nebel und die Dunkelheit lachen.

»Hab keine Angst! Ich bin noch hier!«, rief er.

Etwas Silbernes schoss auf sie zu, Urchin duckte sich und schnappte nach Luft.

»Crispin!«, rief er. »Haben Sie das gesehen? Eine Sternschnuppe!«

»Die Sternschnuppen tanzen für uns, Urchin!«, rief Crispin. Und Urchin, der geglaubt hatte, es könnte nicht schöner sein, hielt den Atem an. Die Sterne, die in der Nacht seiner Geburt durch die Dunkelheit getanzt waren, schossen durch den Himmel, um ihn nach Mistmantle zurückzuführen, und er ritt zwischen ihnen durch den Himmel.

Auf Mistmantle dämmerte der kalte Morgen. Aspen hatte befohlen, im Kamin Feuer zu machen. Sie stellte sich daneben und wärmte sich, doch Husk wollte dem König nicht von der Seite weichen. Sein starrer Blick strahlte furchterregend. Gleaner gab dem König immer wieder aus seiner Hüftflasche zu trinken, auch wenn er nicht danach fragte. Es war ihre Art, Lady Aspen zu helfen.

Die kalte Luft am Fenster und das Quellwasser, das Lugg in die Flasche gefüllt hatte, erfrischten den König. Sein Kopf wurde klar. Er hatte seine Sinne wieder beisammen, und er verstand nur allzu gut.

Er wusste jetzt, dass Husk ihn als Marionette benutzt hatte. Die Hälfte der Zeit war er betrunken gewesen und den Rest der Zeit sediert. Und in seiner Trauer und Kraftlosigkeit hatte er Husk damit durchkommen lassen. Er verdiente nicht länger, König zu sein. Aber er *war* König, und es lag an ihm, die Insel zu retten. Er erinnerte sich an die Zeit, als er noch jung, gescheit und voller Tatendrang war. Dann nickte er wieder kurz ein, doch jedes Mal, wenn er wieder erwachte, war er mehr er selbst.

Husk hielt ihm den Dolch an die Kehle, aber sein Schwert steckte noch in der Scheide. Wenn er nur seine linke Pfote befreien könnte, wenn er sich nur konzentrierte und sich auf sein altes Geschick berief, könnte er das Schwert herausziehen und mit einer schnellen Drehung Husk den Dolch aus der Pfote schlagen. Dann wäre er frei, und Padra könnte den Palast stürmen. Vielleicht würde er Husk und Aspen nicht lange genug standhalten können, bis Padra zu ihm vordrang, aber er musste es versuchen.

Langsam, ganz langsam wand er seine linke Pfote vorsichtig in den Fesseln. Es würde vielleicht bis zum Morgen dauern, aber es war zu schaffen.

Aspen verließ die Wärme des Kaminfeuers, um ihn zu beobachten. Der König hielt den Arm still und drehte den Kopf zur Seite. Das Fenster war weit geöffnet, und er konnte von seinem Platz aus Spiegelungen auf der Scheibe erkennen. Er sah gebannt auf das Glas und sah die Sterne, die über den Himmel schossen. Die Nacht schien nicht enden zu wollen. Doch schließlich wurden Husks Augenlider müde, und Lady Aspen gähnte.

Er schob die Pfote ein wenig nach oben, Husks Augen sprangen auf.

»Halt still!«, befahl er.

»Husk«, sagte der König müde und versuchte es auf andere Weise. »Es wurde genug Blut vergossen. Lass mich abdanken. Die Krone gehört dir. Das ist doch, was du willst?«

»Was? Und dich am Leben lassen, damit ihr alle hinter meinem Rücken ein Komplott schmieden könnt, um dich wieder auf den Thron zu setzen?«, zischte Husk. »Und diesen Otter davonkommen lassen? Ich könnte längst König sein, und niemand hätte auch nur ein Schwert gezogen. Und die Insel wäre vollkommen. Vollkommen, hörst du! Alle würden mir gehorchen. Wir würden Waffen haben, andere Inseln erobern. Die Tiere müssten nur auf meine

Befehle hören und nicht so viel nachdenken, das ist alles! Es ist so leicht! Aber ich werde nicht ruhen, bis ich diesen Otter mit eigenen Händen in Stücke gehackt und seinen Kopf auf dem Turm des Priesters auf einen Pfahl gespießt habe. Und das werde ich auch. Siehst du die Sternschnuppen? Sie gelten mir! Die Sterne rufen mich zum neuen König aus! Und hör auf, dich so zu winden!«

Der König sah aus dem Fenster und erblickte Padra, der neben einem Lagerfeuer stand und zu ihm hinaufsah. Weit in der Ferne zogen goldene Lichtstreifen am Horizont herauf. Es war fast Tag, und seine Pfoten waren frei. Er wusste nicht, wie deutlich Padra ihn sehen konnte, aber er sah direkt zu ihm nach unten und hoffte.

»Jetzt«, flüsterte er lautlos. »Jetzt!«

Aspen war mit dem Kopf auf den Pfoten eingeschlafen. Mit einem Ruck fuhr sie hoch, schüttelte sich wach und fuhr sogleich herum, um zu sehen, was passierte.

»Der König!«, rief sie und stürzte vor. Doch der König hatte Husk bereits das Schwert aus der Scheide gezogen und fegte ihm den Dolch aus der Hand. Aspen versetzte dem König einen Tritt, der König taumelte nach hinten, dann warf sie sich auf ihn, den Dolch gezückt, und die Gewalt riss beide zu Boden. Husk schnellte vor, um sich das Schwert zu greifen. Er schrie etwas aus einem Fenster.

Doch zu spät. Während Husk noch brüllte, waren Aspen und der König auf dem Fenstersims. Er brüllte immer noch, als sie fielen und unten auf dem Fels aufschlugen.

# KAPITEL 26

Zum Palast!«, rief Padra. Mit lautem Schlachtgebrüll stürmten die Ränge zum Angriff. Padra sah sich nach ein paar der Alten um.

»Seht nach dem König«, befahl er, »und nach Lady Aspen.«

Während die Truppen an ihm vorbei zum Palast strömten, beugte er sich über Aspen und den König. Ein Schwert lag auf dem Felsen. Die Augen des Königs waren geschlossen, aber er stöhnte leicht. Lady Aspen lag regungslos da, eine Blutlache unter ihrem Kopf färbte den Felsen dunkel.

Padra legte die Pfote an ihren Hals. Er konnte noch einen Puls fühlen. Beide waren verletzt, und das Schwert und der Dolch waren blutig.

»Tut euer Möglichstes, für sie beide«, sagte er kurz und rannte zum Palast, während Husks verängstigte Wachen entweder die Flucht ergriffen oder zum Versammlungssaal zurückfielen. Padras Streitkräfte stürmten in den Palast, Eichhörnchen kletterten durch die Fenster, Maulwürfe strömten aus den Tunneln, Otter und Igel drangen durch jede Tür. Padra rannte zum Versammlungssaal, als er Arran sah, die eine Treppe heruntergesprungen kam.

»Befreie Fir!«, rief er.

»Schon erledigt!«, sagte sie. »Er war sofort verschwunden – ich weiß nicht, wohin.«

Aus dem Versammlungssaal drangen Schlachtrufe, das Klirren von Schwertern war zu hören. Husks Anhänger erhoben sich wohl zum letzten Gefecht. Eichhörnchen und Igel, Maulwürfe und Otter kämpften mit Waffen, Krallen und Zähnen. Auch Husk hatte sich wieder bewaffnet. Mit einem Schwert in der einen und einem Dolch in der anderen Pfote kämpfte er mit der Besessenheit und Leidenschaft eines ganzen Lebens. Padra hob sein Schwert mit beiden Pfoten und ließ es, die Zähne vor Schmerz aufeinander gebissen, mit voller Wucht gegen den Türbogen klirren.

»Im Namen des Königs!«, brüllte er.

Der Kampf setzte aus. Alle Augen waren auf ihn gerichtet. Die Tiere traten einen Schritt zurück, stützten sich schwer atmend auf ihre Schwerter und besahen sich ihre Wunden.

Er hatte diesen Moment vorhergesehen und sich darauf vorbereitet. Seine Schulter schmerzte und seine Hinterpfote stach. Er war nicht so schnell wie Husk, aber er war stärker und schwerer.

»Es ist genug Blut vergossen worden«, sagte er. »Husk, du Betrüger, du Mörder, du Verräter deines Königs. Ich fordere dich im Namen all jener, an denen du dich vergangen hast, zum Zweikampf heraus. Ich komme, um König Brushen, Königin Spindle und Prinz Tumble zu rächen. Ich kämpfe für den verbannten Captain Crispin und für Urchin von den Sternschnuppen. Ich kämpfe für die Insel Mistmantle.«

»Und ich kämpfe für Husk«, knurrte Husk, über sein Schwert gebeugt. »Captain Husk, Lord Husk, Husk der Siegreiche, König Husk.« Seine Stimme war jäh und wild. »Für den großen König Husk und für Königin Aspen!« Er hob sein Schwert mit beiden Pfoten.

Auch Padra hob sein Schwert, legte es an die Lippen und küsste die Klinge. Plötzlich bemerkte er einen Igel, der an ihm vorbei zum Fenster stürmte, und erkannte Needle.

»Seht nur!«, rief Needle aufgeregt. »Ihr alle! Seht doch nur!«

Alle Tiere außer Husk drehten den Kopf zum Fenster. Alle starrten mit weit aufgerissenen Augen und verstummten.

»Das ist ein Trick!«, zischte Husk, aber niemand hörte ihn. Alle sahen zum Himmel, an dem weit oben etwas aus dem Nebel trat und kraftvoll auf sie zuflog.

»Eichhörnchen auf Schwänen!«, flüsterte Needle voller Ehrfurcht. »Captain Padra, Sir, da sind …«

»Ja«, sagte Padra, und ihm war, als würde ihm das Herz vor Freude zerspringen. Aber auch Husk spürte die Stimme seines Herzens.

*Fürchte nichts, bis Eichhörnchen durch die Lüfte fliegen.*

Er spürte, wie sein Mut elendig in ihm versickerte. Er

wollte nicht sehen, was alle anderen sahen. Er drehte sich zum Fenster, beugte sich hinaus und schrie den Bogenschützen zu:

»Feuer! Wacht auf, ihr Dummköpfe! FEUER!«

Urchin hatte die Ohren gespitzt, und seine Augen glänzten vor Freude. Der Palast lag direkt vor ihnen. Aber warum kauerten all die Tiere auf den Felsen, und warum war sonst niemand zu sehen?

»Kopf runter, Urchin!«, schrie Crispin. »Pfeile!«

Urchin duckte den Kopf und drückte sich eng an den Schwanenhals. Der Schwan wich aus, schlingerte zur Seite und stieg dann so steil in die Höhe, dass sich Urchin gerade noch so auf seinem Rücken halten konnte. Er hob den Kopf ein wenig, um den nächsten Pfeilschüssen besser ausweichen zu können.

»Urchin!«, rief Crispin. »Wir bringen die Schwäne in Gefahr! Wir müssen springen. Bist du bereit?«

»Ja, Captain!«, rief Urchin. Den Schwanenhals fest umklammert, stellte sich Urchin vorsichtig auf die Hinterpfoten. Er sah Crispin, alle viere von sich gestreckt, zu den Fenstern des Versammlungssaals springen. Doch da wich der Schwan plötzlich zur Seite aus, und zum dritten Mal in seinem Leben fiel Urchin vom Himmel.

Er landete auf weichem Sand, nahe am Tor zur Quelle, rollte sich ab, zog sein Schwert und stürmte auf den Palast zu. Es war niemand am Tor, um ihn aufzuhalten, und so jagte er zum Versammlungssaal, als er unter sich ein Geräusch hörte, das ihn aufhorchen ließ.

Es war die schwache, unsichere Stimme eines Jungtieres in Not. Dem Laut nach zu urteilen, ein Igel. Doch war das Tier zu weit entfernt, um zu verstehen, was es sagte. Es schien aber wütend und den Tränen nahe. Dann hörte er auch noch andere, sehr unangenehme Stimmen.

Urchin war verunsichert. Er sollte bei Crispin sein, an seiner Seite siegreich in den Versammlungssaal stürmen. Aber irgendwo in der Nähe war ein sehr junges Tier, das sicher in Gefahr war. Er wusste, was Crispin von ihm erwarten würde.

Urchin benutzte die Tunnel nicht oft. Er versuchte, sich zu erinnern, was Padra ihm von ihnen erzählt hatte, und fand am Ende des Gangs in einer Ecke einen Eingang. Die verängstigte Stimme des kleinen Igels war hier deutlicher zu hören, aber er hörte auch grausames Lachen, und dann, zu seinem Entsetzen, das scharfe Geräusch eines gezogenes Schwerts. Urchin eilte darauf zu.

Der Tunnel führte plötzlich in einen Raum, und Urchin musste sich zusammenreißen, so wenig war er darauf gefasst, was er sah. Er war in eine Art Wachraum getreten. Auf einem kleinen Tisch stand eine Schale, an der Wand hing eine Lampe, und zwei Maulwürfe standen mit dem Rücken zu ihm und richteten ihre Schwerter gegen einen Igel, der so klein und verschmuddelt aussah und sich trotz seiner Angst so mutig zeigte, dass Urchin die Wut in die Glieder schoss.

»Ich kämpf mit euch ...«, sagte der Igel. Aber seine Stimme war dünn, und seine Lippen zitterten. »Ich kämpf mit euch. Mit einem nach dem anderen. Aber ihr müsst mir schon ein Schwert geben. Sonst ist es nicht gerecht.«

Urchin sprang lautlos auf den Tisch und nahm die Schale als Schild. Falls der kleine Igel ihn gesehen hatte, war er klug genug, ihn nicht zu verraten. Der Eingang war frei. Die Maulwürfe würden wahrscheinlich eher fliehen als kämpfen.

»Captain Padra wird sehr wütend sein«, sagte der Igel und versuchte, die Tränen zurückzuhalten.

»Aah! Armer kleiner Igel!«, sagte einer der Maulwürfe.

»Aah!«, sagte der andere und drehte sich herum, gerade als Urchin vom Tisch sprang.

Er musste nicht einmal kämpfen. Denn die Maulwürfe sahen nicht etwa ein junges Eichhörnchen, sie sahen einen wild entschlossenen Krieger mit einem Schwert. Der Erste ergriff sofort die Flucht, und der Zweite eilte ihm nach, als Urchins Klinge seine Flanke streifte. Urchin steckte das Schwert zurück in die Scheide, kniete sich neben den zitternden Igel und streichelte ihm über seine weichen Stacheln. Der Kleine knurrte, aber nicht sehr überzeugend.

»Ich tu dir nichts«, sagte Urchin sanft. »Die Maulwürfe sind weg. Ich heiße Urchin. Ich bin Captain Padras Page. Und wer bist du?«

»Ich bin Hope«, sagte der Igel. »Ich habe schon von Ihnen gehört. Sie sind doch das Eichhörnchen mit dem komischen Fell?«

»Genau der bin ich«, sagte Urchin und erinnerte sich an den kurzsichtigen kleinen Igel aus der Babykrippe.

»Danke, dass Sie die Maulwürfe verjagt haben«, sagte Hope. »Ich hätte aber schon mit ihnen gekämpft, Sir.«

»Ja, ich weiß«, sagte Urchin und fragte sich, was er als Nächstes tun sollte. Am liebsten wäre er so schnell wie möglich an Crispins Seite geeilt, aber er konnte den Igel nicht alleine lassen. Der Kleine sah kaum, wo er hinlief, und die Maulwürfe könnten ihn wieder finden.

Er stieß einen leisen Seufzer aus. Es war genau wie früher, bevor er in den Palast gekommen war. Seither hatte er zwei großen Captains gedient, wäre um ein Haar getötet worden, war in einem Sturm über das Meer gesegelt und auf dem Rücken eines Schwans durch den Nebel geflogen. Jetzt war er zurück und musste sich wieder um Kleinkinder kümmern.

»Komm jetzt«, sagte er und nahm die Fackel von der Wand. »Wo wolltest du denn hin?«

»Ich glaub, den Rest schaff ich jetzt allein, Sir«, sagte der Igel. »Ich kenn mich mit Tunneln aus.«

»Na, wenigstens einer von uns«, murmelte Urchin, dem klar wurde, dass er nicht einmal mehr wusste, woher er gekommen war. Und so tapste der Igel neben ihm her, während Urchin versuchte, sich an Padras Tunnelkarte zu erinnern. Sie waren entweder auf dem Weg zurück zum Tor an der Quelle oder sie liefen in Richtung Versammlungssaal. Und kaum hatte sich der Igel von seinem Schrecken erholt, plapperte er munter drauflos und erzählte Urchin, wie schön es auf dem Frühlingsfest gewesen sei, nur, dass er seine Mami nicht gesehen hätte, und da sie vielleicht traurig war und ihn gerne sehen würde, hatte er sich überlegt, dass es wohl das Beste wäre, sie im Palast suchen zu gehen, zumal er sich ja mit Tunneln auskannte.

»Sie arbeitet dort«, erklärte er. »Sie macht die Tapisserien. Sie ist sehr geschickt. Und wunderschön.« Er erzählte Urchin, dass er sich dann doch verirrt und auch ein ganz klein wenig Angst bekommen hätte, aber er wäre einfach weitergelaufen. Und dann, nach einiger Zeit, hätte er schrecklichen Hunger bekommen.

»Ach, daran hätte ich ja auch gleich denken können«, sagte Urchin und nahm seinen Beutel von der Schulter.

Darin waren eine Flasche Wasser und ein paar ziemlich zerdrückte Plätzchen und Beeren. Es war so gut wie unmöglich, die zermatschten Beeren zu essen, ohne eine furchtbare Sauerei zu machen – besonders in einem so dunklen und verstaubten Tunnel aber dem Igel schien es zu schmecken, und er bemerkte nicht einmal den roten Saft, der ihm auf die Brust kleckerte, oder dass lauter Spinnweben an seinen klebrigen Stacheln hängen blieben. Und so eilten sie weiter. Urchin hielt die Fackel und Hope tapste mit einem Keks in den Pfoten aufrecht nebenher und redete mit vollem Mund weiter. Die Maulwürfe hätten ihn gefunden und ihm eine Menge Fragen gestellt. »Und sie haben ganz böse über meine Mami geredet«, sagte er empört. Dann ließ er sich auf alle viere nieder und schnüffelte auf dem Boden herum.

»Hier lang«, sagte er. »Ich kann etwas ganz Unangenehmes und etwas Schönes riechen. Ja, hier lang.«

»Aber der Weg geht tunnelabwärts«, sagte Urchin.

»Er geht auch wieder hinauf«, sagte der Igel. »Weiter vorne wird es ein wenig stinken, aber ich kann Kerzen riechen. Und ein Eichhörnchen. Ein gutes Eichhörnchen.«

»Findest du es nicht ein wenig eng hier?«, sagte Urchin. Aber er kannte keinen besseren Weg und konnte Hope auch nicht alleine lassen. Und doch, irgendetwas an diesem Tunnel trieb ihm die Kälte in die Glieder und ließ sein Fell zu Berge stehen. Er wollte nicht weitergehen.

Husk konnte nicht sagen, wie er in die Mitte des Versammlungssaals gekommen war. Er musste wohl zurückgewichen sein, als Crispin von dem Schwanenrücken sprang. *Eichhörnchen, die durch die Lüfte fliegen.* Dies hätte die Stunde seines Triumphs sein sollen, und alles hatte sich gegen ihn gekehrt.

Padras Gesicht strahlte vor Freude, als Crispin mit ausgestrecktem Schweif auf dem Fenstersims aufsetzte. Padra wusste, dass Crispin keinen Hass in sich trug oder auf Rache sann. Es war einfach an der Zeit zu beenden, was nie hätte beginnen dürfen, und er war der Mann dafür.

»Padra, bitte schicke jemanden, der nach Urchin sucht«, sagte Crispin, doch ließ er Husk nicht aus den Augen. Padra nickte ein paar eifrigen Eichhörnchen zu.

»Und, Padra«, fuhr Crispin fort, »falls du gerade mit diesem Ungeziefer abrechnen wolltest, würdest du mir wohl den Vortritt lassen?«

»Du hast das ältere Recht«, sagte Padra und trat einen Schritt zurück. Needle, die nicht im Weg stehen wollte, hastete zu einer Seitentür.

Im Saal war es still geworden. Wie durch ein Wunder war Crispin erschienen, und jetzt führte er das Kommando. Er hob sein Schwert, küsste die Klinge und stellte sich Husk mit festem Blick entgegen. Husk maß ihn mit wilden Augen, dann, mit einem Schrei voller Wut und Empörung, hob er sein Schwert und stürzte sich auf Crispin, der unter der Klinge wegsprang, selber zum Schlag ausholte und den Hieb parierte. Die Tiere hielten den Atem an.

Husk kämpfte wie ein Wilder, aber sein Geschick und sein Kalkül schienen ihn zu verlassen. Er drehte den Rücken zum Fenster. Nein, nein, Crispin durfte ihn nicht ans offene Fenster treiben. Er fuhr herum, den Rücken zur Tür, aber jetzt stand Padra hinter ihm …

… Es gab einen kleinen Gang, der aus dem Saal führte. Einen Gang, eine Treppe, einen Tunnel, der nach ihm griff, als wollte er ihn zu sich in die Dunkelheit ziehen. Die Dunkelheit rief nach ihm. Das Böse war wie ein Sog und zog ihn mit aller Macht zu dem Pfuhl herab. Niemand stand bei der Tür, außer einem jungen Igelmädchen.

Er kämpfte weiter und ließ sich von Crispin genau an die Stelle drängen, zu der er strebte. Er konnte sie hinter sich spüren, die Seitentür, die scharfe Biegung, den schattigen Spalt in der Wand. Er war fast da, und gerade als Crispin ihm das Schwert ins Herz stoßen wollte, schlüpfte er rückwärts durch die Tür, bog scharf um die Ecke und rannte wie wild zu dem Ort, an den er gehörte.

Needle schnellte um die Ecke und konnte gerade noch das Ende von Husks Schweif in der Wand verschwinden sehen.

»Hier lang, Sir!«, rief sie, und Crispin hechtete ihm hinterher. Auch Padra folgte und zwängte sich durch den Spalt, mit Needle dicht auf den Fersen. Sie stürzten durch die Dunkelheit, nur noch geführt von Husks galoppierenden Pfoten und seinem schaurig wilden Gelächter.

Husk rannte durch die Tunnel, als stürzte er seinem Schicksal entgegen, wild und getrieben, über Steine hinweg, schneller, schneller und schneller. Der Ort der Dunkelheit würde ihn retten. Er musste sie nur dorthin führen, die Tür öffnen und die Stellung halten. Das Verlies war zu eng, als dass sich alle gemeinsam auf ihn stürzen konnten. Sie würden einer nach dem anderen kommen, und er könnte sie sich nacheinander vornehmen und in die Grube werfen, wenn nötig auch lebendig. Zuerst Crispin, dann Padra, dann jedes einzelne Tier, das es noch wagte, sich ihm zu nähern. Er konnte ihre Pfoten hinter sich hören. Sollten sie ihm nur folgen. Er rannte schneller. Er war fast da, als ihn das Grauen packte.

Das Grauen hellen Kerzenscheins.

Die Tür des Kerkers stand offen. Lichterglanz drang nach außen, tanzende Flammen von Hunderten von Kerzen, die ihm wie Gelächter entgegenflackerten. Sogar das Wasser und der Schleim an den Wänden verwandelten sich in fließendes Silber und Gold.

Husk stützte sich mit zitternder Pfote gegen die Wand. Angst durchfuhr ihn, wuchs in seinem Innern, seine ganze Angst, seine Albträume und vor allem das Gefühl von Machtlosigkeit lähmten ihn. Seine Nerven versagten. Das Schwert glitt ihm aus der Pfote.

Er konnte nicht zurück. Dort waren Crispin und Padra. Beide Pfoten gegen die Wand gedrückt, arbeitete er sich langsam vor und kroch durch die offene Tür in den Kerker. Dann sah er das Unaussprechliche.

Er schloss die Augen und sah ein zweites Mal hin. Aspen war nicht hier und konnte ihn nicht wecken, und dort war sein Albtraum und rannte ihm entgegen. Aber er wusste, dass er wach war. Es passierte wirklich. Prinz Tumble stolperte auf ihn zu, Spinnweben hingen von seinen Stacheln, mit halb geschlossenen Augen spürte er seinen Mörder auf. Der dunkle Fleck auf seiner Brust war schon fast trocken, genau wie in seiner Erinnerung. Unaufhaltsam kam der Prinz näher. Hinter ihm sah er Licht.

Urchin ging dicht hinter Hope und leuchtete ihm mit der Fackel. Sein Atem war flach, und er nahm all seinen Mut zusammen. Er erinnerte sich an diesen Ort, an seinen schrecklichen Gestank nach Tod und Angst, aber Hope brauchte ihn. Dann sah er ein Stück weiter vorne Licht. Er ging darauf zu. Und dort, im Dämmerlicht des Tunnels vor ihnen, war Husk, und Urchin hatte noch nie zuvor ein solches Entsetzen gesehen.

Husk wich zurück. Die Augen weit aufgerissen, mit zitternden Pfoten, das Fell aufgerichtet. »Nein!«, flüsterte Husk. »Nein!«

»Ich bin es nur, Sir«, sagte der Igel.

»Bleib weg!«, beschwor ihn Husk. »Bleib weg!« Er wich zurück, stolperte. »Nein!«

Urchin hörte Bruder Firs Stimme aus dem Kerker rufen. »Husk! Halt! Vorsicht!«

Urchin stürzte an Hope vorbei, als Crispin und Padra aus der anderen Richtung in den Kerker rannten.

Er konnte nicht wirklich fassen, was geschah, alles ging so schnell. Er sah einen düsteren Ort, spürte das warme Kerzenlicht und Bruder Fir, der mit ausgestreckten Pfoten nach vorne humpelte, dann ein letzter Schrei – und Husk war verschwunden. Der Schrei hallte in der Tiefe, verzerrte sich halb in Wimmern, halb in bitteres Gelächter – dann war es still.

»Bleibt bloß weg vom Rand«, sagte Fir brüsk. »Ihr alle.«

Urchin trat einen Schritt nach hinten und hielt mit der Pfote den kleinen Igel zurück. Crispin und Padra standen neben ihm. Er sah und roch einen feuchten Keller. Die glitschigen Wände sahen im Glanz der Kerzen weniger unheimlich aus, Reihen und Reihen von Kerzen, die wie Juwelen leuchteten. Er nahm den schwachen Geruch von Bienenwachs wahr. Tiefe Trauer lag in Firs dunklen Augen. Padra legte Urchin seine warme Pfote auf die Schultern.

»Was ist das für ein Ort?«, fragte Crispin.

»Ein Ort von uraltem Übel«, sagte Fir mit ernster Stimme. »Ich selbst habe ihn erst jetzt gefunden und versucht, ihn von seiner Vergangenheit zu reinigen. Wir sollten jetzt aber besser gehen.«

»Der König«, sagte Padra. »Welcher ist der schnellste Weg nach oben?«

»Entschuldigung«, fragte Hope. »Was ist passiert?«

»Kümmer dich nicht darum«, sagte Urchin. »Komm, wir wollen deine Mama suchen gehen.«

Bruder Fir führte sie hinaus. Padra drückte Urchin beruhigend die Schulter.

»Es ist vorbei«, sagte er. »Gut gemacht.«

»Diesmal bin ich nicht weggerannt«, sagte Urchin.

Padras Pfote drückte ihn fester, und seine Stimme war leicht gebrochen. »Ich weiß, Urchin. Du bist nicht weggerannt.«

# KAPITEL 27

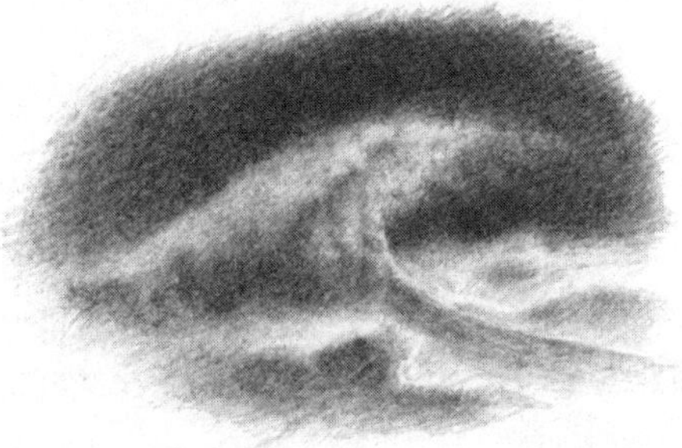

Auf dem Weg zurück durch die Tunnel zu den Felsen unterhalb des Versammlungssaals sprachen sie wenig. Urchin sog dankbar die frische Seeluft ein. Apple kam wackelnd auf ihn zugerannt, und er ließ Hope in ihrer Obhut, während er Fir und den Captains über die Felsen folgte.

Arran hatte sich um den König gekümmert. Sie hielt seinen Kopf im Schoß, seine Wunden waren verbunden, aber Arran schüttelte den Kopf. Ein paar Schritte daneben kniete Gleaner in einem zerkrumpelten Haufen zerrissener Seide. Sie beugte sich weinend über Aspen und hob ihren Kopf, um ihr etwas zu trinken zu geben. Auf den Felsen lag ein zerdelltes Armband.

Urchin blickte zu Aspen, dann zum König. Früher oder später würde ihm jemand sagen, was passiert war, denn beide waren so schwer verletzt, dass er es sich nicht erklären konnte. Padra und Crispin knieten vor dem König, also tat Urchin es ihnen gleich, und der König drehte den Kopf.

»Der Page«, sagte er. »Ein netter junger Bursche.« Dann blickte er mit traurigen Augen auf Crispin und versuchte, unter Schmerzen zu sprechen. Urchin fühlte Padras Pfote auf seiner Schulter.

»Wir sollten jetzt besser gehen und sie alleine lassen«, sagte er.

Die Morgensonne schien warm auf sie herab. Während Padra betreffs der Gefangenen seine Anweisungen gab, stand Urchin am Ufer und sog in tiefen Zügen die Luft von Mistmantle in sich auf. Zwei Schwäne glitten in der Bucht über das Wasser zu ihm hin, und er watete zu ihnen hinaus.

»Danke«, sagte er.

Lord Arcneck senkte den Kopf. »Die Baumratte, die diesen Maulwurf auf unsere Insel geschickt hat«, sagte er. »Ist sie tot, Diener?«

»Ja, Lord Arcneck«, sagte Urchin.

»Wir haben großzügig entschieden«, fuhr der Schwan fort, »Crispin aus unseren Diensten zu entlassen. Du darfst es ihm ausrichten.«

»Danke, Lord Arcneck«, sagte Urchin.

»Und wir werden uns heute Nacht hier ausruhen, bevor wir in unser Reich zurückkehren«, sagte Lord Arcneck. »Führe uns zu frischem Wasser.«

Urchin begleitete sie um die Küste, wo er sie der Obhut eines Otters überließ, und kehrte zu Padra zurück.

»Crispin ist noch bei dem König«, sagte Padra. »Wir sollten nachsehen, wie es Aspen geht.«

Sie konnten es sehen, bevor sie sie erreicht hatten. Gleaner kauerte verzweifelt schluchzend neben ihr und hielt Lady Aspens Pfote in der ihren. Als Padra sich zu ihr kniete, beugte sie sich über sie wie eine Mutter, die ihr Junges beschützt.

»Lasst sie allein!«, zischte sie.

»Wir tun ihr nichts«, sagte Padra sanft. Er legte eine Pfote an Aspens Hals und schüttelte den Kopf. Gleaner wischte sich mit dem Pfotenrücken die Tränen aus den Augen.

»Ich hab versucht, sie zu retten«, schluchzte sie. »Sie weiß, dass ich es versucht habe.«

»Natürlich hast du das«, sagte Padra.

»Ich bin sofort runtergerannt, und sie war noch am Leben«, sagte sie. »Sie wollte etwas über die Königin sagen. Ich hab ihr geholfen, die Königin zu pflegen. Und deshalb weiß ich auch, wo sie die besondere Medizin für die Königin aufbewahrt. Lady Aspen war immer sehr streng, was die Medizin betraf. Sie benutzte sie nur für die Königin, und nur sie und ich haben sie ihr gegeben. Sie hat niemand anderen da rangelassen.«

Padra sah Urchin über den Leichnam hinweg an, aber sein Blick verriet nichts von dem, was er dachte.

»Es war die beste Medizin auf der ganzen Insel«, sagte Gleaner schniefend. »Es war nicht mehr viel übrig. Also hab ich den Rest geholt und ihn angerührt, wie sie es mir beigebracht hat, und bin so schnell, wie ich konnte, wieder runtergerannt, um sie ihr zu geben. Sie hat versucht, etwas zu sagen, aber ich glaube nicht, dass sie wusste, was um sie herum geschah. Ich habe ihr aus dem Fläschchen zu trinken gegeben. Ich glaube nicht, dass sie es wollte, da es eine so besondere Medizin ist und sie so selbstlos war, aber ich habe sie dann doch irgendwie in sie hineinbekommen. Ich bin die ganze Zeit bei ihr geblieben, aber es hat alles nichts geholfen. Mylady ist tot!«

Abgesehen von Gleaners gedämpftem Schluchzen war es still geworden. Urchin konnte den schmerzvoll röchelnden Atem des Königs hören. Andere Tiere blieben ängstlich in einiger Entfernung stehen. Manche weinten im Stillen.

Der König öffnete langsam die Augen, als kostete es ihn große Kraft, und flüsterte Fir etwas zu. Urchin hörte Crispins Namen. Bruder Fir nickte und legte seine Pfote auf das Haupt des Königs.

»Möge das Herz dich mit Freuden aufnehmen und dir mit Liebe vergeben«, sagte er sanft. »Möge dein Herz sich befreit zu dem Herzen erheben, das dir das Leben schenkte.«

Urchin war sich nicht sicher, wann genau der König starb. Er merkte nur, dass sein schwerer Atem irgendwann verstummt war und Arran mit der Pfote über das Gesicht des Königs strich. Padra und Crispin nahmen sich die Reife vom Haupt, und Urchin dachte an die Zeit, als er dem König Quellwasser in den Thronsaal gebracht hatte und er so freundlich zu ihm gewesen war.

Dann bemerkte er Padra, der sich hingekniet hatte. Er hatte sein Schwert gezogen und hielt es, die Klinge mit den Pfoten umfasst, Crispin mit dem Schaft entgegen.

»Knie vor deinem König, Urchin«, forderte er ihn auf.

Urchin kniete nieder, und wie Padra bot auch er sein Schwert dar. Er wollte in einem so feierlichen Moment nicht über die Schulter blicken, aber er hörte, dass sich auch alle anderen Tiere hinter ihm niederknieten. Padra hob den Kopf und blickte zu Crispin auf.

»Crispin von Mistmantle«, sagte er. »Ich erkenne dich als rechtmäßigen König und Herrn über diese Insel und all ihre Tiere an. Ich bitte dich, mit Weisheit und Liebe zu regieren, und lege mein Schwert, meine Dienste als Captain und mich selbst in deine Hand.« Er machte eine Pause, dann fügte er hinzu: »Ich gestehe, im Kampf das Blut von Tieren von Mistmantle vergossen zu haben, und bitte Euer Majestät um Vergebung.«

Urchin hob den Kopf und sah, dass Crispin Padra mit starrem Blick fixierte. Es war, als forderte Padra ihn auf, als helfe er ihm, König zu sein.

»Tiere von Mistmantle«, sagte Crispin. »Jene von euch, die ihr für König Brushen gekämpft habt, euch trifft keine Schuld. Ihr müsst nicht um Vergebung bitten. Und ich verspreche, so es eure Hilfe und Unterstützung mir erlauben, euch der beste König zu sein.« Und alle Tiere erhoben die Stimme und umjubelten König Crispin. Urchin aber erschien er in dem Moment wie das einsamste Tier auf Mistmantle.

Crispin kniete nieder, um Firs Segen zu empfangen. Dann gab er Anweisungen für die Aufbahrung von König Brushen. »Und ich muss alles über diesen Ort wissen«, sagte er zu Fir. »Diesen schrecklichen Ort, diesen Kerker, in dem Husk in die Tiefe stürzte.«

»Natürlich musst du das«, sagte Fir traurig. »Lasst uns in Padras Gemächer gehen. Urchin, die Wunden deines Captains müssen verbunden werden. Komm mit uns.«

Es wehte eine frühlingshafte Brise, und ein Gefühl von Freiheit lag in der Luft, als sie über die Felsen zum Tor an der Quelle gingen. Urchin sah zwei Igel auf sie zueilen und lief ihnen entgegen.

»Hallo, Hope!«, sagte er. »Du hast deine Mama also gefunden!«

Hope sah viel sauberer und ordentlicher aus und jetzt, da er Thripple gefunden hatte, auch sehr viel glücklicher. Er drehte den Kopf zu ihr um und sah sie voller Bewunderung an, während sie einen unbeholfenen Knicks machte.

»Ich erinnere mich an dich, Thripple!«, sagte Crispin. »Als ich klein war, hast du mir beigebracht, wie man aus Buchenrinde Boote macht! Dein Sohn hat uns einen großen Dienst erwiesen!«

»Er war sehr mutig«, sagte Urchin.

Hope bekam einen kleinen Schubs von seiner Mutter und tapste nach vorne. Er holte tief Luft und sagte: »Danke, Master Urchin, dass Sie die Maulwürfe verjagt und auf mich aufgepasst haben, danke, Master Urchin, Sir.«

»Maulwürfe?«, sagte Padra.

»Das ist meine wunderschöne Mami!«, flüsterte Hope Urchin zu.

»Wirklich wunderschön«, flüsterte Urchin zurück.

»Darf ich ihn jetzt mit nach Hause nehmen, Euer Majestät?«, sagte Thripple.

»Alle Tiere dürfen nach Hause«, sagte Crispin. »Und sorge dich nicht wegen der Wandteppiche, Thripple. Freu dich, dass dein Sohn bei dir ist, und zeig ihm, wie man Baumrindenboote macht.«

Urchin sah die beiden Igel zusammen davontapsen. Es würde keine Merz mehr geben, jetzt, da Crispin König war.

»Ich kann es kaum erwarten, von den bösen Maulwürfen zu hören, Master Urchin, Sir«, grinste Padra.

»Und ich kann es nicht erwarten, die Arbeitstrupps aufzulösen«, sagte Crispin.

»Freiheit!« Urchin sprach das Wort laut vor sich hin. Es war, als könnte er sie schmecken. Apple kam auf sie zugewackelt und hielt mit der Hand ihren Hut fest.

»Willkommen daheim, Captain Crispin, Euer Majestät, meine ich natürlich ... Daran muss sich einer erst gewöhnen, aber oh, als unser Urchin auf dem Schwan dahergeflogen kam, konnte ich meinen Augen nicht trauen, und wie ich gehört habe, hat unser Urchin Captain Husk so richtig das Fürchten gelehrt, und im Wald feiern sie überall Feste, wollen Sie nicht auch auf ein Fest kommen, wir hatten schon ganz vergessen, wie es ist, frei zu sein.«

»Mir geht es genauso«, sagte Padra. »Sonst hätte ich schon viel früher und härter dafür gekämpft.«

»Hab ich nicht immer gesagt, dass es früher viel besser war?«, sagte Apple. »Jetzt werde ich Ihnen erst mal eine Flasche von meinem besten Apfel-Minz-Trunk in den Palast schicken.«

Sie tapste geschäftig fort, und Fir führte die Runde eilig in Padras Gemächer. Er ließ Arran und Needle kommen, und Urchin tränkte ein paar Tücher in etwas Meerwasser, um Padras Schnittwunde zu säubern.

»Ihr müsst es alle erfahren«, sagte Fir. »Needle und Urchin, ihr seid noch jung, aber auch die Jungen müssen die Geschichte hören. Es ist eine Geschichte von Mistmantle, aber sie wurde nie im Versammlungssaal erzählt oder in den Tapisserien festgehalten. Sie wurde in strenger Geheimhaltung von König zu König weitergegeben und von Priester zu Priester.

Vor langer Zeit, noch bevor die Maulwürfe den alten

Palast erbauten, gab es auf Mistmantle einen bösen König. Es war ein Eichhörnchenkönig. Er und seine Anhänger glaubten nicht an das Herz. Sie verehrten die Finsternis in ihrer eigenen Seele. Sie verehrten alles, was zerstörerisch war. Sie erfreuten sich am Tod, nicht am Leben. Und es hieß, sie hätten unter den Felsen am Ufer einen Kerker gebaut, der so dunkel und verborgen war, dass kein Tier, das dorthin verschleppt wurde, darauf hoffen konnte, je wieder das Tageslicht zu erblicken. Tot oder lebendig wurden die Opfer in eine Grube in die Finsternis hinabgeworfen. Der Ort war so von Übel durchtränkt, dass selbst der König ihn fürchtete und Opfermorde beging, um ihm zu huldigen.

Aber Maulwürfe sind entschlossene Geschöpfe. Und Maulwürfe, die den Sturz in die Tiefe überlebten, bauten tiefe Tunnel. Ein paar bauten lange Tunnel unter dem Meer, andere gruben ein Tunnelsystem unter der Insel und bauten ein Versteck, in dem sie eine Armee gründeten. Dieser Ort wurde später der Alte Palast, von dem aus die Maulwürfe den Eichhörnchenkönig besiegten und ein friedliches Königreich errichteten. Der Kerker wurde verschlossen und versiegelt, und niemand sprach mehr von ihm. Die Tunnel, die zu ihm führten, wurden zugemauert. Aber die Mauern scheinen mit der Zeit eingebrochen zu sein. Oder jemand hat sie eingerissen.«

»Husk hat immer versucht, den Alten Palast zu finden«, sagte Crispin. »Stattdessen hat er wohl den Kerker gefunden.«

»Und der Kerker hat sich seiner bemächtigt«, sagte Fir. »All der Stolz und Machtwillen, die Verbitterung, Verachtung oder Gier, die Husk zum Schluss bestimmten, nährten sich von dem Bösen an diesem Ort. Die Grube hat ihn gerufen.«

»Und sie lag die ganze Zeit unter dem Palast«, sagte Crispin. »Und wir haben nichts von ihr gewusst.«

»Hmh«, sagte Fir. »So ist es. Sie hätte nie versiegelt werden dürfen. Das Böse darin hat die ganze Zeit geschwärt und auf jemanden wie Husk gewartet. Es hat sich von ihm genährt, wie er sich an ihm. Als Urchin erzählte, was er in der Nacht, als die Königin starb, erlebt hatte, kam mir der Verdacht, Husk habe den Ort gefunden. Aber nicht einmal ich wusste, wo er sich befand. Sobald ich ihn gefunden hatte, begann ich ihn mit Kerzen und Gebeten zu reinigen. Und es wird noch Tage und Nächte der Kerzen und Gebete brauchen, bis er von seiner Vergangenheit bereinigt ist. Jede wahre und gute Handlung auf der Insel, jede Freundlichkeit, jede einfache Güte kann helfen. Und jetzt, Euer Majestät, wartet eine Menge Arbeit auf uns.«

»Und da ich der einzig verbliebene Captain bin, wird sie wohl an mir hängen bleiben«, sagte Padra. »Seine Majestät kann nicht Captain und König zugleich sein, und ich nehme an, Granite ist entlassen.«

»Und du wirst der Nächste sein, wenn du mich weiter ›Seine Majestät‹ nennst«, sagte Crispin. »Wir brauchen also neue Captains.«

Lugg und Arran wurden umgehend zu Captains ernannt, und Mutter Huggen und Moth in die Hohe Runde aufgenommen. Crispin und Padra zogen über die Insel, dankten ihren Mitstreitern und gaben die Aufhebung der Zwangsarbeit und das Ende der Merz bekannt. Den Schwänen wurde gedankt und die Gastfreundschaft der Insel angeboten. Die Tiere, die aufgrund übler Täuschung für Husk gekämpft hatten, wurden begnadigt. Der Rest musste mit den Söldnern die Insel für immer verlassen. Es wurde natürlich darüber gestritten, wer verbannt gehörte.

»Gleaner ist unerträglich«, sagte Needle. »Aber was sie auch getan hat, tat sie aus Liebe zu Aspen.«

»Und Tay?«, sagte Crispin. »Ich glaube, dass sie von meiner Schuld wirklich überzeugt war. Behaltet sie in Gewahrsam. Sie bekommt eine hübsche komfortable Zelle im Palast, allerdings im Gefängnis.«

Schließlich stöhnte Padra, dass er einen Mord begehen werde, wenn er nicht bald ins Wasser käme, und Urchin begleitete ihn zum Meer. Padra legte sich im Wasser auf den Rücken und entspannte seine verstauchte Schulter, Urchin plantschte derweil im Seichten und sprang von Boot zu Boot, und beide erzählten von ihren Abenteuern. Urchin erzählte Padra von Whispers Tod, und Padra murmelte: »Widerlicher heimtückischer Wurm.« Und: »Armer Crispin!«

»Er wollte seinen Goldreif auf dem Grabhügel lassen«, sagte Urchin. »Aber ich sagte, es sei vielleicht besser, ihn mitzunehmen. Er sei alles, was ihm von ihr bliebe. Und er könnte sie so irgendwie mit sich nach Hause nehmen.«

»Gut gemacht«, sagte Padra.

»Ich wünschte, sie wäre hier«, sagte Urchin. »Ich wünschte, sie wäre unsere Königin.« Dann schwieg er eine Weile und beobachtete Hope und Thripple, die am Ufer Sandburgen bauten.

»Padra«, sagte er – und er kam sich ein wenig albern vor, aber er wollte es dennoch sagen. »Glaubst du, wenn meine Mutter mich sehen könnte, dass sie stolz auf mich wäre?«

»Natürlich wäre sie das!«, sagte Padra und drehte sich um. »Und wahrscheinlich sieht sie dich sogar. Ich weiß nicht, wie, aber ich glaube, dass sie in gewisser Weise immer noch über dich wacht.«

*Vielleicht tut sie das*, dachte Urchin. Aber da sah er Arran auf sie zuschwimmen und machte sich auf zum Ufer, um die beiden allein zu lassen.

»Wie oft soll ich dir nur danken?«, sagte Padra, als Arran ihn erreichte. »Du musst mir allein beim Kampf gegen Granite mindestens dreimal das Leben gerettet haben.« Er zog sich an einem Boot hoch, und sie kletterte neben ihm hinein. »Ich bin beeindruckt.«

Nasse Fellbüschel standen ihr kreuz und quer vom Haupt. Er öffnete den Mund, wollte etwas sagen, aber senkte die Augen. Dann versuchte er es noch einmal.

»Weißt du«, sagte er. »Nach allem, was passiert ist – und natürlich nur, wenn du nichts Besseres zu tun hast –, könntest du mich eigentlich heiraten.« Und sie schlug ihn und er lachte, und dann schwammen sie gemeinsam zum Ufer zurück.

»Wir brauchen Crispins Erlaubnis«, sagte er. »Aber wir sollten ihm vielleicht etwas Zeit lassen.«

Urchin ging, um Needle zu suchen. Sie war gerade dabei, am Ufer Flaschen und Teller zu verteilen.

»Sie werden jetzt alle hungrig sein«, sagte sie. Mit Hilfe von Arrans Mannschaft trug sie kalte Pasteten, Punsch und Reste des Festmahls zusammen und breitete sie auf den Felsen aus. Es war ein schöner Abend, und bald hatten sich Crispin, Padra, Fir, Huggen, Moth, Lugg und Arran eingefunden. Sie wurden von Needle und Urchin bedient, und alle sprachen von den Ereignissen des Tages und durchlebten sie noch einmal. Crispin nahm den Goldreif ab und legte ihn vor sich auf seinen gefalteten Umhang, als wollte er ihm einen Ehrenplatz geben. Dann wandte er sich plötzlich an Padra.

»Weißt du, wenn du und Arran heiraten wollt, habt ihr meine Erlaubnis«, sagte er.

»Aber wie hast du …«, begann Padra. »Also, ja, wir wollten dich eigentlich darum bitten.«

»Hat sie dich geschlagen?«, fragte Crispin.

»Nicht sehr fest«, sagte Padra.

Urchin und Needle kletterten auf einen Felsen. Sie aßen Honigkuchen und sahen über das Meer.

»Weißt du noch«, sagte Needle. »Du hast mir einmal gesagt, du glaubtest, du müsstest etwas Wichtiges leisten, ich glaube, das hast du jetzt getan.«

»Ich bin mir nicht sicher«, sagte Urchin. »Ich meine, natürlich weiß ich, dass ich etwas Wichtiges getan habe. Aber es ist, als wäre es noch nicht zu Ende. Als gäbe es noch mehr, das ich tun müsste. Als warte noch mehr auf mich. Ich meine, es ist ja nicht so, als könnte man eine große Tat vollbringen, und das war's. Wer man ist, wird dadurch bestimmt, wie man sich weiterhin verhält. Und wenn ich es bedenke, weiß ich gar nicht mehr, wer oder was ich bin.«

»Du bist das Eichhörnchen, das so merkwürdig aussieht«, sagte Needle. Aber Urchin hüpfte schon von dem Felsen herunter und verbeugte sich vor Crispin.

»Bitte, Cap…, Euer Majestät«, sagte er. »Ich weiß nicht mehr, wer ich bin. Wessen Page, meine ich.«

Padra und Crispin sahen einander an.

»Darüber müssen wir erst nachdenken«, sagte Crispin.

»Du solltest jetzt mehr als ein Page sein, aber es wäre verfrüht, dich in die Hohe Runde aufzunehmen. Du hast es sicher verdient, aber es liegt eine große Verantwortung darin, und du solltest es noch ein bisschen genießen dürfen, jung und frei zu sein. Beende deine Lehrzeit bei Padra, aber ich denke, du bist von nun an ›Gefährte des Königs‹. Ihr beide ..., auch du, Needle.«

Urchin stotterte ein Dankeschön und wusste nicht, wohin er sehen sollte. Auch wusste er nicht, wie er Padra danken sollte, für alles, was er für ihn getan hatte. Also setzte er sich eine Weile einfach ruhig zu Padras Pfoten und wusste, dass Padra verstand. Schließlich, als er nicht mehr gebraucht wurde, ging er zum Ufer hinunter. Er musste ein wenig allein sein, um zu begreifen, was alles geschehen war.

»Gefährte des Königs«, wiederholte er laut für sich. »Urchin von den Sternschnuppen.« Er fragte sich, woher er gekommen war und was ihm die Zukunft brächte. Von ihrem Platz auf den Felsen blickten Padra, Crispin und Fir auf die blasse junge Gestalt am Ufer, und auch sie fragten sich, was einmal aus ihm werden würde.

# NAMENSGLOSSAR

**Anemone Wood** – der Anemonenwald. Ungefähr »Ennemon Wud« ausgesprochen. (Das »o« in Anemone klingt genauso, wie wenn ein Engländer »Oh« stöhnt; und das »W« in Wood hört sich so an, wie wenn ein Engländer »Wow« sagt.)

**Apple** – Die Pflegemutter von Urchin heißt »Apfel«. Als sie den Namen bekam, wusste wahrscheinlich noch niemand, dass sie einmal so schrecklichen Apfel-Minz-Punsch zubereiten würde. Und so klingt Apple – »Eppel« ausgesprochen – einfach nur frisch und freundlich.

**Arran** – die Otterfreundin von Captain Padra hat den Namen einer schottischen Insel. Denn fast alle Otter haben Namen von Inseln oder Flüssen oder Orten, die in Verbindung zum Wasser stehen, das ja ihr liebstes Element ist. Arran wird englisch »Ärren« ausgesprochen – im Schottischen aber fast mit »A« und tief in der Kehle rollendem »r«.

**Bruder Fir** – Der Priester wurde nach einem immergrünen Baum benannt: der Fichte. Wie alt sie auch sein mag, steht sie doch immer aufrecht. Ausgesprochen wird die englische Fichte: För.

**Captain** – Hauptmann oder Kapitän – wird Keppt'n ausgesprochen.

**Captain Crispin** – Crispin, zu Deutsch Krispin, ist der Name eines Heiligen. Der Schutzheilige der Schuster übrigens. Aber im Englischen bedeutet »crisp« vor allem lebendig, wach, schlagfertig und entschieden. Eben genau wie Captain Crispin.

**Captain Granite** – Granite ist hart wie Stein. Im Englischen spricht man das Wort zwar »Grenneit« aus, aber die Bedeutung ist die gleiche: Ein grober Brocken, bei dem man auf Granit beißt.

**Captain Husk** – Husk bedeutet Hülse oder Schale oder auch leere Hülle. Denn was sich genau hinter einer Schale verbirgt, kann man nie wirklich wissen. Husk wird kurz und knapp »Hask« ausgesprochen. (Wie Husky, nur ohne Ypsilon.)

**Captain Padra** – Padra, der Otter, ist ein gutmütiger, sanfter Kerl. Und der Name Padra, der schon so freundlich klingt, heißt so viel wie Tapsen – auf sanften, gutmütigen Pfoten. Padra ähnelt aber auch dem Namen Patrick. Wie Sankt Patrick, der Schutzheilige von Irland.

**Crackle** – Der Name des kleinen Eichhörnchenmädchens heißt Knistern. Oder Prasseln. Wie Feuerholz im Wald. Ausgesprochen wird sie »Kräckel«.

**Fig** – bedeutet Feige. Wie Apple also der Name einer Frucht. Aber er reimt sich vor allem auf Jig und wird ausgesprochen wie geschrieben.

**Fingal** – Fingal kommt von Fingal's Cave, einer Höhle an der Westküste von Schottland. Ausgesprochen mit hörbarem »g« und mit »el« am Ende: Fing-gel.

**Gleaner** – die Zofe von Lady Aspen ist sehr neugierig und wird auch meistens fündig. Und so heißt sie denn auch Gleaner, die Sammlerin. Ausgesprochen: Gliener.

**Gloss** – aalglatt und schmierig ist der Maulwurf Gloss, mit dunklem glatt glänzendem Fell. Und genau so heißt er: »Gloss« – glatt und glänzend – und ausgesprochen wie geschrieben.

**Hope** – Der kleine Igel Hope sollte eigentlich Hoppen heißen. Ein kleiner Hüpfer also. Aber da er immer so zuversichtlich und voller Tatendrang war, nannte Mutter Huggen ihn einfach »Hope«. Und das heißt »Hoffnung«.

Hope wird im Englischen wie »No« (englisch: nein) ausgesprochen – und ohne »e« am Ende, also ungefähr »Ho-up«.

**Jig** – nennt man einen Streich, den man jemandem spielt, oder auch einen Tanz. Auf jeden Fall ist es ein fröhlich frecher Name. Und weil Maulwürfe sehr praktische Wesen sind, hat Jig wie die anderen Maulwürfe Moth und Lugg und Gloss und Fig einen sehr kurzen Namen. Das »J« wird wie in »John« oder »Joe« ausgesprochen.

**König Brushen** – Brushen bedeutet »der Borstige«. (Für einen Igel ein passender Name.) Brush heißt aber nicht nur »Bürste«, sondern auch Dickicht oder Gebüsch. Also wie Husk oder Fir ein Name aus dem Wald. Und wie »Husk« wird das »u« wie »a« ausgesprochen. Also: König Braschen.

**Königin Spindle** – die Igelkönigin hat einen märchenhaft klingenden Namen. Die Spindel spinnt das Garn. Aber mit »Spindle« bezeichnet man auch ein zartes und zerbrechliches »spindeldünnes« Persönchen. Anders als im Deutschen wird der Name aber nur mit »S« und nicht mit »Sch« gesprochen. Eigentlich so wie Pssst! Nur eben anders herum: sssPindel.

**Lady Aspen** – Der Name Aspen wird »Äspen« oder »Espen« ausgesprochen – und schon kennt man seine Bedeutung: Aspen ist eine Espe. Ein Baum, den man auch Zitterpappel nennt, mit kleinen zarten Blättern, die im Wind schillern wie tausend Vögel. (Ihr kennt sicher den

Ausdruck: »Zittern wie Espenlaub«.) Und ebenso schillernd und zart ist Lady Aspen.

**Lord Arcneck** – Der Schwanenlord ist nach seinem langen elegant geschwungenen Hals benannt. Lord Arcneck – der Lord mit dem geschwungenen Hals –, gesprochen wie geschrieben, ebenso wie **Lady Arcneck**.

**Lugg** – der gute wackere alte Soldat Lugg ist immer mühsam auf den Beinen. Und das sagt auch sein Name: Lugg wie schwerfällig, Lugg wie schleppend, Lugg wie langsam. Und Lugg mit »a« statt »u« gesprochen.

**Mistmantle** – bezeichnet den Zaubernebel, der sich wie ein Umhang um die Insel legt. »Mist« gleich Nebel und »mantle« gleich Umhang. Ausgesprochen wird es: Missmäntel.

**Mistress Tay** – Tay heißt ein Fluss in Schottland – also wieder ein Wassername. Ausgesprochen wird er: Tey.

**Moth** – Das kleine Maulwurfmädchen heißt Motte oder Nachtfalter. Sie ist ruhig und sanft. Und bedenkt man, dass Maulwürfe meistens unter der Erde sind, könnte man fast sagen, sie sei ein Nachtschmetterling mit sanften, weichen Flügeln. »Moth« hat hinten das englische »th«. Also Zunge zwischen die Zähne und einmal lispeln.

**Mutter Huggen** – Mutter Huggen kümmert sich liebevoll um die Kleinen. Sie drückt und knuddelt und herzt sie, und genau so heißt sie denn auch: Huggen. Wie drücken, schmusen und knuddeln. Ausgesprochen wird sie »Haggen«. Mit einem »a« statt dem »u« wie bei Husk und Brushen und Scufflen.

**Needle** – Urchins Freundin hat sehr scharfe Stacheln, die wie Nadeln pieksen. Und Needle bedeutet nichts anderes. Needle wird »Niedel« ausgesprochen.

**Prinz Tumble** – Tambel ausgesprochen – heißt so viel wie Prinz Purzelbaum.

**Sandstone Ufer** – das Sandsteinufer – mit scharfem »S«, langem »ä« und ohne »sch« gesprochen: ßänd s'ton Ufer. (Das »o« wieder wie »Oh no«.)

**Scufflen** – Scufflen, der kleine Bruder von Needle, hat einen Namen mit zwei Bedeutungen. Zum einen heißt Scufflen sich balgen, zum anderen ziellos umherlaufen. Allerdings ist er für beides noch zu klein. Scufflen natürlich wieder mit »a« statt »u« gesprochen: Skafflen.

**Sepia** – ist eine gelbliche Farbe. Doch bezeichnet das Wort, genau wie der Name von Urchin, auch ein Meerestier: einen kleinen Tintenfisch. Der Name wird ungefähr so gesprochen: Siepja.

**Thripple** – Die Mutter von Hope ist eine tüchtige Person. »Thrifty« sagt man im Englischen. Und für die Aussprache muss man auch tüchtig sein: Das englische »Th« ist eine Sache für sich – also Zunge zwischen die Zähne und durch –, aber mit einem »r« hinten dran wird's noch schwieriger. (Am besten irgendwie durchnuscheln.) Hinten ist es wieder leicht – wie bei »Apple« mit »el«: Thrippel.

**Urchin** – Urchin wird von Captain Crispin am Meer gefunden. Dort, wo lauter Seesterne und Muscheln und auch Seeigel im Sand liegen – und Urchin *heißt* Seeigel. Aber Urchin sagt man auch zu kleinen frechen Knirpsen. Im Deutschen wird der Name ungefähr so ausgesprochen: Örtschin.

**Whisper** – der Name von Crispins Freundin ist so sanft wie ihre Stimme. Denn Whisper bedeutet »Flüstern«. Das mit dem englischen »W« ist so eine Sache. Manche raten, man soll einfach ein »U« dafür sagen. Also: U-Isper.

Die Originalausgabe erschien 2005 unter dem Titel
*The Mistmantle Chronicles. Urchin of the Riding Stars*
bei Bloomsbury Publishing Plc, London

Umschlaggestaltung:
Nina Rothfos und Patrick Gabler, Hamburg
Typografie: Renate Stefan, Berlin
Gesetzt aus der Stempel Garamond
durch psb, Berlin
Druck & Bindung: Clausen & Bosse, Leck
Printed in Germany 2005
ISBN 3-8270-5037-5

## Urchin

Name: Urchin

Art:
Rotes Eichhörnchen mit ungewöhnlich hellem Fell

Beruf:
Captain Crispins Page

Was er mag:
Walnussbrot und Captain Crispin

Was er nicht mag: Fisch

Familienstand: Single

Niemand weiß, wo Urchin herkommt. Deshalb hat er das Gefühl, er müsse extra hart arbeiten, weil er kein richtiges Mistmantle-Tier ist.

## Crispin

Name: Crispin

Art:
Rotes Eichhörnchen

Beruf: Captain

Familienstand:
Single – im Moment

Er kann hervorragend mit dem Schwert umgehen, benutzt es aber selten, außer, um im Wald Efeu zu schneiden.